Patricia J. MacDonald, in Greenwich, Connecticut, aufgewachsen, besuchte das Uppsala College und die Boston University, wo sie das Studium des Journalismus abschloß. Sie arbeitete als Redakteurin bei verschiedenen Zeitungen und Zeitschriften. Nach drei veröffentlichten Romanen gilt sie als großes Talent auf dem Gebiet des psychologischen Thrillers. Bekannte Autoren wie Mary Higgins Clark, Stephen King und John Saul zollten ihr Lob. Für den Roman »Denen man nicht vergibt« erhielt sie den Edgar. Sie lebt mit ihrem Mann Art Bourgeau, der Schriftsteller und Buchhändler ist, in Philadelphia.

Deutsche Erstausgabe 1988

Titel der Originalausgabe »Stranger in the House«

Umschlaggestaltung Adolf Bachmann
Umschlagfoto Dell Books, N.Y.
Satz Compusatz GmbH, München
Druck und Bindung Elsnerdruck, Berlin
Printed in Germany 5 4 3 2 1
ISBN 3-426-01555-2

Patricia J. MacDonald:
Der fremde Gast

Aus dem Amerikanischen von Traudl Weiser

Knaur®

Meinen Eltern, Olga und Donald MacDonald,
zur Erinnerung

Prolog

Von einer dicklichen Kinderhand vorwärtsgeschoben, quälte sich der rote Sedan den Erdhaufen empor und fiel dann auf der anderen Seite in ein Loch.

»Mami, sieh nur! Das Auto ist kaputt. Es kam über den Hügel und fiel dann runter.«

Anna Lange stoppte mit einem Fuß die sanft schwingende Bewegung der Hollywoodschaukel und lächelte ihren Sohn an. »Du hast es runterfallen lassen, Paul.«

Das Kind strahlte sie an, zufrieden, daß sie ihm Aufmerksamkeit schenkte. Es wischte sein schmutziges Gesicht mit einem ebenfalls schmutzigen Unterarm ab und schüttelte schelmisch den Kopf. »Hm, hm«, sagte es, »nein, das Auto fiel runter.«

Ann mußte über das Bild, das ihr Sohn abgab, lachen. Glücklich saß er im Gras, sein gestreiftes T-Shirt und seine kleinen blauen Shorts waren bereits schmutzig. Auf dem Matrosenkäppi, das er trug, ließ Popeye seine gigantischen Muskeln spielen. Sie hatte den Rand des Käppis heruntergebogen, um Pauls Gesicht vor der Sonne zu schützen, so daß er nun den Kopf weit nach hinten beugen mußte, wenn er sie richtig sehen wollte.

Paul machte ein brummendes Geräusch mit den Lippen und zog das Auto aus dem Graben. »Ich muß mich beeilen und jetzt zur Arbeit gehen«, sagte er. Er watschelte mit gekrümmten Beinen davon und schob sein Auto durch die geöffnete Holztür seines Spielplatzes in den Sandkasten, wo ein gelber Schaufelbagger lag. Paul ließ das Auto liegen und ließ sich neben das größere Spielzeug in den Sand plumpsen. Sorgfältig begann er mit dem Bagger Sand auf einen Haufen zu schaufeln.

Die Sonne schien auf seine hellbraunen Locken, die unter dem Rand des Käppis hervorschauten. Anna sah ihren Sohn liebevoll an und fragte sich kurz, mit welchem Spielzeug er wohl nächsten Monat zu seinem vierten Geburtstag von ihren Eltern beschenkt werden würde.

Der Nachmittag war schwül, und Anna begrüßte dankbar die aufkommende Brise. Sie legte schützend eine Hand auf ihren leicht vorgewölbten Bauch. Der Sommer war für eine Schwangerschaft wirklich nicht die richtige Jahreszeit. Sie war jetzt im dritten Monat, und alles belastete sie stärker; die Hitze und die Feuchtigkeit waren schwerer als in anderen Sommern zu ertragen. Außer natürlich jenem Sommer, in dem Paul geboren wurde. In Erinnerung daran schüttelte sie den Kopf. Wenigstens Tracy war vernünftig genug gewesen und im Juni auf die Welt gekommen.

Paul, der während seines Spiels vor sich hingemurmelt hatte, schüttete nun eine Schaufel zuviel auf seinen Sandberg, und das ganze Gebilde krachte wie bei einem Erdbeben zusammen. Das Kind stieß einen zornigen Schrei aus.

»Psst, Paul«, rügte Anna ihn. »Tracy schläft.«

Lauschend drehte sie sich zum Haus hin, wo die Hintertür und Fenster offenstanden. Gestern war ihre Tochter an einer Sommergrippe erkrankt und hatte die Nacht über gefiebert. Der Kinderarzt versicherte Anna zwar, daß es sich um nichts Ernsthaftes handelte, aber das Kind hatte fast

die ganze Nacht geweint und war erst gegen Morgen eingeschlafen.
Paul sah seine Mutter mit großen, unschuldigen, braunen Augen an. »Kann Tracy jetzt rauskommen?«
»Nicht heute, Liebling. Sie fühlt sich nicht wohl. Du mußt allein weiterspielen.«
Paul beschäftigte sich wieder mit seinem Bagger, und Anna schloß kurz die Augen. Es war eine lange Nacht gewesen und mühsam, Tracy stillzuhalten, damit Thomas etwas schlafen konnte. Er hatte mit einem Vorstandsmitglied der Firma um neun Uhr eine Besprechung, die wichtig war. Falls Tracys Weinen ihn gestört hatte, so erwähnte er es beim Frühstück nicht. Wie immer war er fröhlich und mit seinen eigenen Gedanken beschäftigt gewesen. »Es ist wirklich erstaunlich«, hatte sie einmal zu ihm gesagt. »Manchmal glaube ich, du arbeitest schon, ehe du aufgestanden bist.«
Thomas hatte bei ihrer Bemerkung eine Grimasse gezogen, aber ihr Lächeln beschwichtigte ihn. Er arbeitete härter als jeder Mann, den sie kannte, doch nur für sie und die Kinder. Der Erfolg diente nicht seinem Ehrgeiz, sondern allein dem Wohlbefinden seiner Familie. Ihm war es ein wahres Bedürfnis, sich um sie zu kümmern. Ich bin eine glückliche Frau, dachte Anna.
Sie öffnete die Augen und blickte über den schattigen Garten, der an einen Wald grenzte, was ihnen ein Gefühl der Abgeschiedenheit und Ruhe vermittelte. Das einzige Geräusch, das die friedliche Stille durchbrach, war der Gesang der Vögel und das fast unhörbare Rauschen des Verkehrs auf dem Millgate Parkway – einer alten baumbestandenen Allee, die Stanwich durchquerte. In der Nähe

lagen die schönsten Häuser des wohlhabenden Fairmont Countys.
Allein durch Thomas' harte Arbeit hatten sie sich ein Haus in dieser Gegend leisten können. Zwar war es nicht das größte, aber sehr hübsch. Tatsächlich war es einmal das Haus des Gutsverwalters eines riesigen Besitzes gewesen. Ihre nächsten Nachbarn, die Stewarts, lebten im Herrenhaus dieses Besitzes, den man schon vor langem in Parzellen aufgeteilt und einzeln verkauft hatte. Das Haus der Langes war im Vergleich zu dem eleganten Gutshaus der Stewarts klein, aber es war mehr als geräumig für ihre Familie und bezaubernd im Gegensatz zu den anderen Wohnungen, in denen sie vorher gelebt hatten.
Anna lächelte, als sie daran dachte, wie stolz Thomas auf dieses Heim war. Sie wußte, was es ihm bedeutete. Er hatte eine unglückliche Kindheit ohne Vater und mit einer trunksüchtigen Mutter verbracht. Auf dem College hatten sie sich kennengelernt und geheiratet. Nach langen Jahren hatte er dann die Position des Assistenten des Leiters der Finanzabteilung in der Phelps Corporation bekommen, deren Sitz in New York war. Nicht lange nach seiner Beförderung hatte Thomas sie mit zur Besichtigung des schönen alten viktorianischen Hauses am Stadtrand von Stanwich genommen.
»Das ist zuviel«, hatte sie protestiert. »Können wir uns das denn leisten?«
»Dann hast du wenigstens einmal Platz für deinen ganzen Kram«, hatte Tom neckend zu ihr gesagt. Sie mußte über den alten Scherz lachen. Es stimmte. Sie besaß eine Sammlung antiker Flaschen, und überhaupt neigte sie dazu, alles aufzuheben: alte Magazine und ähnliches. Schon jetzt war

das Haus wieder voll davon. Und falls Thomas sich Sorgen um die Kosten des neuen Hauses machte, so hatte er nie darüber gesprochen. Aber er war ein Meister darin, seine Sorgen für sich zu behalten, das wußte sie nach acht Jahren Ehe.

Des Spielens und des Baggers überdrüssig, kletterte Paul aus dem Sandkasten und machte sich auf, die Umgebung zu erforschen. Sie beobachtete ihn, als er durchs Gras stapfte. Er bückte sich und pflückte einen verblühten Löwenzahn, dessen Samen er davonblies.

Anna stand aus der Hollywoodschaukel auf und ging zu ihrem Sohn. »Möchtest du schaukeln?« fragte sie ihn. Paul nickte eifrig und umklammerte ihre Hand. Zusammen gingen sie zu der Schaukel im rückwärtigen Teil des Gartens. Als sie fast dort angelangt waren, riß sich Paul los und stürmte auf die Schaukel zu. Er hievte sich auf den Sitz und strampelte ungeduldig mit den Beinen.

»Gut«, sagte Anna. »Halt dich fest.«

Gerade, als sie der Schaukel einen Stups geben wollte, stieß Paul einen Schrei aus und glitt vom Sitz. Er lief durch den Garten, so schnell, wie ihn seine pummeligen Beine tragen wollten, kreischte und lachte.

»Sieh nur das Kätzchen«, rief er. »Können wir es behalten?«

»Das fehlt mir noch«, sagte Anna und rollte mit den Augäpfeln.

Das wollige schwarzweiße Kätzchen am Waldrand stand eine Minute wie versteinert da, als das Kind lärmend und mit rudernden Armen auf es zugelaufen kam. Dann drehte es sich um und verschwand mit einem Sprung zwischen den Bäumen. Paul eilte hinterher.

»Nein, Bürschchen«, sagte Anna, beugte sich über ihren Sohn und trug ihn wieder in den Garten zurück.
»Ich will das Kätzchen«, jammerte Paul.
»Du wirst wirklich schwer«, meinte Anna mit einem Seufzer. »Viel länger kann ich dich nicht mehr tragen. Das Kätzchen mußte nach Hause gehen.«
Paul weinte, als Anna ihn in Richtung Haus zurücktrug. Er steckte seinen Daumen in den Mund und lutschte geräuschvoll daran.
»Was soll das denn?« schimpfte sie. »Ich dachte, das würdest du nicht mehr tun.« Er rieb sich die Augen mit seinen schmutzigen kleinen Fäusten.
Als sie sich dem Haus näherte, hörte Anna das leise, aber unmißverständliche Weinen von Tracy. Anna stellte Paul auf den Boden und reichte ihm die Hand. »Komm, wir sehen mal nach Tracy.«
»Nein«, protestierte Paul mürrisch. »Ich will nicht.«
»Na gut«, sagte sie, faßte ihn unter den Achseln und trug ihn auf seinen großen eingezäunten Spielplatz, den Thomas gezimmert hatte. »Du spielst hier. Sei ein guter Junge. Und ich schaue nach Tracy.« Sie drohte ihm mit dem Finger und lächelte, während sie die Tür verschloß. »Wenn du artig bist, bringe ich dir ein Plätzchen mit, wenn ich zurückkomme.«
Paul sah sie verloren an und wischte sich wieder übers Gesicht. Er warf noch einen Blick über die Schulter zum Wald hin, wo die Katze verschwunden war. »Wo ist das Kätzchen?«
»Das Kätzchen ist fort, Paul. Spiel jetzt.«
Anna lief zur Hintertür. »Ich komme«, rief sie, als sie die Treppe zum Zimmer ihrer Tochter hinaufstürmte. Tracy

stand weinend in ihrem Kinderbett. Und als ihre Mutter das in Rosa und Gelb gehaltene Zimmer betrat, brach sie in lautes Geheul aus. Anna nahm ihre Tochter auf den Arm und murmelte beruhigend auf sie ein. Der Schlafanzug war schweißnaß. »Ach, meine Arme. Es ist viel zu heiß, um krank zu sein. Arme Tracy.« Anna legte Tracy zurück ins Bett, und Tracy fing sofort wieder an zu heulen. Anna redete beschwichtigend auf sie ein, während sie in der Kommode nach einem frischen Pyjama suchte. Dann eilte sie ins Bad und tränkte einen Waschlappen mit kaltem Wasser. Ein Blick auf die Uhr sagte ihr, daß es Zeit für ein weiteres Aspirin war.

Sie ging ins Kinderzimmer zurück, zog Tracy den durchgeschwitzten Schlafanzug aus und rieb sie sanft mit einem weichen Handtuch ab. Dann hielt sie Tracy den neuen Schlafanzug hin. »Schau mal, Snoopy ist vorne drauf«, sagte sie und deutete auf die Zeichnung. »Was tut er gerade?«

Tracy betrachtete die Zeichnung neugierig. »Snoopy ist krank«, verkündete das Kind feierlich.

Anna strich Tracy das Haar aus der Stirn. »Ja. Das stimmt. Wie meine arme Kleine.« Dann zeigte sie Tracy die Tablette in ihrer Hand.

»Nein«, sagte das Kind und schüttelte den Kopf.

»Es ist besser, wenn du sie nimmst«, sagte Anna, »dann werden du und Snoopy schnell wieder gesund.«

Das Kind nahm die Tablette. Anna reichte ihm einen Becher Wasser, und es trank. »Nicht mehr«, sagte es abrupt und schob den Becher weg. Wasser tropfte über sein Kinn.

»Nun gut«, sagte Anna. »Wo ist denn Fubby?« Anna kroch unter das Kinderbett auf der Suche nach dem Plüschhasen,

den Tracy so liebte. Sie fand ihn und gab ihn ihrer wimmernden Tochter. Tracy nahm den Hasen und lächelte ihre Mutter trübe an.
»Willst du eine Geschichte hören?« Anna deutete auf einen Stapel Bücher, die auf dem Tisch neben dem Schaukelstuhl lagen.
»Nein«, sagte Tracy verdrießlich.
»Und wie wär's mit einem kleinen Schlaflied?« fragte Anna sie.
Tracy nickte. Sie setzte sich in ihr Bettchen, und Anna fing leise an zu singen. Nach jeder Strophe wurden die Schluchzer weniger, und als Anna fast am Ende des Liedes angekommen war, fielen Tracy die Augen zu. Zärtlich deckte Anna ihre kleine Tochter zu und ging auf Zehenspitzen aus dem Zimmer. Tracy seufzte im Schlaf; der Daumen steckte in ihrem Mund.
Anna eilte die Treppe hinunter. Sie wollte wieder zu Paul. Gerade als sie durch die Halle ging, läutete das Telefon dort auf dem Tischchen. Schnell griff sie danach und nahm den Hörer nach dem zweiten Läuten ab.
»Hallo.«
»Hallo, Anna. Hier ist Iris. Du klingst so atemlos. Habe ich dich gestört?«
»Hallo, Iris. Ich war oben bei Tracy. Sie ist erkältet, und ich habe sie eben zum Einschlafen gebracht.«
Annas Nachbarin zeigte sofort Gewissensbisse. »Oh, Liebes. Ich hoffe, ich habe sie nicht geweckt.«
Anna lauschte. »Alles ist still«, beruhigte sie ihre Freundin. »Was gibt's?«
»Nun, ich habe dich angerufen, weil ich zum Tee eingeladen bin, den das Komitee zur Verschönerung des Dorfes gibt,

und wollte dich fragen, ob du mitkommst. Lorraine kann auf die Kinder aufpassen. Sie kann gleich rüberkommen, wenn du Tracy nicht wecken willst.«

Anna verwirrte der Vorschlag. Iris war eine schüchterne, wenig selbstbewußte Frau, die nur widerstrebend an zahllosen Veranstaltungen teilnahm, weil ihr statusbewußter Mann es wünschte, so vermutete Anna. Edward hatte es aus eigener Kraft zum Millionär gebracht und hegte eine Vorliebe für die High Society, während Iris, die aus einer alten Familie Neu-Englands stammte, derartige Bekanntschaften eher zu verabscheuen schien. Sie lud Anna oft zu langweiligen Teegesellschaften ein und bot ihr dann die Dienste ihres Hausmädchens, Lorraine Jackson, an, damit sie die Kinder hütete. Manchmal nahm Anna eine Einladung an, denn im Gegensatz zu Iris genoß sie die Gesellschaft der anderen Frauen bei diesen Anlässen, und es brachte sie auf andere Gedanken. Aber ein krankes Kind brauchte seine Mutter, was Iris vielleicht nicht verstehen konnte, dachte Anna, da sie keine Kinder hatte. Anna verschwendete an die Einladung keinen zweiten Gedanken.

»Nicht heute, Iris. Ich kann Tracy nicht allein lassen. Trotzdem vielen Dank.«

»Oh«, sagte Iris, und Anna konnte die Enttäuschung ihrer Freundin förmlich hören. »Nun, vielleicht das nächste Mal.«

Iris tat Anna leid. Sie wußte, wie unwohl sich ihre Freundin bei diesen Treffen fühlte. Trotzdem war es ein kümmerliches Leben, das sie führte. Gäbe es nicht Edward, dachte sie, Iris wäre wahrscheinlich sehr glücklich mit ihren Büchern und Aquarellfarben. »Paul ist draußen«, sagte Anna. »Ich muß zu ihm. Vielen Dank für deine Einladung, Iris.«

Die beiden Frauen legten auf, und Anna ging zur Rückseite des Hauses. Auf dem Weg dorthin erinnerte sie sich an den versprochenen Keks, machte kehrt und suchte nach der Dose. Anna nahm zwei für ihn und nach einem Moment schuldbeladenen Zögerns einen für sich. Seit sie schwanger war, hatte sie ständig Hunger. Sie ging zur Hintertür, öffnete sie und trat auf die Veranda.

»Paul!« rief sie. »Ich habe Kekse für dich.« Das Kind antwortete nicht. Sie konnte es auf seinem Spielplatz nicht sofort entdecken. Er muß im Sandkasten sein, dachte sie. Mit leicht gerunzelter Stirn eilte Anna zum Spielplatz. »Paul!« rief sie scharf. Sie ging zum Zaun und griff nach den Stäben.

»Wo bist du?« fragte sie und blickte in den kleinen Hof. Sie sah ihren Sohn nicht.

Die Kehle schnürte sich ihr zu. Im Sandkasten lag der gelbe Schaufelbagger verlassen da. Das rote Auto lehnte am Rahmen des Sandkastens. Das Kind war nicht da.

»Paul«, flüsterte Anna mit erstickter Stimme. Ihr gehetzter Blick suchte jeden Zentimeter ab und hielt dann abrupt inne. Ungläubig starrte sie auf die Zauntür. Sie stand offen. Anna klammerte sich am Zaun fest und zermalmte die Kekse in ihrer Hand. »Paul!« schrie sie. »Paul!«

Zuerst war sie zu keiner Bewegung fähig. Ihr Atem kam in kurzen Stößen. Ihre Glieder fühlten sich an, als wären sie aus Blei. Sie blickte über den Garten, versuchte zu atmen. Dann rief sie schrill: »Paul, hörst du mich? Antworte Mami!«

Der schweigende leere Garten schimmerte in der Hitze des Julinachmittags. Libellen schwirrten über den sonnenbeschienenen Rasen. Hinter der Hollywood-Schaukel und

dem Gartenhäuschen am Rand ihres Besitzes rauschte der Wald, dunkel und kühl. Das Kind war nirgends zu sehen. Anna ließ den Zaun los und zwang sich zum Gehen. Sie taumelte wie eine Verletzte auf den Waldrand zu. Ihre Augen suchten fieberhaft die Umgebung nach einem Zeichen von ihm ab. »Paul!« rief sie.
Wie hatte er nur die Tür öffnen können? Sie blieb stehen und warf einen Blick auf den Schnappriegel. Eine der Schrauben, mit denen er befestigt war, hatte sich gelöst. Sie hätte besser aufpassen sollen.
Wo war er? Sofort fiel ihr die Katze ein. Dieses Kätzchen hatte ihn fasziniert. Wahrscheinlich ist er ihm in den Wald gefolgt. Er kann nicht weit gekommen sein.
Rennend stürzte sich jetzt Anna zwischen die Bäume und rief nach ihrem Kind. Wie von Sinnen lief sie wahllos in eine Richtung, dann in eine andere. Irgend etwas Braungoldenes blitzte vor ihren Augen auf. »Paul!« schrie sie. Es war nur ein Stück getrockneten Farns. Sie stolperte über den moosigen, blätterbedeckten Grund und konnte in der Ferne das Verkehrsgeräusch auf dem Highway hören. »Bitte, mein Gott«, flüsterte sie. »Bitte. Laß ihm nichts geschehen. Paul, Paul, Mami braucht dich.« Sie konnte das unterdrückte Schluchzen in ihrer Stimme hören, als sie wieder nach ihm rief. Die Bäume standen schweigend da.
Mit einemmal sah sie eine Bewegung zwischen den Bäumen. Das Herz von einer wilden Hoffnung erfüllt, wirbelte sie herum. Da, neben einem Baum, saß die wollige schwarzweiße Katze und starrte sie gereizt an.
Annas Mund und Kinn fingen heftig an zu zittern. Sie spürte, wie sich das Zittern über ihren ganzen Körper ausbreitete. Sie war in Schweiß gebadet. Tränen liefen über ihre Wangen.

»Wo ist mein Kind? Paul!« schrie sie. Ihr Schreien übertönte das ferne Verkehrsgeräusch, das Rauschen der Bäume. Es schien wie festgefroren in der schwülen Sommerluft.

»Sobald es hell ist, kommen wir morgen früh wieder«, sagte Detective Mario »Buddy« Ferraro, glättete seinen dunkelblauen Schlips und knöpfte sein graues Sportjackett zu. »Und wir werden suchen, bis wir Ihren Jungen gefunden haben, Mr. Lange. Das verspreche ich Ihnen. Wir tun alles, was in unserer Macht steht. Alles. Aber jetzt ist es dunkel, und meine Leute brauchen etwas Schlaf.«

»Ich verstehe«, sagte Thomas dumpf und starrte auf die Gruppe von Männern und Frauen, die seinen Garten und den angrenzenden Wald mit Taschenlampen durchstreiften. Polizisten waren da, Nachbarn und auch Leute aus der Stadt, die von der Entführung im Radio gehört hatten. Thomas starrte sie ausdruckslos an; sein Gesicht war aschfahl über dem weißen Hemd. Er trug noch immer seinen Anzug, der jetzt vom Herumkriechen im Unterholz schmutzig und zerknittert war.

»Sie brauchen etwas Ruhe und Sie auch«, gab der gutaussehende Detective zu bedenken. »Vor allem Ihre Frau. Hat der Arzt ihr etwas zum Schlafen gegeben?« fragte er.

»Er war vor ein paar Stunden hier«, antwortete Thomas, »und ließ Tabletten da. Er wollte ihr eine Spritze geben, aber weil sie schwanger ist ...« Thomas' Stimme verlor sich.

»Bringen Sie sie zum Schlafen«, sagte der Detective drängend. »Wir sind wieder da, noch ehe sie aufwacht. Wir finden Ihren Jungen, Mr. Lange.« Der Detective legte dem verzweifelten Vater einen Moment die Hand auf die Schulter. »Ich will mich nur noch von Ihrer Frau verabschieden.«

Wie durch einen Nebel führte ihn Thomas ins Eßzimmer. Anna saß am Tisch, der Kopf ruhte auf ihren Armen. Iris Stewart saß neben ihrer Freundin, die Hände im Schoß verkrampft. Ihr offenes ernstes Gesicht drückte Mitgefühl aus. Ihr Mann, Edward, stand hinter den beiden, mit durchgedrückten Schultern, in einer fast militärisch zu nennenden Haltung. Wie immer war er in seinem Maßanzug perfekt gekleidet. Seine zinngrauen Augen blickten verwirrt, und seine scharfgeschnittenen Züge schienen eingefallen. Die Stewarts sahen besorgt auf, als Thomas mit Detective Ferraro den Raum betrat. Anna veränderte ihre Position nicht.

Thomas beantwortete Iris' unausgesprochene Frage mit einem Kopfschütteln. Iris drängte ihre Tränen zurück und sah ihren Mann an, der jetzt jedoch zu Boden starrte.

»Mrs. Lange«, sagte der Detective sanft.

Langsam hob Anna den Kopf. Ihr Gesicht und ihre Augen waren vom Weinen rot und geschwollen. Sie legte die zitternden Hände flach auf den Tisch und sah den Detective an.

Buddy Ferraro gab es einen Stich, als er ihr Gesicht sah. »Mrs. Lange, ich muß die Suche für heute nacht abbrechen. Es ist nach zwei. Morgen früh fangen wir sofort wieder damit an.«

»Wir müssen ihn finden.«

»Wir finden ihn, Mrs. Lange. Aber jetzt brauchen wir alle etwas Ruhe.«

Anna stand unsicher auf. »Ich suche weiter«, sagte sie. »Sie geben ja auf.«

»O nein, Anna«, protestierte Iris. »Das darfst du nicht denken.« Für einen Augenblick sah sie selbst wie ein verlorenes Kind aus.

Der Detective räusperte sich. »Wir geben nicht auf«, sagte er. »Wir unterbrechen die Suche nur und fangen im Morgengrauen wieder an.«
Unendlicher Schmerz zeichnete Annas Gesicht. Tonlos begann sie wieder zu weinen. Tränen strömten über ihre Wangen.
»Versuchen Sie etwas zu schlafen«, sagte der Detective hilflos. »Ich finde allein hinaus.«
»Ihr beide solltet auch gehen«, sagte Tom zu seinen Nachbarn.
»Laß mich die Nacht hier auf der Couch verbringen«, bat Iris ihn.
Edward räusperte sich ungeduldig. »Komm, Iris. Wir sind hier nur im Weg.«
»Ja, Iris«, beschwichtigte Thomas sie. »Geht nur. Es ist besser so.«
Iris zögerte und nahm dann Annas Hand. »Morgen früh bin ich wieder hier«, versprach sie.
»Vielen Dank für alles«, sagte Tom. Edward schüttelte ihm schnell die Hand und schob dann seine Frau zur Tür hinaus.
Anna stöhnte und barg ihr Gesicht in den Händen. »Ich war nur ein paar Minuten weg, Tom.«
Thomas saß seiner Frau am Tisch gegenüber und starrte die Wand an. »Ich weiß«, sagte er mit erstickter Stimme. Dann sah er sie an. »Du kannst nichts dafür, Liebling. Du darfst dir nichts vorwerfen.«
Anna antwortete nicht. Schweigend saß sie da. Nach ein paar Minuten sagte er: »Besser, wir gehen ins Bett.«
Ein leiser Schrei kam von oben. Anna schreckte bei dem Geräusch auf. Eine Sekunde saß sie erstarrt da, dann sackte sie in sich zusammen.

»Tracy ist oben«, sagte Thomas. Anna rührte sich nicht.
»Soll ich zu ihr gehen?« fragte er.
»Wenn es dir nichts ausmacht«, entgegnete sie. »Ich möchte hier aufräumen.« Vage deutete sie auf die leeren Kaffeebecher, die überall auf dem Tisch herumstanden.
»Kümmere dich nicht darum, Liebling«, sagte Thomas. »Komm jetzt hoch.«
»Nein. Ich will aufräumen.« Sie stand auf und sammelte die Becher mit zitternden Händen ein.
Thomas öffnete den Mund und wollte etwas sagen, besann sich dann aber eines anderen. Müde stand er auf und ging durch das dunkle Wohnzimmer auf die Treppe zu. Plötzlich hörte er, wie etwas zerbrach.
»Ah!« rief Anna.
Thomas eilte ins Eßzimmer zurück. Anna stand gekrümmt da und hielt sich den Bauch mit beiden Händen. Überall lag zerbrochenes Porzellan.
»Liebling, was ist mit dir?« rief er und nahm sie in die Arme.
Sie war bleich und hielt sich den Leib.
»Was ist los?« fragte er. »Ist es das Kind? Soll ich den Arzt rufen?«
Anna schüttelte langsam den Kopf. Sie atmete tief durch und richtete sich langsam auf. »Es wird besser. Es geht vorbei.«
»Komm und leg dich hin«, bat er.
»Ja. Sobald ich hier fertig bin.« Anna sah ihren Mann kurz an und wandte sich dann ab. Tracy schrie jetzt heftiger.
»Anna?« fragte er.
»Ich komme«, sagte sie, »wenn ich fertig bin.«
Widerstrebend ließ Thomas sie los und ging wieder auf die

Treppe zu. Er drehte sich um und sah, wie sie auf einen der Stühle sank und blicklos auf ihr eigenes Spiegelbild im Fenster und die Schwärze dahinter starrte.

»Was für eine Nacht«, seufzte Buddy Ferraro, öffnete die Tür seines Wagens und glitt hinters Steuer.
»Um wieviel Uhr morgen sollen wir hier sein?« fragte der Streifenbeamte, der an der offenen Tür von Ferraros Wagen lehnte.
»Um sieben, sagen wir mal«, entgegnete der Detective. »Ich bin schon eine oder eine halbe Stunde früher da.«
»Ich glaube nicht, daß eine Stunde dem Jungen etwas nützt«, sagte der Streifenbeamte kopfschüttelnd.
Ferraro starrte ihn an. »Es könnte eine ganze Menge nützen«, sagte er bissig.
»Oh, so war das nicht gemeint«, entschuldigte sich der junge Mann. »Ich fühle dasselbe wie Sie. Ich werde früh da sein.«
Buddy winkte seinem Kollegen beschwichtigend zu, als er den Motor startete. »Bis in ein paar Stunden dann.«
Der Polizist klopfte auf das Verdeck, als der Wagen abfuhr.
Buddy Ferraro fragte sich, ob er diese Nacht überhaupt schlafen würde. Der Gedanke an Anna Lange machte ihm das Herz schwer. Ihre Angst hatte ihn angesteckt, wütete in ihm, so daß er diese Suche mit einer Intensität betrieb, wie er keine Aufgabe während seiner vierzehnjährigen Dienstzeit angegangen war. Ein Kind zu verlieren. Ein Alptraum.
Der Junge schien sich in Luft aufgelöst zu haben. Er dachte an Sandy und ihre beiden Jungen, den kleinen Buddy und Mark. Wenn ihnen je etwas geschehen würde ...
Sie hatten von dem Jungen nichts gefunden, keine Spur.

Aber es mußte etwas geben, etwas, das sie übersehen hatten. Und wenn dieses Etwas gefunden werden konnte, würden sie es finden.

Unbemerkt von dem Detective, der über den Millgate Parkway nach Hause fuhr, lag in einem Gully ein kleines weißes Matrosenkäppi, mit dunklen Schmutzflecken auf der Krempe. Und etwas anderem: einem großen Flecken getrockneten Blutes.

1.

»Das hast du gemacht?« fragte Anna erstaunt und fuhr mit der Hand über die glänzende Oberfläche einer Keramikschale, die Iris ihr entgegenhielt.
Iris nickte schüchtern und stellte die Schale vorsichtig auf den Tisch zwischen sie.
»Du bist wirklich gut in diesen Arbeiten«, sagte Anna bewundernd.
Iris strahlte über das Kompliment und betrachtete liebevoll die runde Form ihrer Schale. »Ich hoffte, sie würde dir gefallen. Du weißt, wie sehr ich auf dein Urteil Wert lege.«
Anna lächelte. Schon seit Jahren behandelte Iris sie als eine ältere Schwester – die sie nie gehabt hatte –, obwohl die beiden Frauen gleichaltrig waren.
»Sie ist schön«, sagte Anna aufrichtig. »Ich hoffe, daß du mir eines Tages auch so eine machst.«
Iris grinste vor Vergnügen. »Das tue ich. Aber jetzt bin ich noch nicht gut genug darin.«
Anna nahm einen Schluck von ihrem Eistee. »Seit wann gehst du jetzt in diesen Kurs?«
Iris hob den Blick zur Decke und dachte nach. »Nächste Woche ist es ein halbes Jahr.«
»Und die Kursleiterin ist Lehrerin im Krankenhaus?«
»Ja. Aber sie besitzt ein eigenes Studio. Im Krankenhaus unterrichtet sie Kinder. Dort habe ich sie auch kennengelernt und angefangen, mich dafür zu interessieren.«

»Nun, ich glaube, du bringst es zu einer wahren Meisterschaft darin«, sagte Anna. »Ich bin wirklich beeindruckt.«
»Danke«, sagte Iris. »Ich gebe mir Mühe.«
Die beiden saßen im Wintergarten des luxuriösen Hauses der Stewarts. Die Sonne schien, und eine leichte Brise strömte durch die geöffneten Türen und ließ die Blätter der Pflanzen zittern.
»Wie schmeckt dir der Tee?« fragte Iris.
»Sehr gut«, sagte Anna. »Frischer Pfefferminztee. Aus deinem Garten?«
Iris nickte. »Henry hat ihn heute morgen geerntet.«
»Ich wollte auch immer welchen pflanzen, und dann habe ich es vergessen.«
»Ich werde Henry sagen, er soll eine Staude für dich ausgraben«, schlug Iris eifrig vor.
»Das wäre schön.«
Iris und Anna entspannten sich in ihren Stühlen, genossen die Sonne und den leichten Wind. Neben der Schale lag auf dem Tisch ein Stapel Briefumschläge, alle mit Iris' sorgfältiger Schrift adressiert. »Was hast du da vor?« fragte Anna und deutete auf die Umschläge.
Ein gequälter Ausdruck huschte über Iris' Gesicht. »Ach, wir geben eine Party. Für die Krankenhaus-Vereinigung. Es ist ziemlich schwierig für die neue Herzstation, Gelder zusammenzubekommen.«
Anna nickte. »Ich habe darüber in der Zeitung gelesen. Ich wußte nicht, daß die Party bei euch stattfindet.«
»Nun, Edward ist Präsident des Geldbeschaffungskomitees, wie du ja weißt.«
Anna nickte wieder und sah, wie Iris nervös ihre Hände im Schoß verkrampfte. »Du bist doch gut im Organisieren«,

machte sie ihrer Freundin Mut. »Die Party wird sicher ein großer Erfolg.«
Iris seufzte. »Ich hoffe«, sagte sie. »Da ist deine Einladung.« Iris deutete auf einen Umschlag.
Anna nahm ihn und lächelte. »Tracy ist auch eingeladen?«
»Wie alle Teenager. Das war meine Idee. Ich dachte, dann wird es nicht so langweilig.«
»Fein«, sagte Anna und fühlte, wie sooft, Mitleid mit ihrer kinderlosen Freundin. Sie sprachen zwar nie über dieses Thema, aber Anna spürte, daß Iris gern welche gehabt hätte, wenn sie sich auch Edward, über eine Wiege gebeugt, nicht vorstellen konnte. »Wann soll die Party stattfinden?« fragte Anna.
»Morgen in einer Woche. Am dreizehnten. Ich hoffe, du kannst kommen. Ich bin ein bißchen spät mit den Einladungen dran.«
»Der dreizehnte«, sagte Anna leise und starrte in ihr Teeglas. »Das ist Pauls Geburtstag.« Sie sah Iris an. »Er wird dieses Jahr fünfzehn.«
Iris hob leicht die Brauen. Sie betrachtete ihre Freundin nachdenklich. »Ist das so?« murmelte sie. Ihre blauen Augen schienen dunkler geworden zu sein. »Nun ... wie schön. Wo ist Tom heute?«
»Mit Tracy zusammen. Sie spielen Tennis. Ist Edward zu Hause?«
»O nein. Er hatte heute ein geschäftliches Mittagessen. Er hat gerade eine andere Firma gekauft. Die Wilcox Company, glaube ich, nennt sie sich. Sie haben irgendwas mit Hubschrauber-Teilen zu tun.«
»Kommt er bald?«
Iris zuckte die Schultern. »Das weiß man bei Edward nie

genau.« Anna rührte den Eistee in ihrem Glas um und sah Iris unter ihren Wimpern hervor an. Man sollte nicht meinen, dachte Anna, daß Iris die Frau eines Millionärs ist. Edward, dessen Firma Privatflugzeuge herstellte, war äußerlich ein Musterbild der Eleganz und Korrektheit, während Iris sich nachlässig kleidete und ein Minimum an Aufwand für ihre Frisur und ihr Make-up verschwendete. Obwohl Iris die teuersten Privatschulen besucht hatte, fehlte ihr jegliche Eleganz.

Trotzdem schienen die beiden gut miteinander auszukommen. Anna glaubte diese Tatsache darauf zurückführen zu können, daß Gegensätze sich anzogen. Sie wunderte sich nun über die Verdrossenheit in Iris' Stimme, als sie von Edward sprach. »Iris«, fragte sie vorsichtig, »ist bei dir auch alles in Ordnung?«

Iris straffte sich in ihrem Stuhl. »Natürlich«, sagte sie und lächelte.

»Gut«, sagte Anna und war erleichtert, nicht in ein Wespennest gestochen zu haben. »Nun, ich muß jetzt gehen.« Sie stellte ihr leeres Glas auf den Tisch und stand auf.

»Anna, ich wollte dich noch etwas fragen. Wie geht es Tracy in ihrem neuen Job im Tierheim?«

»Ach, sie liebt Tiere. Sie wird dafür zwar nicht bezahlt, aber es scheint ihr zu gefallen.«

»Das ist schön«, sagte Iris. »Ich hatte das Gefühl, man müßte sie einfach nur für etwas interessieren. Das habe ich dir doch schon gesagt.«

»Jedenfalls hat es geholfen«, sagte Anna abwesend, obwohl sie etwas ärgerlich über Iris' vereinfachte Lösung der Probleme war, die sie mit Tracy hatte. Ihre introvertierte Tochter entpuppte sich als ein launischer, schwieriger Teenager, der sich ständig über seine Mutter zu ärgern schien. Aber Iris war der Meinung, daß nur geringfügige Änderungen jedes Problem lösen würden. Und vielleicht stimmt das ja auch für Iris' behütetes, kinderloses Leben, dachte Anna mitleidig.

»Ich kann ja Henry sofort bitten, dir die Minze auszugraben«, schlug Iris vor und winkte durch die Tür dem Gärtner, der in einem Blumenbeet hinter dem Swimming-pool kniete.

»Nein, nein«, protestierte Anna schnell. »Stör ihn nicht.«

»Das ist kein Stören«, beharrte Iris.

Anna schüttelte den Kopf, lächelte aber über die Hilfsbereitschaft ihrer Freundin. Sie fühlte sich schuldig wegen ihrer wenig netten Gedanken in bezug auf Iris. Wie oft hatte Iris ihr in den vergangenen Jahren Trost gespendet, wenn es ihr nicht gutging. Sie umarmte ihre Freundin. »Nicht heute, Iris«, sagte sie. »Ich muß jetzt gehen.«

»Dann vergiß nicht die Party am dreizehnten«, entgegnete Iris.

»Das werde ich nicht.« Anna ging durch die Tür auf die Terrasse. Iris folgte ihr und blieb an der Treppe stehen, als Anna hinunterging.

»Vielen Dank für deinen Besuch, Anna«, rief Iris hinter ihr her. »Ich rufe dich die Woche mal an.«

»Grüß Edward«, erwiderte Anna und winkte. Sie ging den Hang hinter dem Pool hinunter und grüßte im Vorbeigehen den Gärtner. Ein langer gewundener Pfad führte vom Besitz der Stewarts zu Annas Haus, aber sie genoß diesen Spaziergang immer. Sie kam an dem Froschteich und den Obstbäumen vorbei, bis sie an der dichten Hecke und dem Bach anlangte, der ihre Grundstücke voneinander trennte.

Anna beschloß, noch Gemüse aus ihrem Garten zu ernten, ehe sie ins Haus ging. Dieses Jahr war sie sehr stolz auf ihren Garten. Sie hatte von Henry ein paar Tips bekommen und die verschiedensten Gemüsesorten angepflanzt. Und alles war prächtig gediehen.
Aus dem Gartenhäuschen holte sie ein Messer und einen Korb und machte sich an die Ernte. Mit einem Seufzer stand sie dann auf und ging in Richtung Haus. Als sie an dem Fleck vorbeikam, wo der Spielplatz der Kinder gewesen war, blieb sie stehen und setzte sich auf die rostige Hollywood-Schaukel und starrte dumpf auf die Rasenfläche. Jetzt war der Spielplatz mit Gras und Blumen bewachsen. Besser, ich erwähne Pauls Geburtstag nicht, dachte sie. Tom regt sich dann nur wieder auf.
Er wollte nicht darüber sprechen. Aber jedes Jahr fühlte sie sich dazu gezwungen, davon zu reden, so als wäre es irgendwie lebenswichtig, daß seine Eltern seinen Namen laut aussprachen. Und jedes Jahr wandte sich Thomas dann mit verschlossenem Gesicht von ihr ab. Sie tat es nicht, um ihn zu quälen, nur weil es ihr wichtig erschien. Letztes Jahr war er plötzlich sehr zornig geworden.
»Anna, ich kann das nicht mehr hören!«
»Warum? Es ist doch sein Geburtstag.«
»Jedes Jahr dasselbe! ›Heute ist Paul elf. Heute ist Paul zwölf.‹ Warum mußt du das immer erwähnen?«
»Weil sein Geburtstag ist«, beharrte sie. »Weil ich mich daran erinnern will.«
»Das kommt mir wie ein grausamer Scherz vor. Pauls Geburtstag. Als ob er immer noch leben würde.«
»Aber Tom«, protestierte sie, »ich glaube, daß er lebt. Du nicht? Ich meine, etwas Gegenteiliges haben wir nie erfahren. Wir brauchen diese Hoffnung, Liebling.«

Aber Thomas hatte sich ohne jedes weitere Wort abgewandt, und das Thema wurde zwischen ihnen nicht mehr berührt. Sie konnte sich nicht mehr erinnern, wann sie überhaupt aufgehört hatten, darüber zu reden. Aber das Verschwinden ihres Sohnes war wie eine Amputation vom Körper ihrer Ehe, dachte Anna. Tom wollte diese Tatsache übergehen, vorgeben, es wäre nie etwas geschehen, während sie unermüdlich nach einer Spur von ihm suchte.

Anna stand auf und ging durch die Hintertür in das ruhige, kühle Haus. Sie stellte den Korb mit dem Gemüse neben das Spülbecken und ließ Wasser einlaufen. Das einzige Geräusch war das des rinnenden Wassers.

Normalerweise arbeitete sie gern in ihrer Küche, aber jetzt war sie von Melancholie erfüllt. Plötzlich hörte sie jemanden an der Eingangstür klopfen. Sie drehte das Wasser ab, trocknete sich schnell die Hände ab und eilte durch die Diele zur Tür. Zunächst sah sie niemanden. Dann sah sie die vertraute Gestalt eines Mannes, der zu seinem geparkten Wagen zurückging.

»Buddy«, rief sie. »Kommen Sie zurück. Ich bin hier.«

Detective Mario Ferraro drehte sich um und lächelte zur Begrüßung. Während der langen Jahre hatte er Anna gut kennengelernt. Lange nachdem man Pauls Entführung offiziell zu den Akten gelegt hatte, blieb sie mit ihm in Kontakt und befragte ihn über ähnlich gelagerte Fälle, immer in der Hoffnung, eines Tages ihren Sohn wiederzufinden. Immer war er ihr mit Verständnis begegnet – das hoffte er jedenfalls –, er wußte aber auch, wie andere ihr Verhalten betrachteten. »Diese arme Frau«, war die generelle Meinung, aber er bewunderte insgeheim ihren Mut und ihre Ausdauer. Nachdem sie ihren Sohn und auch das Baby verloren hatte, riß sie sich zusammen und beteiligte sich intensiv an der Suche. Manche Leute hielten ihr Verhalten für anomal, aber Buddy erkannte die Logik in ihren Bemühungen und beschloß, ihr zu helfen.

Eines Abends hatte Thomas ihn zur Seite genommen und sich für Annas endlose Fragerei entschuldigt. »Ich komme einfach nicht mehr zu ihr durch«, hatte Thomas gesagt. Und irgendwie hatte ihn Thomas' Reaktion mehr gestört als Annas. Aber er hielt den Mund. »Mir macht es nichts aus«, hatte er Thomas gesagt. »Ich kann mir vorstellen, was sie durchmacht.«

»Was ist mit Ihnen los?« fragte Anna. »Sie sehen krank aus.«

Buddy lächelte. »Ich bin froh, daß Sie da sind.«

»Ich war im Garten und hörte Ihren Wagen nicht. Hoffentlich haben Sie nicht lange warten müssen.«

Der Detective schüttelte den Kopf.

Buddy stieg zögernd die Stufen empor. Als er die Tür erreicht hatte, unter der Anna stand, sah er sie stirnrunzelnd an und preßte die Lippen aufeinander. Anna schob ihren Arm unter seinen und führte ihn ins Haus. »Mein Garten«, sagte sie, »ist dieses Jahr wirklich herrlich. Sie müssen Sandra etwas Gemüse mitnehmen.«

»Anna ...«, fing er an.

Arm in Arm gingen sie in den L-förmigen Wohnraum, der hell und voller Blumen war. Anna ließ den Arm des Detectives los und winkte ihn in einen Sessel vor dem offenen Kamin. »Setzen Sie sich. Ich habe Sie so lange nicht gesehen. Ich bin froh, daß Sie vorbeigekommen sind. Ich war gerade in einer ziemlich düsteren Stimmung.« Sie nahm ihr Strickzeug vom gegenüberstehenden Sessel und setzte sich ebenfalls.

Buddy saß auf der Sesselkante und lehnte sich vorwärts. »Kann ich Ihnen etwas zu trinken anbieten? Sodawasser oder ein Bier?«
Der Polizist schüttelte den Kopf. »Es ist schön, Sie zu sehen«, sagte er ruhig.
Anna lächelte. »Wie geht es den Jungs?« fragte sie. »Mark und dem kleinen Buddy?«
»Gut. Mark kommt nächstes Jahr ins College. Sandy und ich bringen ihn zu einem Einführungsgespräch bald dorthin.«
»O Buddy!« rief Anna, dann überrascht: »Schon jetzt? Ist das möglich?« Ihr Blick verschwamm, und sie biß sich auf die Unterlippe. Dann schüttelte sie den Kopf. »Das ist ja wundervoll. Sie und Sandy müssen sehr stolz auf ihn sein.«
»Das sind wir«, sagte der Detective und faltete die Hände. »Anna«, sagte er fest, »das ist kein reiner Freundschaftsbesuch. Ich habe Neuigkeiten für Sie.«
Anna holte Luft, als hätte er sie geschlagen. Jahrelang hatte sie wie eine verlassene Geliebte auf eine Nachricht gewartet. Sie starrte Buddy an, versuchte in seinem Gesicht zu lesen, was das für eine Nachricht sei.
»Ist Thomas zu Hause?« fragte er. »Ich denke, er sollte dabeisein.«
»Nein ... er ist ausgegangen«, flüsterte sie.
Buddy Ferraro runzelte die Stirn. »Vielleicht sollten wir ...«
»Es geht um Paul«, sagte sie und schlug die Hände vor den Mund. »Erzählen Sie«, flüsterte sie.
Buddy nickte und räusperte sich. »Anna«, sagte er. »Ich weiß nicht, wie ich es sagen soll. Es wird ein Schock sein.«
Anna schüttelte den Kopf und starrte ihn weiter an.

Buddy zögerte. »Paul wurde gefunden. Er lebt.«
Anna schloß einen Moment die Augen. Seine Worte hingen in der Luft, warteten darauf, daß sie sie verstehen würde. Aber eine brennende Furcht lähmte sie. Sie hatte den Eindruck, als wenn das Gesagte, griffe sie danach, ihr entgleiten würde. Alle Hoffnung über diese langen Jahre hinweg würde für immer entschwinden. »Lügen Sie mich nicht an, Buddy«, sagte sie mit zitternder, fast unhörbarer Stimme.
»Das würde ich nie. Das wissen Sie. Es ist wahr. Sie können mir glauben. Er lebt.« Buddys Augen standen plötzlich voller Tränen. Er preßte die Lippen zu einem verunglückten Lächeln zusammen.
Anna saß einen Augenblick wie erstarrt in ihrem Sessel. Dann sank sie, wie in Trance, auf die Knie, umklammerte mit den Armen ihre Brust. Ihr Kopf war geneigt; ihre Augen waren geschlossen.
Buddy sprang auf, weil er dachte, sie würde ohnmächtig. Dann begriff er und setzte sich wieder. Es herrschte Stille. Als Anna den Kopf hob, glich ihr Gesicht einer sich öffnenden Blume.
Buddy streckte ihr die Hand hin. Anna nahm sie. »Erzählen Sie mir alles«, flüsterte sie mit erstickter Stimme. »Wo ist er? Geht es ihm gut?«
»Es geht ihm gut«, versicherte Buddy ihr.
Ein paar Minuten saßen die beiden schweigend da. Buddy konnte spüren, wie sie von Wellen des Zitterns geschüttelt wurde. Dann hustete er und griff in seine Tasche. »Hier«, murmelte er und gab ihr sein Taschentuch.
Während sich Anna die Augen trocknete, erzählte ihr der Detective die ganze Geschichte. »Heute morgen erhielten

wir die Nachricht vom Sheriff in Hawley, West Virginia. Er war von einem dortigen Geistlichen unterrichtet worden, daß Paul all die Jahre über in dieser Stadt als Sohn eines Ehepaares namens Albert und Dorothy Lee Rambo gelebt hat. Die Frau starb an Krebs, und letzte Woche nahm sie kurz vor ihrem Tod Kontakt mit diesem Geistlichen auf, einem Reverend Orestes Foster, und gab ihm einen Brief, den sie ihn bat, nach ihrem Tod zu öffnen, was vorgestern geschah. Der Brief enthielt das Geständnis, daß sie und ihr Mann Paul entführt und als ihren Sohn erzogen hatten; und er enthüllte ebenfalls Pauls Identität, die sie offensichtlich kannten.«

»Sind Sie sicher, daß es sich um Paul handelt?«

Buddy nickte. »Es ist Ihr Sohn. Die Frau war noch im Besitz der Kleidung, die er trug, als er entführt wurde. Es gibt auch Fotos. Ganz offensichtlich glaubte die Frau, ihre Krankheit sei die Strafe für ihr Verbrechen. Sie wollte reinen Tisch machen und sichergehen, daß der Junge zu Ihnen zurückkehrt.«

»Und ihr Mann?«

Buddy zog eine Grimasse. »Da liegt das Problem. Wie es scheint, hat sie ihn von ihrem Vorhaben unterrichtet, und er hat sich noch vor ihrem Tod einfach aus dem Staub gemacht. Seitdem ist er flüchtig. Der Mann ist geistig nicht gesund. Er wurde wegen seiner Krankheit mehrmals in geschlossene Anstalten eingewiesen.«

»O mein Gott.«

»Soviel wir wissen, hat er Paul nie in irgendeiner Weise Schaden zugefügt. Er ist nur nicht ganz richtig im Kopf. Die Frau war gesund. Sie arbeitete als Krankenschwester und kümmerte sich um die beiden. Jedenfalls sucht die Polizei nach diesem Rambo. Und das FBI. Sie werden ihn finden.«

»Wo ist Paul jetzt? Haben Sie mit ihm gesprochen?«
»Nein. Noch nicht. Er wird noch von der Polizei in Hawley ausgefragt. Sie versucht, soviel wie möglich herauszufinden. Das ist ein ziemlicher Schock für alle gewesen, denn sie kannten die Rambos schon jahrelang.«
»Aber Paul geht es gut?« beharrte Anna.
Buddy drückte ihre Hand. »Es wird für ihn gesorgt. Und sehr bald wird er hier sein.«
Anna schüttelte hilflos den Kopf. »Warum?« flüsterte sie. »Warum haben sie meinen Sohn entführt?«
»Es gibt noch vieles, das wir nicht wissen. Der Junge war zu klein, um sich daran erinnern zu können. Aber wir tun, was wir können. Alles zu seiner Zeit, Anna«, sagte er beschwichtigend. »Er lebt. Und wir haben ihn gefunden.«
»Ich muß ihn sehen.«
»Das werden Sie auch. Bald.«
Anna sah ihn mit Tränen in den Augen an. »Ich habe ihn nie aufgegeben, Buddy. Manchmal dachte ich, ich würde darüber den Verstand verlieren. Ich glaubte immer, daß er eines Tages zurückkommen würde.«
»Und Sie hatten recht«, sagte der Detective.
Tränen strömten Anna wieder über die Wangen. Zum ersten Mal seit elf Jahren konnte sie an ihren Sohn mit einem Gefühl unendlicher Freude denken. Wie er wohl aussah? Würde er sie wiedererkennen und sie ihn? Plötzlich blickte sie auf. »Ich muß es Thomas sagen. Und Tracy.«
»Wissen Sie, wo die beiden sind?«
»Im Tennisclub. Ich muß es ihnen erzählen.« Anna stand auf und sah sich verwirrt um. »Meine Schlüssel. Wo habe ich nur meine Schlüssel hingelegt?«
»Das ist jetzt gleich«, sagte Buddy und stand ebenfalls auf. »Ich fahre Sie hin. Sie sind jetzt nicht in der Lage dazu.«

»Aber das ist nicht nötig, Buddy.«
»Doch. Sie sind mit Ihren Gedanken ganz woanders.«
»Nun gut«, gab Anna nach. »Sie haben recht. Dann wollen wir gleich gehen.«
Während der Fahrt wechselten Anna und Buddy kaum ein Wort. Einmal streifte sein Blick sie kurz, und er sah, wie das Leid tiefe Furchen in ihr Gesicht gegraben hatte. Ihr hellbraunes Haar war von grauen Strähnen durchzogen. Aber jetzt leuchteten ihre Augen, und ihre Wangen waren gerötet. Er schickte ein kurzes stummes Stoßgebet zum Himmel und wünschte sich, daß ihr Leidensweg nun vorbei sein möge. Trotzdem konnte er sich wegen Pauls Heimkehr eines unguten Gefühls nicht erwehren.
Sie kamen am Tennisclub an und fuhren durch das breite Eingangstor. Anna konnte durch die mit Kletterrosen bewachsene Umzäunung Tracy in ihrem weißen Dreß und Thomas' muskulöse Gestalt erkennen.
»Nun gut«, sagte sie laut, als ob sie sich auf etwas vorbereitete.
»Soll ich auf Sie warten?«
Anna schüttelte den Kopf. »Tom fährt mich nach Hause. Buddy, ich weiß gar nicht, wie ich Ihnen danken soll.« Sie beugte sich zu ihm und umarmte ihn spontan. Sie wollte aussteigen und wandte sich noch einmal zu ihm um. Sorge stand in ihrem Gesicht.
»Was ist los?« fragte er.
»Buddy, ich muß immer an diesen Kidnapper denken ...«
»Rambo?«
»Ja. Sie sagten, er ist geistig verwirrt. Wir wissen nicht, was er vorhat ...«
Buddy machte eine beschwichtigende Geste mit der Hand.

»Ich habe das Gefühl, daß Rambo sich so weit wie möglich entfernt von hier aufhält. Machen Sie sich keine Sorgen, Anna. Gehen Sie, und erzählen Sie Ihrer Familie die guten Nachrichten.«

Anna lächelte und schlug die Autotür zu.

»Viel Glück«, platzte Buddy heraus. Er wußte nicht, warum er das gesagt hatte. Er beobachtete sie, wie sie auf den Tennisplatz zueilte. Er hatte ihr nicht die volle Wahrheit über Albert Rambos Krankheit erzählt, noch hatte er ihr gesagt, daß der Junge, den Anna so sehnsüchtig erwartete, sich äußerst verschlossen und mürrisch gab. Warum sie unnötig beunruhigen? dachte er. Alles würde sich von selbst regeln. Aber Buddy konnte das ungute Gefühl, das ihn wieder beschlich, nicht abschütteln.

Thomas machte sich gerade bereit, einen Ball zurückzuschlagen, als seine Aufmerksamkeit von Anna abgelenkt wurde, die gerade den Tennisplatz betrat und auf ihn zulief. Er lächelte und winkte, als er sie sah. Dann runzelte er die Stirn, denn er bemerkte ihren Gesichtsausdruck.

»Mutter!« rief Tracy mit schriller, verärgerter Stimme. »Geh sofort vom Platz. Du hast hier nichts zu suchen.«

»Tom, ich muß dir etwas erzählen.«

»Was ist los, Liebling?« fragte er besorgt. Er trat einen Schritt auf sie zu.

»Es geht um Paul.«

Thomas' Mund wurde zu einem schmalen Strich, seine Augen verengten sich. Er hob den Schläger und hielt ihn wie einen Schild vor die Brust. »Wir sind mitten in einem Spiel, Anna«, sagte er.

»Was gibt's?« schrie Tracy quer über den Platz.

»Tom, Buddy Ferraro war gerade da. Paul wurde gefunden. Er lebt. Die Frau, die ihn entführt hat, ist gestorben und hat ein Geständnis hinterlassen. Tom, er lebt. Er kommt nach Hause. Paul kommt nach Hause.« Annas Gesicht zerfiel, sie barg es in ihren Händen.

Thomas starrte seine Frau ungläubig an. Er senkte seinen Tennisschläger. »Was?« flüsterte er.

Anna nickte. »Es ist die Wahrheit. Paul kommt zu uns zurück.«

Plötzlich fing Thomas' Herz schmerzhaft an zu pochen. Seine Augen registrierten den azurblauen Himmel, den sonnendurchfluteten Sommertag und das tränenüberströmte Gesicht seiner Frau, und er wußte: Das alles war wirklich. Aber das Blut rauschte in seinen Ohren und schien die Worte seiner Frau zu ersticken. Diese Worte hatte er nie im Leben erwartet. Als er versuchte, sich den Jungen vorzustellen, war da nichts als ein weißer Fleck.

Anna sah ihn jetzt an, griff nach seinen Händen, die frei waren, da er seinen Schläger unbewußt unter den Arm geklemmt hatte. Die Wärme ihrer Hände und die Intensität ihres Blicks schienen ihn wieder zu beleben. Ein unendliches Gefühl der Zärtlichkeit für sie überkam ihn.

Er umarmte sie und zog sie an seine Brust. »Ich wußte es«, sagte sie und preßte ihr Gesicht an sein durchgeschwitztes Tennishemd. »Ich wußte, daß er lebt. Ich wußte, er würde zurückkommen.«

Thomas streichelte ihr Haar, starrte über ihren Kopf hinweg. »Paul lebt«, murmelte er. »Das hast du immer gesagt. Ich habe es nie geglaubt ... ich kann es nicht glauben.«

Thomas drückte sie und wünschte, er könnte weinen, aber er spürte nur einen Knoten im Magen. »Das ist wunderbar«, sagte er. »Gott, es ist unglaublich.«

»Verdammter Mist!« rief Tracy, warf ihren Tennisschläger zu Boden und stapfte vom Platz. »Ich weiß nicht, was da los ist, aber du kannst dir jemand anderen zum Spielen suchen.«

»Nein, Tracy!« rief Anna, befreite sich aus den Armen ihres Mannes und lief zu ihrer Tochter. Sie lehnte sich gegen das Netz. »Tracy, warte. Wir müssen dir etwas erzählen. Warte auf mich.« Anna wollte nicht vor den anderen Spielern auf den Nachbarplätzen reden. Aber Tracy öffnete entschlossen die kleine Pforte.

»Tracy, Liebling, hör mir zu«, bat Anna. »Dein Bruder ist gefunden worden. Paul. Paul kommt zurück.«

Tracy drehte sich um und sah ihre Mutter an. Dahinter stand ihr Vater, unbeweglich, mit hängenden Armen.

Tracys Gesicht, unter der Bräune, wurde fahl. Sie schien wie angewachsen plötzlich, starrte ihre Eltern mit großen Augen an. Einen Augenblick noch blieb sie stehen. Dann öffnete sie die Tür und ließ sie krachend hinter sich ins Schloß fallen.

2.

»Meine schlafende Schöne, wach auf.«

Anna zwang sich die Augen zu öffnen wie jemand, der aus einer tiefen Narkose erwacht. Thomas stand im Bademantel neben ihrem Bett und trug ein Frühstückstablett, auf dem sogar eine Dahlie in einem Saftglas stand.

Sie setzte sich im Bett auf und lächelte schläfrig. »Was ist das, Liebling?«

»Das sind Eier, Toast, Kaffee und Bloody Marys!« sagte er. »Ich habe die Milch vergessen. Hier, halt es fest.« Er stellte das Tablett auf ihre Knie. »Ich bin sofort wieder zurück.«

»Wie spät ist es?«

»Fast elf. Aber du brauchtest deinen Schlaf.«

Anna lehnte sich gegen die Kissen und mußte über die Unordnung in dem sonnigen Schlafzimmer lächeln. Ein Resultat der Ungeduld aller Liebenden.

Gestern, nachdem sie nach Hause gekommen waren, hatten sie den Rest des Tages damit verbracht, zu telefonieren und Besucher zu empfangen: die Familie, Freunde und Reporter. Um neun war Thomas dann gegangen und hatte Essen aus einem chinesischen Restaurant geholt. Tracy hatte Magenweh vorgegeben und sich in ihrem Zimmer eingeschlossen. Etwa um Mitternacht hatte Thomas am Telefon den Stecker herausgezogen und sie ins Schlafzimmer gezerrt, wo sie sich mit einer Intensität geliebt hatten, als wäre es ihre letzte Nacht zusammen. Als er den Höhepunkt erreichte, hatte er einen Schrei ausgestoßen, der fast wie ein Angstschrei klang. Anna war bestürzt darüber und wiegte ihn, bis er eingeschlafen war. Aber sie hatte den größten Teil der Nacht wachgelegen und über das Wunder nachge-

dacht. Erst vor der Morgendämmerung war sie erschöpft eingeschlafen.
Die Schlafzimmertür wurde wieder geöffnet, und Thomas erschien mit einem Milchkännchen. Er stellte es aufs Tablett und setzte sich auf den Bettrand.
»Komm, wir wollen essen.«
Anna streichelte seine Wange. »Wie lieb von dir«, sagte sie.
Thomas zuckte mit den Schultern. »Das sollten wir doch feiern. Und außerdem hatten wir gestern nicht eine Minute für uns.«
»Wo ist Tracy?«
»Sie ist schon früh mit dem Rad zu Mary Ellen gefahren.«
»Ich glaube, die ganze Geschichte nimmt sie ziemlich mit«, sagte Anna.
Thomas rührte die Bloody Mary um und gab das Glas seiner Frau. Anna nahm gehorsam einen Schluck. »Das bedeutet eine große Veränderung für sie«, sagte Tom. »Für uns alle ist es eine große Veränderung. Aber es wird sie glücklich machen, wenn sie sieht, wie anders unser Leben dann wird.«
Anna seufzte und lächelte ihn wieder an. »Das glaube ich auch. Unser Sohn kommt zurück.«
Thomas nickte und aß von den Eiern. »Wir werden ein normales Leben führen. Wie andere Familien.«
Anna sagte etwas pikiert: »Nun, den Umständen entsprechend haben wir doch ein normales Leben geführt.«
»Ja, das weiß ich«, entgegnete Tom schnell. »So war das auch nicht gemeint. Ich wollte damit nur sagen, daß du jetzt nicht mehr herumzurennen brauchst, jedesmal wenn wir von einem Kind irgendwo hören. Diese endlose Sucherei hört auf. Diese nächtlichen Telefonate, die Polizei und die Reporter. Ich kann sie alle nicht mehr sehen.«

»Sie wollten uns nur helfen«, sagte Anna.
»Sicher wollten sie das, aber es war nicht immer einfach. Das mußt du zugeben. Nun kommt der Junge zurück, und wir brauchen darüber nicht länger nachzudenken. Wir können ein ganz normales Leben führen.« Er beugte sich vor und drückte sie an sich. »Du weißt gar nicht, wie ich das vermißt habe.«
Anna sah ihn ernst an. »Auch ich habe es vermißt«, sagte sie. »Aber hatten wir denn eine andere Wahl?«
Thomas wischte sich mit einer Serviette den Mund ab. »Ganz recht«, sagte er, »ganz recht. Nun iß deine Eier, sonst werden sie noch kalt.«
Anna lachte und schob sich eine Gabel voll in den Mund. »Sie schmecken gut. Vielleicht sollte ich dir immer die Zubereitung des Frühstücks überlassen, wenn du es so gut kannst.«
»Ich bin talentiert«, sagte er. »Und bescheiden.«
»Hat Buddy schon angerufen?« fragte sie. »Er wollte es einrichten, daß wir mit Paul heute telefonieren können. Ich wundere mich, daß er sich noch nicht gemeldet hat.«
»Vielleicht hat er es probiert«, sagte Tom. »Ich habe den Stecker vom Telefon noch nicht wieder eingesteckt.«
»Tom«, sagte Anna protestierend. »Paul hat vielleicht versucht, uns zu erreichen.«
»Ich wollte, daß du schläfst«, sagte er kläglich. »Du warst so müde.«
Anna stellte das Tablett zur Seite und griff zum Telefon, das auf dem Nachttisch stand. »Steck es wieder ein, Liebling. Ich will sofort Buddy anrufen.«
»Warum ißt du nicht zuerst?«
»Ich möchte doch nur Gewißheit haben.«

Thomas nahm das Tablett, stieß einen leisen Seufzer aus und stellte es auf den Boden. Dann steckte er das Telefon wieder ein.

Anna küßte ihn auf die Wange. »Danke.« Sie nahm den Hörer und wählte.

Thomas hockte auf dem Bettvorleger, den Kopf gegen die Matratze gelehnt. Anna hörte mit dem Wählen auf und legte ihm ihre Hand auf die Schulter. Er starrte trübsinnig auf das Tablett neben ihm, wo die Eier kalt wurden. Er nahm ein Stück Toast und kaute es langsam. Das Brot war nun kalt und schmeckte wie fettige Pappe.

Die Woche voller Vorbereitungen und Warten schien für Anna kein Ende nehmen zu wollen. Doch jetzt saß sie in der vom frühen Morgenlicht durchfluteten Küche und plante Pauls Begrüßungsessen. Der Tisch war mit offenen Kochbüchern übersät.

Sie spürte, wie ihr der Schweiß über den Rücken rann. Es würde ein sehr heißer Augusttag werden. Sie wandte ihre Aufmerksamkeit wieder den Kochbüchern zu. Paul wurde erst zum Abendessen erwartet, und sie wollte, daß alles perfekt war, obwohl sie nicht wußte, welche Speisen er liebte. Die Entscheidung fiel ihr schwer. Unschlüssig blätterte sie die Seiten um.

Da betrat Tracy in ihrem weißen Tennisdreß die Küche und ließ sich, ohne zu grüßen, auf einen Stuhl fallen. Anna schob die Kochbücher zur Seite.

»Hast du gut geschlafen?« fragte sie ihre Tochter.

»Ach, es war so laut hier. Da bin ich aufgewacht.«

»Oh, hoffentlich habe ich dich nicht gestört, Liebling. Ich bin früh aufgestanden, weil ich soviel zu tun habe«, sagte

Anna und ignorierte Tracys finsteres Gesicht. »Ich habe Staub gewischt, die Möbel poliert und dann das gebacken.« Sie stand auf, ging zur Arbeitsplatte und nahm den Deckel von der Torte. Dann hob sie sie hoch, damit ihre Tochter sie besser sehen konnte. »Willkommen zu Hause«, stand in blauen Buchstaben auf der Schokoladenglasur. »Nun, was hältst du davon?«

Tracy starrte den Kuchen und dann ihre Mutter an. »Du hast das gebacken?«

Anna nickte. »Sieht er nicht gut aus?«

Tracy faltete die Arme vor ihrer Brust und starrte mürrisch vor sich hin. »Ja. Sicher.«

Anna stellte den Kuchen zurück, wischte sich die Hände an der Schürze ab und drehte sich zu Tracy um. »Was möchtest du zum Frühstück, Liebling?«

»Nichts«, sagte Tracy.

»Du solltest etwas essen. Du kannst nicht nüchtern ...«

»Saft.«

»Wie wär's mit ein paar Cornflakes? Ich hole dir ...«

»Nein!« schrie Tracy. »Ich sagte Saft.«

In dem Moment kam Thomas in die Küche. Er knöpfte noch einen Ärmel seines Hemdes zu. Er blieb abrupt stehen und sah seine Tochter an.

»Es ist zum Essen zu heiß«, erklärte sie ihm. Sie hatte rote Flecken im Gesicht, ihr Kinn zitterte.

»In Ordnung«, sagte Anna.

»Deswegen brauchst du nicht zu schreien«, sagte Thomas.

»Sie versucht mich zum Essen zu zwingen, selbst wenn ich keinen Hunger habe«, murmelte Tracy.

Anna stellte ein Glas Saft vor ihre Tochter und sagte zu ihrem Mann: »Du hattest eine unruhige Nacht. Hoffentlich habe ich dich heute früh nicht geweckt, als ich mich anzog.«

»Ich war nur eine Minute wach. Es war noch völlig dunkel. Wie spät war es eigentlich?« fragte er.
»Oh, vielleicht halb oder Viertel vor fünf.«
»Viertel vor fünf?« wiederholte Thomas ungläubig.
»Ich konnte nicht schlafen«, sagte Anna. »Ich war so aufgeregt.«
Thomas nahm sie in die Arme, drückte sie und küßte sie auf die Stirn.
»Was möchtest du frühstücken?« fragte Anna.
»Ich bin spät dran. Ich frühstücke auf dem Weg ins Büro.«
»O Tom ...«
»Was soll denn das?« fragte er, als er den Stapel Kochbücher sah.
»Ich suche nach einem Rezept für heute abend.«
Tracy schob ihren Stuhl zurück und stand auf. Anna wollte die Aufmerksamkeit ihrer Tochter erregen. »Was soll ich nur kochen, Tracy?«
»Ich gehe jetzt«, verkündete Tracy.
»Spielst du heute morgen Tennis?« fragte Anna.
»Hmm ...« brummelte Tracy.
»Ehe du gehst, Liebes, räum bitte dein Zeug aus dem Gäste ... Aus Pauls Zimmer, damit ich dort saubermachen kann.«
»Das mach' ich später«, sagte Tracy. »Wiedersehen, Vati.«
Thomas lächelte sie an. »Viel Spaß«, sagte er.
Anna nahm das Glas vom Tisch. »Ich möchte, daß du es jetzt tust.«
Tracy blieb steif in der Tür stehen. »Ich habe heute morgen ein Spiel.«
»Du brauchst dafür nicht lange«, beharrte Anna. »Du hattest bereits die ganze Woche dafür Zeit.«

»Ich sagte dir doch, ich habe heute morgen ein Spiel.«
»Und ich sagte dir«, entgegnete Anna ernst, »daß du das Zimmer aufräumen sollst, damit ich es für Paul herrichten kann. Geh jetzt sofort nach oben. Es gibt wichtigere Dinge als dein Spiel. Dein Bruder kommt heute abend nach Hause.«
Tracy sah ihre Mutter voll kalter Wut an. »Das ist mir egal«, sagte sie. »Ich gehe jetzt.«
Anna war einen Moment sprachlos.
»Tracy«, befahl Thomas, »tu, was deine Mutter dir sagt.«
»Scheiße!« schrie Tracy und stapfte aus der Küche. »Ihr seid gemein.«
Anna schüttelte den Kopf und setzte sich. »Mein Gott, in welchem Zustand sie ist! Ich verstehe das einfach nicht. Hast du versucht, mit ihr zu reden? Ich komme nicht mehr zu ihr durch.«
Thomas seufzte, steckte die Zeitung in seinen Aktenkoffer. »Nein«, gab er zu. »Ich weiß nicht, was ich ihr sagen soll.«
»Vielleicht ist sie eifersüchtig. Auf all die Mühe, die wir uns wegen Paul machen. Sie empfindet ihn wohl als Eindringling«, meinte Anna.
»Nun, über etwas anderes wurde die ganze Woche ja auch nicht gesprochen«, sagte Tom.
»Ich weiß, aber das ist doch natürlich. Wir sind doch alle deswegen furchtbar aufgeregt.«
»Vielleicht glaubt sie, daß es dann immer so weitergeht, wenn er erst einmal da ist«, sagte Thomas.
Anna sah ihren Mann fragend an. »Was willst du damit sagen?«
»Ich weiß nicht«, entgegnete Thomas ausweichend. »Der Gedanke kam mir nur so. Tracy ist seit einiger Zeit schon etwas schwierig.«

»Ich glaube, alle Eltern würden sich so verhalten wie wir«, sagte Anna.
Thomas sah auf seine Uhr. »Sie wird's überwinden«, sagte er. »Komm, Anna. Wir müssen uns beeilen.«
Anna nickte, obwohl sie gerne weiter über das Thema geredet hätte. Sie stand auf und holte die Autoschlüssel. Ihr Zweitwagen war wegen einer Reparatur in der Werkstatt, deshalb mußte sie ihren Mann zum Bahnhof fahren.
Thomas schlüpfte in sein Jackett und nahm seinen Aktenkoffer. Sie warf ihm einen Blick zu und entdeckte etwas wie einen Vorwurf in seinen Augen. Fragend hob sie die Brauen.
»Deine Schürze, Anna«, sagte er.
Anna band ihre mit Schokolade beschmierte Schürze ab und hängte sie an die Tür. »Die habe ich ganz vergessen«, sagte sie.

Anna fuhr. Beide schwiegen. Thomas hatte seinen Aktenkoffer geöffnet auf den Knien liegen und ging Papiere durch. Sie näherten sich dem Bahnhof, und Anna warf ihrem Mann einen Blick aus den Augenwinkeln zu. Er schien in seine Unterlagen vertieft.
»Tom ...« begann sie zögernd.
»Ja ...«
»Freust du dich auf heute abend?«
Thomas nickte langsam. »Ja. Natürlich.«
»Ich kann es immer noch nicht fassen. Es ist wirklich ein Wunder«, sprach sie vorsichtig weiter. »Unser Sohn kommt endlich zu uns zurück. Wir werden alle wieder vereint sein. So, wie es früher war.«
»Das hoffe ich«, sagte er. »Ich hoffe es wirklich.«

»Es ist einfach wunderbar. Wir sind so glücklich.«
»Ja, das sind wir«, sagte er. Er legte die Hand auf ihren Schenkel.
»Ich habe nur Angst ... ich hoffe, Paul ist ... in Ordnung.«
Thomas nahm seine Hand von ihrem Bein und sah sie überrascht an. »Warum sollte er das nicht sein?« fragte er.
Anna preßte die Lippen zusammen und schwieg. Sie merkte, wie er sich versteifte.
»Seit wir von Paul gehört haben, mache ich mir Sorgen«, fing sie an.
»Worüber?«
Anna zögerte. »Nun, vielleicht wäre es gut, wenn ... wenn Paul unter Schutz stünde.«
»Weswegen? Ich verstehe dich nicht.«
»Nun, ich mache mir eben Sorgen.«
»Um Paul?«
»Nein. Dieser Mann.« Sie schauderte.
Schweigen. Dann sagte Thomas: »Rambo.«
»Er ist auf der Flucht. Wir wissen, daß er geistig gestört ist und haben keine Ahnung, wessen er fähig wäre. Vielleicht bildet er sich ein, daß Paul sein Sohn ist, und folgt ihm.«
»Ich glaube nicht, daß wir uns darüber Gedanken zu machen brauchen, Anna. Es gibt keinen Grund zu einer solchen Annahme.«
Anna starrte ihren Mann an. »Wie kannst du dir dessen sicher sein? Er hat unseren Sohn schon einmal entführt, oder?«
»Paß auf!« rief Thomas.
Der Wagen kam ins Schleudern, als Anna ihn um eine Kurve lenkte. Sie korrigierte die Fahrtrichtung.
»Sieh mal«, sagte Thomas. »Buddy hat dir doch gesagt, daß

der Mann wahrscheinlich das Weite sucht. Die Polizei sucht ihn wegen Kindesentführung. Als letztes würde er hier auftauchen. Selbst dieser Rambo ist nicht so verrückt. Am besten, du vergißt ihn.«

»Ich verstehe das alles ja. Aber wir haben es nicht mit einem normalen Menschen zu tun. War es denn normal, Paul zu entführen? Wie kannst du voraussehen, was ein solcher Mensch plant? Wir wissen, daß er wegen Unzurechnungsfähigkeit ...«

»Ja, ja«, unterbrach Thomas sie. »Aber wenn er so schlau war, fortzulaufen, als er wußte, daß seine Frau die Geschichte preisgegeben hat, wird er sicher nicht geradewegs in die Hände der Polizei rennen.«

Anna umklammerte das Lenkrad. »Ich weiß nicht«, sagte sie. »Vielleicht hast du recht. Aber ich habe ein ungutes Gefühl.«

»Um Himmels willen, Anna«, sagte Thomas ruhig, als der Bahnhof in Sicht kam, »ich war der Meinung, das alles würde jetzt aufhören, da du den Jungen wiederhast. Findest du eigentlich Gefallen daran, dir ständig Sorgen zu machen? Warum kannst du nicht einmal Ruhe geben?«

Anna blieb mit laufendem Motor neben dem Bahnsteig stehen. »Ich mache mir keine unnötigen Sorgen, das weißt du. Aber ich bin erst beruhigt, wenn wir alles hinter uns haben. Und deine Kritik ist wenig hilfreich.«

»Gut. Es tut mir leid«, sagte Thomas. Er öffnete die Autotür und stieg aus. Fast gleich gekleidete Männer eilten an beiden Seiten des Wagens vorbei. Anna beugte sich über den Sitz und sah ihren Mann an. Sie wollte etwas sagen. Thomas schaute auf seine Uhr und neigte den Kopf zum geöffneten Fenster.

»Versuch früh nach Hause zu kommen«, sagte sie. »Es wird ein sehr schöner Abend. Du wirst schon sehen.«
»Ja.« Thomas rang sich ein gequältes Lächeln ab und drehte sich um. Er ging die Treppen zum Bahnsteig hoch. Anna sah, wie er in der Menge verschwand.

Der Geruch von Toast, fettem Speck und Pommes frites strömte durch den schmierigen Ventilator der Imbißstube und auf den Parkplatz, der von einer kleinen Reihe Läden begrenzt wurde. Der Mann, der frühmorgens hinter den Läden stand, fand die Gerüche unwiderstehlich. Nervös zupfte er an der Haut seines teigigen Gesichts, was rote Flecken hinterließ. Der Koch und die Kellnerin in der Imbißstube scherzten miteinander. Obwohl er die Worte hörte, verstand er sie nicht. Er konnte nie verstehen, warum die Leute über irgendwelche Dinge lachten.
Keiner der Läden in der kleinen Einkaufsstraße hatte bis jetzt geöffnet, und neben seinem blauen Chevy stand nur noch ein anderer Wagen auf dem Parkplatz.
Der Mann, der im Schatten an die Mauer gedrückt stand, war schon im Morgengrauen aufgestanden. Hunger hatte ihn auf die Beine gebracht. Argwöhnisch spähte er umher, ob jemand ihn beobachtete. Er trug einen steifen grauen Hut – tief über die Augen gezogen – und eine Sonnenbrille. Ein kurzärmeliges Sporthemd enthüllte dünne, blond behaarte Arme. Er ballte seine Hände zu Fäusten und steckte sie in die Taschen seiner schlechtsitzenden Hose.
Wieder stieg ihm der Frühstücksduft in die Nase. Sein Magen knurrte als Antwort. Er blickte an der Reihe der Läden entlang. Hinter dem Lebensmittelladen stand eine große grüne Abfalltonne – aus diesem Grund war er hier.

Er löste sich aus dem Schatten und schlenderte zur Mülltonne. Seit zwei Tagen hatte er nichts anderes als Schokoladenriegel gegessen, die er aus den Automaten von Tankstellen gezogen hatte. Er besaß kaum noch Geld und hatte im Auto geschlafen. Doch gestern hatte er eine Pause einlegen müssen. Die Stimmen hatten ihn wieder derart abgelenkt, daß er fast in eine Absperrung auf dem Highway gefahren wäre. Er hatte sich für ein paar Tage in diesem Motel eingemietet. Doch für Essen blieb ihm nun kein Geld mehr übrig.
Lebensmittelgeschäfte warfen Sachen weg. Es mußte was zu essen in der Tonne sein. Nach einem schnellen Blick in die Runde hob er den schweren Deckel und hielt ihn mit einer Hand. Der Geruch verdorbener Lebensmittel schlug ihm entgegen, ein Beweis seiner Klugheit. Er schaute in die Tonne. Unter einer zerknitterten Zeitung entdeckte er einen Eierbehälter mit drei zerbrochenen und zwei ganzen Eiern. Daneben lag eine offene Schachtel mit Keksen. Er fischte nach den Eiern, erwischte jedoch zuerst die Zeitung und warf sie auf den Boden. Da sah er auf der Titelseite das Foto seines Sohnes.
Albert Rambo stieß ein angeekeltes Knurren aus und bückte sich nach der Zeitung. Gegen den offenen Mülltonnendekkel gelehnt las er den Artikel über die glückliche Familienzusammenführung der Langes, die bald stattfinden sollte. Auf der nächsten Seite war auch ein Foto vom Haus der Langes – ein Palast in seinen Augen.
Der richtige Ort für diese barbarischen Heiden. Da hat der Teufel leichtes Spiel, dachte Rambo. Die Reichen und Gottlosen hier in Connecticut. Er merkte nicht, daß er jetzt laut vor sich hinmurmelte. Rambos Magen knurrte wieder, noch gebieterischer. Nach all den Jahren, wo er seinetwegen

verzichtet, ihn als seinen eigenen Sohn aufgezogen hatte. Er konnte noch immer die Stimme seiner Frau hören: »Der Junge braucht Schuhe. Er braucht einen Mantel. Billy braucht ... Billy braucht ...«

Rambo starrte auf das abgebildete Haus,wo dieser gotteslästerliche Bastard, dieser Spießgeselle des Teufels nun leben würde.

Paul Lange. Er schnaubte verächtlich. Hörte sich wie ein junger Prinz an. Dorothy Lees Stimme verstummte, als die anderen Stimmen wieder mit ihrem Sirenengesang auf ihn einredeten. Die Stimmen sprachen von Gottes Zorn gegen die Bösen und Seinem Wunsch, sie zu bestrafen, zu zermalmen. Sie drängten ihn, bedrängten ihn, bewaffneten ihn mit der Kraft der Überzeugung.

Ein Quietschen neben seinem Ellbogen ließ Rambo aufschrecken. Die Stimmen verschwanden. Eine Ratte war aus der Mülltonne gesprungen. Rambos Magen knurrte wieder. Er warf die Zeitung weg und langte nach den Eiern und Keksen.

Stanwich ist nur dreißig Meilen von hier entfernt, dachte er, während er gierig das zerbrochene Ei aufsaugte. Er kannte jetzt den Ort. Billys neues Zuhause. Er stopfte sich die Kekse unter den Arm und ging zu seinem Auto. Er mußte hier verschwinden, ehe jemand ihn sah. Er wollte in seinem Motelzimmer sein, ehe die Stimmen wieder zu ihm sprachen, ihm sagen würden, was er zu tun hatte.

3.

Die graue Skyline von Manhattan war von einer heißen Dunstglocke eingehüllt. Thomas starrte aus dem Fenster seines Büros und haßte die Aussicht, wieder auf die Straße gehen zu müssen. Zur Lunchzeit war die Luft erstickend gewesen, und heute abend würde es nicht viel besser sein. Selbst vom zwanzigsten Stock, wo er saß, konnte er das dumpfe Geräusch des Verkehrslärms auf der Madison Avenue hören. Mit einem Seufzer wandte er sich vom Fenster ab und sah auf seine Schreibtischuhr. Der Stoßverkehr begann gerade. Aber in seinem Büro war die Luft durch die Klimaanlage kühl. Selbst die Einrichtung wirkte kühl: Alles war in Beigetönen aufeinander abgestimmt. Das einzig Persönliche in dem Raum war ein gerahmtes Foto von Anna und Tracy. Als er das Bild betrachtete, wurde ihm bewußt, daß er nun auch ein Foto von Paul hinstellen mußte. Bei diesem Gedanken zog sich etwas in ihm zusammen.

Ohne Enthusiasmus nahm er den Report, der auf seinem Schreibtisch lag, wieder auf. Er betraf das neue Computer-System, das gerade installiert wurde, und gab Auskunft darüber, in welcher Weise seine Abteilung davon profitieren könnte.

Es klopfte leise an die Tür. Er blickte auf, und der sorgenvolle Ausdruck auf seinem Gesicht machte einem strahlenden Lächeln Platz, als er die elegante junge schwarzhaarige Frau erblickte, die den Kopf zur Tür hereinsteckte.

»Was halten Sie von meinem Computer-Report?« fragte sie munter.

Thomas entgegnete, er hätte ihn noch nicht ganz gelesen. Die junge Frau betrat sein Büro und setzte sich auf die

Couch, dann schlug sie ihre schlanken Beine übereinander. »Nun, das geschieht meiner brillanten Analyse ganz recht«, meinte sie schmollend.

»Ich glaube, daß Sie mit Ihren Schlußfolgerungen recht haben«, sagte Thomas ernst. »Das Ganze hätten wir schon vor zehn Jahren in Angriff nehmen sollen. Sie haben außerordentlich gute Arbeit geleistet, Gail.«

»Wenn Sie wollen, reden wir bei einem Martini darüber«, sagte sie. »Dann brauchen Sie das langweilige Zeug nicht zu Ende lesen.«

»Oh, ich möchte es gern lesen«, versicherte er ihr.

»Ich habe Sie nur geneckt.«

»Oh«, sagte er verwirrt und zugleich geschmeichelt. »Haben Sie mich auch wegen des Drinks geneckt?« fragte er.

Gail Kelleher lachte über die Frage. »Nein. Das war ernst gemeint.«

Für eine Minute konnte Thomas sich vorstellen, wie er mit ihr in einer dunklen Bar säße und plauderte und lachte. Doch selbst als er daran dachte, erinnerte er sich, was ihn zu Hause erwartete, und er schüttelte den Kopf. »Das hört sich gut an«, sagte er wie abwesend. »Ich wünschte, es ginge.« Er blickte wieder auf den Bericht.

Gail entging der wehmütige Ton in seiner Stimme nicht. Wie jeder in der Firma wußte sie von Pauls bevorstehender Heimkehr. Ihre Beziehung zu ihm war zwar nur oberflächlich, aber sie hätte es gern gehabt, wenn er sich ihr mehr anvertraut hätte. Einmal war es geschehen. Sie hatten nach der Arbeit noch einen Drink zusammen genommen, und Thomas hatte ein wenig von seiner Frustration durchblikken lassen, da Anna noch immer unermüdlich nach dem Jungen suchte. Doch als sie Thomas' Partei ergriff, hatte er sich sofort wieder in sich zurückgezogen. Trotzdem hatte Gail an diesem Punkt eine Möglichkeit entdeckt. Und heute wirkte er ebenso zerstreut und deprimiert.

»Sie scheinen mir ein wenig ... niedergedrückt zu sein«, bemerkte sie. »Machen Sie sich wegen heute abend Sorgen?«

»Was? O nein. Keine Sorgen. Nun, es war ein langer Tag. Jeder faßt mich nur noch mit Samthandschuhen an.«

»Man weiß nicht recht, wie man reagieren soll.«

»Das stimmt wohl.« Er seufzte.

»Anna ist sicher ziemlich aufgeregt«, wagte sie sich vor.

»Nun, die letzte Woche war ziemlich hektisch. Anna ... es ist sehr wichtig für sie.«

»Ich kann mir vorstellen, daß sie wegen Paul große Anstrengungen gemacht hat.«

»Ja«, sagte Tom. »Sie denkt an nichts anderes mehr.«

»Seit das passiert ist, hat sie wohl kein normales Leben mehr führen können?«

»Anna?« rief Tom und starrte Gail ungläubig an. »Sie ist normal. Sie ist vollkommen normal. Sie ist nur ...«

»Besessen?« ergänzte Gail.

Thomas stutzte bei dem Wort, und Gail spürte, daß sie zu weit gegangen war. Schnell versuchte sie ihn zu beschwichtigen.

»Das ist natürlich für jeden eine große Belastung. Sie brauchen nur etwas Zeit, um sich daran zu gewöhnen.«

Thomas fuhr sich mit der Hand über die Augen und nickte dann. »Ich bin nur ein bißchen müde.«

Langsam stand Gail auf und stellte sich hinter Thomas' Stuhl. »Was Sie brauchen«, sagte sie mit gespieltem Ernst, »ist eine gute Massage zur Entspannung.« Mit kreisenden Bewegungen fing sie an, seinen Nacken zu massieren.

Thomas lachte nervös. »Das tut gut«, sagte er und mußte gegen seinen Willen leise stöhnen.
Gail lächelte. »Ich habe dieses Jahr einen Massagekurs absolviert«, sagte sie.
»Daraus sind Sie sicher als Beste hervorgegangen.« Er wollte in einem leichten Ton sprechen, aber Gails sanfte Bewegungen schienen irgendeinen Knoten in ihm zu lösen, und er mußte plötzlich ein Schluchzen unterdrücken. Am liebsten hätte er sie umarmt und seinen Kopf in ihrem weichen Körper vergraben. Er wandte sich schnell von ihr ab.
»Das hat geholfen«, sagte er, als Gail ihn losließ. »Wirklich.« Er schaute auf seine Uhr. »Ich muß gehen, dann kriege ich den Fünf-Uhr-vierzig-Zug noch. Den Bericht nehme ich mit.«
Gail ging zur Tür. »Falls Sie mit jemandem reden möchten«, sagte sie wie nebenbei, »rufen Sie mich an. Oder kommen Sie vorbei. Ich bin das ganze Wochenende zu Hause. Ich hoffe, daß mit Paul alles klappt.«
»Danke«, sagte Thomas. »Das wird es schon.«
Thomas bewunderte ihre Figur, als sie sein Büro verließ. Er merkte, daß er heute nicht so gern nach Hause wollte wie sonst. Statt dessen wäre er viel lieber mit Gail in eine Bar gegangen und hätte über ein paar Drinks alles vergessen. Alles, außer ihren Händen. Thomas lief bei dem Gedanken ein Schauer über den Rücken. Er wünschte, er wäre glücklich oder hätte wenigstens nicht diese Befürchtungen vor dem heutigen Abend. Hoffentlich merkte Anna ihm nichts an, da sie zu beschäftigt war. Er öffnete seinen Aktenkoffer und legte Gails Bericht hinein. Er schlüpfte in sein Jackett und ging zur Tür.

Anna wickelte die Flasche aus dem Silberpapier und lächelte. Dann umarmte sie ihre Freundin. »Champagner. Iris, wie aufmerksam von dir.«
Iris betrachtete das Etikett unsicher. »Edward hat den Jahrgang ausgesucht. Er sagt, der Champagner müßte hervorragend sein. Bist du mit allem fertig?«
Anna warf einen Blick auf ihre unnatürlich aufgeräumte Küche. »Ich denke schon. Ich habe wohl alles zweimal gemacht.«
Iris nickte zustimmend. »Es wird sicher wunderschön.« Die beiden Frauen gingen durch das stille Haus zur Eingangstür und blieben auf den Stufen zur Veranda stehen. »Am Abend wird es wohl etwas kühler«, bemerkte Iris.
Anna nickte, suchte den Himmel nach eventuellen Wolken ab.
»Mach dir keine Sorgen, Anna.«
»Ich bin nervös«, gestand Anna.
In diesem Augenblick kam ein schwarzer Cadillac um die Ecke und fuhr in die Einfahrt der Langes. Der Wagen glänzte, und statt des traditionellen Cadillac-Emblems war auf seinem Kühler ein goldener Adler mit ausgebreiteten Schwingen befestigt – so als würde der Raubvogel sich auf seine Beute stürzen. »Sieh nur, wer da ist«, sagte Iris. »Sie müssen mit demselben Zug gekommen sein.«
Thomas stieg auf der Beifahrerseite aus und schloß sorgfältig die Tür. Er umrundete den Wagen, als Edward den Motor ausmachte und ebenfalls ausstieg. Beide lächelten, was Anna in Erstaunen versetzte. Normalerweise gingen sie höflich miteinander um, aber sie waren keine Freunde. Thomas empfand Edward als kalt und zu anspruchsvoll. »Er sieht mich immer an, als hätte ich Flecken auf meiner

Krawatte«, sagte Thomas zu ihr, und sie mußte dann lachen, wenn Tom ihren Nachbarn imitierte und einen imaginären Krümel von seinem Ärmel wischte. Jetzt freute sich Anna jedoch darüber, die beiden Männer so einträchtig über den Rasen marschieren zu sehen.

Sie hob die Flasche hoch und rief: »Sieh nur, was Iris und Edward uns geschenkt haben.«

Die Männer gingen zu ihren Frauen. »Danke, Iris«, sagte Thomas.

»Nun«, sagte Iris und drückte Thomas die Hand, »wir sind euretwegen sehr glücklich und werden heute den ganzen Abend an euch denken.«

»Das stimmt«, fügte Edward steif hinzu. Anna sah die beiden liebevoll an. Sie mußte daran denken, wie sie ihnen an jenem schrecklichen Abend ihre Hilfe angeboten hatten.

»Wollt ihr nicht auf einen Drink hereinkommen?« fragte Anna.

Edward winkte mit einer perfekt manikürten Hand ab. »Wir müssen gehen. Ich habe heute noch viel zu tun.«

Noch während Edward sprach, hielt vor dem Haus ein hellblauer Übertragungswagen mit dem Emblem einer Fernsehstation an der Tür.

»Was soll denn das?« fragte Thomas, als ein Mann im Sporthemd ausstieg und man die Tür auf der anderen Seite zuschlagen hörte. Eine blonde Frau in Schneiderkostüm und Seidenbluse kam zum Vorschein. Der Mann öffnete die Hintertüren des Wagens. Sie grüßte die Langes und stöckelte auf sie zu.

Anna stieß ein leises Murren aus, als sie die Reporterin, Camille Mandeville, erkannte, die sie schon mehrmals seit Pauls Verschwinden interviewt hatte. Anna eilte auf sie zu,

während ein anderer Mann dem Fahrer half, Kamera und Tonzubehör auszuladen.
»Camille, Sie haben mir doch versprochen, nicht heute«, sagte Anna. »Wir wollen, daß die Heimkehr unseres Jungen strikt privat verläuft.«
»Hallo, Mrs. Lange«, sagte die Journalistin und schenkte ihr ein strahlendes Berufslächeln. »Ach, der ganze Tag war so verrückt. Ich wollte schon viel eher hier sein.«
»Ich hatte mich klar ausgedrückt«, sprach Anna weiter. »Bisher hatte jeder dafür Verständnis.«
»Beruhigen Sie sich«, sagte Camille beschwichtigend. »Wir bleiben nicht. Wir wollen nur ein Feature für die Zehn-Uhr-Nachrichten mit Ihnen und Ihrem Mann.«
Thomas, Edward und Iris waren Anna gefolgt und umstanden sie nun wie Leute, die zur Verstärkung gekommen waren. »Sind das Verwandte?« fragte Camille freundlich.
»Nein, unsere Nachbarn, Mr. und Mrs. Stewart«, sagte Anna.
Camille lächelte Iris und Edward ebenfalls strahlend, wenn auch zerstreut an und gab dem Kameramann Anweisungen. »Nett, Sie kennenzulernen. Hallo, Mr. Lange.«
»Camille, das ist mir gar nicht recht. Wir sind darauf in keiner Weise eingerichtet.«
Camille hob scherzhaft drohend einen Zeigefinger. »Mrs. Lange«, schimpfte sie, »die Leute in dieser Gegend haben an Ihrem Schicksal nun schon seit Jahren teilgenommen. Glauben Sie nicht, daß sie das Recht haben, auch an Ihren Gefühlen anläßlich dieses Ereignisses teilzunehmen? Ich meine, viele Menschen haben für diesen Tag gebetet, geradeso wie Sie.«
Anna seufzte und nickte. »Sie haben recht«, sagte sie. Die

Leute waren nett zu ihnen gewesen. Manchmal war ihr das auf die Nerven gegangen. Aber zu anderen Zeiten hatte ihr Mitgefühl sie getröstet. Sie warf Thomas einen Blick zu. Er wirkte ungeduldig. Ihre Augen trafen sich, und er zuckte mit den Schultern.

»Also gut«, sagte Anna.

»Warum versammeln Sie sich nicht alle um Mrs. Lange?« schlug Camille vor. »Wir brauchen nicht viel Zeit.«

»Es tut mir leid«, sagte Thomas zu seinen Nachbarn.

»So ist's schön«, sagte Camille. »Das sieht gut aus. Den Leuten wird's gefallen. Freunde, die Ihre Freude teilen und so weiter.«

»Können Sie sich nicht beeilen, Camille?« bat Anna. »Unsere Freunde hier ...«

»Mach dir keine Sorgen, Anna«, beschwichtigte Iris sie. »Das ist doch ganz nett.«

Camille nahm von dem Kameramann ein Mikrophon entgegen. »Und jetzt«, sagte sie, »werde ich Sie alle vorstellen. Ich stelle Ihnen Fragen, Mr. Stewart. Wie lange Sie die Langes schon kennen, und ob Sie sich an Paul erinnern. Solche Sachen? Okay?«

Camille zögerte, denn Edwards Gesicht war zu einer Maske erstarrt. In seinen Augen war Angst zu lesen.

Armer Edward, dachte Anna, als sie ihn so sah. Das Fernsehen ist wahrhaftig nicht sein Medium. Eine Studioaufnahme in der *New York Times* vielleicht, aber nicht die Nachrichten.

Edward leckte sich die Lippen und nickte der Journalistin zu.

»Und nun«, sprach Camille weiter, »dasselbe gilt für Sie, Mrs. Stewart. Und dann bitten wir Mr. und Mrs. Lange, über ihre Gefühle heute abend zu reden. Sind alle fertig?« Sie lächelte erwartungsvoll.

Anna nickte und versuchte sich zu konzentrieren.
»Sie brauchen nicht nervös zu sein. Nur lächeln«, riet Camille. »Mr. Lange, warum legen Sie nicht den Arm um Ihre Frau?« Sie gab dem Kameramann ein Zeichen und hob das Mikrophon an ihre Lippen.
»Diese Geschichte hat endlich mal ein glückliches Ende gefunden«, begann Camille, »hier im Haus von Mr. und Mrs. Thomas Lange.«
Und während Anna Camilles Worten lauschte, spürte sie, wie Thomas den Arm um ihre Schultern legte. Schwer ruhte seine Hand auf ihr.

Anna nahm eines der Kissen aus der Sofaecke, hielt es vor die Brust gepreßt und ließ prüfend ihren Blick über das Wohnzimmer wandern. Sie legte das Kissen in einen Schaukelstuhl.
Thomas stand in der Tür und beobachtete sie. Es war noch immer sehr warm. Er merkte, wie Schweiß ihm den Rücken hinunterrann. Er setzte sich und griff nach einer Zeitschrift. Anna hatte das Kissen wieder fortgenommen und in die Mitte des Sofas plaziert. »Ist das ein neues Kleid?« fragte er.
»Ach, Liebling, ich habe es erst vor kurzem gekauft und vergessen, dir davon zu erzählen.«
»Es steht dir gut«, sagte Thomas und schlug die Zeitschrift auf. »Wann kommen sie? Was hat Buddy gesagt?«
Anna sah auf ihre Armbanduhr. »Ungefähr um neun. Ist das Licht draußen an?«
Thomas nickte und sah ebenfalls auf seine Uhr. »Wo ist Tracy?«
»Noch oben.«

Thomas blätterte in der Zeitschrift. Anna faltete die Hände in ihrem Schoß und versuchte, sich ihrem Mann zu widmen. »Wie war der Tag?« fragte sie.
Sofort mußte er an Gails Hände denken, wie sie ihn massiert hatten. Er gab vor, zu lesen. »Schön«, sagte er.
»Bist du mit Edward im selben Zug gefahren?«
»Ja«, sagte Thomas, die Augen noch immer auf die Zeitschrift geheftet. »Wir trafen uns zufällig im Grand-Central-Bahnhof.«
»Ihr beide saht aus, als wärt ihr dicke Freunde.«
»Heute war er mal sehr nett«, sagte Thomas, »und wollte alles über Paul wissen.«
»Beide sind sehr an Paul interessiert.«
»Ja.«
Thomas vergrub sich wieder in seine Lektüre, während Anna nach einem Thema suchte, in dem nicht von ihrem Sohn die Rede war. »Was macht diese Computer-Angelegenheit, von der du sprachst?«
Thomas sah seine Frau argwöhnisch an. Er hatte wegen Gail Schuldgefühle, gleichzeitig freute er sich jedoch über Annas Interesse. »Das neue System, das wir installieren?«
»Wie lange braucht ihr noch bis zur Inbetriebnahme?«
»Nicht mehr lange.«
»Was fehlt denn noch?« fragte sie und spielte abwesend mit ihrem Ehering.
»Nun, heute habe ich einen Bericht darüber gelesen. Aber wir müssen vieles neu organisieren und auch Leute umschulen.«
»Mitarbeiter deiner Abteilung?«
Thomas rollte die Zeitschrift zusammen und hielt sie mit beiden Händen umklammert. »Ich möchte gern, daß die

Leute in meiner Abteilung mit der neuen Technik vertraut sind, und deswegen ...«

Von der Treppe her waren eilige Schritte zu hören, und dann platzte Tracy ins Wohnzimmer. Sie steckte noch immer in ihrem jetzt leicht angeschmutzten weißen Tennisdreß. Annas Augen weiteten sich beim Anblick ihrer Tochter vor Bestürzung.

»Tracy«, sagte sie. »Warum hast du dich noch nicht umgezogen?«

Tracy blickte von ihrer Mutter zu ihrem Vater, der jedoch ostentativ den Kamin anstarrte.

»Warum denn?«

»Du siehst verheerend aus«, sagte Anna.

Thomas stand auf und ging zum Bartisch. »Ich möchte einen Drink. Willst du auch einen, Anna?«

»Der Kübel ist mit Eis gefüllt«, sagte sie.

»Ich fragte dich«, sagte Thomas scharf, »ob du einen Drink möchtest.«

»Ja, bitte«, entgegnete Anna, erschrocken über seinen Ton.

»Und ich hole mir was zu essen«, sagte Tracy und verschwand durch das Speisezimmer in der Küche.

»Dann hast du später keinen Hunger mehr«, rief Anna hinter ihrer Tochter her.

Thomas hielt Anna ein Glas hin.

»Wir essen, sobald er hier ist«, sagte Anna.

Thomas ging zu seinem Sessel und nahm einen tiefen Zug aus seinem Glas.

»Ich habe dich unterbrochen«, sagte Anna. »Entschuldige bitte. Was hast du gesagt?«

»Ich hab's vergessen«, antwortete er.

»Es gibt Steaks«, verkündete sie.

»Oh«, sagte Thomas und starrte in sein Glas. »Ich hoffe, er mag das«, fügte sie hinzu.
»Sicher mag er das«, sagte Thomas.
Plötzlich schoß Anna in die Höhe. »Tom, hörst du mir eigentlich zu?«
Thomas stellte sein Glas ab und stand auf. »Ich glaube, ich höre einen Wagen kommen«, sagte er ruhig.
»Tracy!« schrie Anna.
Ein Krachen aus der Küche war die einzige Antwort. Anna lief durchs Eßzimmer und riß die Küchentür auf. »Was ist passiert?« fragte sie.
Tracy sah ihre Mutter herausfordernd an. Anna blickte von ihrer Tochter auf den unförmigen Klumpen am Boden, der einmal ein Schokoladenkuchen gewesen war.
»Ich hatte ihn gerade in der Hand, als du schriest. Da ist er mir runtergefallen.«
Anna ballte die Fäuste. »Mach sauber«, sagte sie. »Sofort.«
»Ich habe es nicht absichtlich getan.«
Thomas erschien in der Tür. »Der Streifenwagen ist da. Beeilt euch.«
»Sie muß diese Schweinerei hier aufputzen«, beharrte Anna.
»Später«, sagte Thomas. »Kommt jetzt, ihr beiden.«
Tracy ging an Thomas vorbei. Er glaubte, ein Grinsen auf ihrem Gesicht zu sehen. Anna starrte wie hypnotisiert auf den Schokoladenhaufen. Dann kniete sie nieder und schaufelte die Reste des Kuchens mechanisch mit den Händen zusammen.
»Anna.« Thomas beugte sich nieder und zog sie sanft an einem Ellbogen hoch. »Laß das jetzt.«
Langsam wischte sich Anna die Hände an einem Handtuch ab, das Thomas ihr reichte. Sie sah ihren Mann hilflos an.

»Wir machen die Küchentür zu«, sagte er. »Es ist doch nichts passiert.«
Es läutete. Thomas und Anna sahen sich voller Angst an.
»Jetzt ist es soweit, Liebling«, sagte er. »Gehen wir.«
Anna nahm seine Hand, und er führte sie ins Wohnzimmer, wo Tracy auf der Couch lag. Thomas wollte ihr die Hand reichen, aber sie wehrte sie ab und sprang allein auf die Füße.
Es läutete wieder.
Thomas ging zur Eingangstür und öffnete sie. Die zitternden Hände ineinander verschränkt, ging Anna hinter ihrem Mann her und sah nach draußen.
Die Nacht war dunkel, aber die Lampe neben der Tür beleuchtete die Stufen und die Gestalt, die dort stand. Anna sah das bleiche, schmale Gesicht eines Halbwüchsigen. Sein braunes Haar war lang und ungepflegt, es fiel ihm über die Stirn und sah aus wie eine dunkle Schramme. Er trug ausgeblichene Jeans, schwarze Turnschuhe, ein T-Shirt und ein schäbiges geflicktes Jackett aus Kattun. Seine tiefliegenden braunen Augen waren von dunklen Ringen umgeben und starrten das Paar in der Tür argwöhnisch an.
»Komm rein«, sagte Thomas.
Paul ging in die Diele. Über einer Schulter trug er einen alten Matchbeutel. In der anderen Hand hielt er einen Pappkarton. Einen Augenblick starrten sich alle an.
Dann ging Anna einen Schritt auf ihn zu und streckte beide Arme aus.
Der Junge hob den Pappkarton hoch und zwischen sie. Ein Miauen kam aus der Kiste. »Das habe ich am Telefon vergessen, zu fragen«, sagte der Junge, »ob ich meine Katze mitbringen darf.«

Tränen schossen Anna in die Augen. Sie konnte nichts mehr sehen. Sie nickte, unfähig zu sprechen.
»Willkommen, Paul«, sagte Thomas und trat zurück, damit der Junge an ihm vorbeigehen konnte.
»Ich heiße Billy«, sagte der Junge.
Eine Minute starrte Thomas ihn an, und dann überlief es ihn kalt, als er den Namen auf seiner Jacke gestickt sah.
»Ich bin wirklich ... ich bin an Billy gewöhnt«, sagte der Junge und umklammerte seine Habseligkeiten.

4.

Obwohl das verwitterte Holzschild des La-2-Pines-Motels vollklimatisierte Räume versprach, arbeitete die Anlage in Albert Rambos Zimmer kaum.
Rambo saß schwitzend auf der Kante eines hochlehnigen Stuhls, die Ellbogen auf die Knie gestützt, und rauchte eine Zigarette. Der blaue Rauch kräuselte sich in der feuchten Luft und ließ in dem verschlossenen Zimmer Gestank zurück.
Die Mischung aus Hunger und Hitze machte ihn schwach und schwindelig. Auf dem Bett lag seine Tagesbeute: eine rot-weiß gestreifte Schachtel mit einer halbgegessenen Hühnerbrust und einem Keulchen, die er in einer Mülltonne gefunden hatte. Und das Päckchen Zigaretten hatte er von der Ablage aus einem unverschlossenen Auto gestohlen. Alles in allem hatte er sich ganz gut durchgeschlagen. Obwohl die Stimmen ihn fast ruiniert hätten. Er hatte sich auf einem Parkplatz herumgetrieben, als die Stimmen wieder anfingen, zu ihm zu sprechen. Verse fielen ihm ein, und

dann begann er laut zu reden. Eine Frau, die mit einem Kinderwagen vorbeikam, warf ihm einen seltsamen Blick zu und sagte: »Was ist denn mit Ihnen los? Hauen Sie ab.« Da hatten die Stimmen aufgehört. Das taten sie nicht immer. Rambo wischte sich den Schweiß vom Gesicht und seufzte. Das Haar auf seinem Kopf wurde dünn. Seine Schädeldecke schimmerte weiß in dem dämmrigen Zimmer. Der Geruch des Hühnchens ließ Übelkeit in ihm aufsteigen. Und müde war er. Müde, immer unterwegs zu sein.

Der Gedanke an seine mißliche Lage erfüllte ihn zusätzlich mit Unbehagen. Nachdem er Dorothy Lee geheiratet hatte, war er aller Sorgen ledig gewesen. Vorher hatte er sich nur herumgetrieben, aber dann waren sie seßhaft geworden und hatten diesen Wohnwagen gekauft. Natürlich hatte er lange Zeit in Anstalten verbracht, aber daran wollte er nicht denken. Seitdem hatte er vollständig den Geschmack am Herumziehen verloren. Außerdem liebte Dorothy Lee das nicht. Sie wollte ein Heim für den Jungen.

Die Erinnerung an seine Frau ließ ihn kurz wütend werden, dann machte die Wut seiner üblichen Verzweiflung Platz. Wie konnte sie ihm das antun? Dem Geistlichen alles erzählen und ihn seinem Schicksal überlassen. Schließlich hatte er das allein für sie getan. Das war sein größter Fehler gewesen. Das hatte er von Anfang an gewußt. Nachdem sie Billy einmal hatten, kümmerte sich Dorothy Lee mehr um diesen Satansbraten, als sie sich jemals um ihn gekümmert hatte. Dieser kleine Bastard mit dem bösen Blick. Sie wollte davon nichts wissen, aber er war sich seiner Sache gewiß. Und das war der Beweis. Voller Bitterkeit sah er sich in dem schäbigen Zimmer um.

Er hievte sich vom Stuhl und ging zu dem alten Fernseher,

der in einer Ecke stand. Er wollte nicht mehr darüber nachdenken. Er wollte andere Geräusche hören, sein Hühnchen essen und nur sitzen. Morgen würde er Pläne machen. Er schaltete das Gerät ein und ging zum Bett. Rambo öffnete die Pappschachtel, als enthielte sie ein Juwel, und starrte hungrig auf das Fleisch. Er schüttelte seine Schuhe von den Füßen und setzte sich mit gekreuzten Beinen aufs Bett.

Als Rambo gerade die Hühnerkeule zum Mund führen wollte, kamen die Zehn-Uhr-Nachrichten. Der Sprecher kündigte ein Interview mit den Langes an. Rambo wollte das Programm wechseln, unterließ es dann aber. Die Geschichte faszinierte ihn ebenso, wie sie ihn wütend machte. Er hoffte nur, daß sie nicht auch heute abend sein Bild im Fernsehen senden würden. Glücklicherweise gab es kaum Fotos von ihm, und die, die existierten, waren so unscharf, daß man ihn kaum darauf erkennen konnte.

Plötzlich brach ihm erneut der Schweiß aus; sein Magen krampfte sich zusammen, er konnte nicht weiteressen. Von einer unerklärlichen Angst ergriffen, saß er unbeweglich auf dem Bett. Zwei Stimmen in seinem Kopf sangen etwas Unverständliches über den Tod. Rambo versuchte sie zu verstehen. Dann knurrte sein Magen, übertönte die Worte, erinnerte ihn an seinen Hunger. Er biß in das Keulchen. Angeekelt wegen des kalten Fetts legte er es in die Schachtel zurück.

Die Journalistin im Fernsehen sprach über die glückliche Wiederkehr des verlorengegangenen Sohns. Hinter ihr konnte Rambo das Haus der Langes sehen. Wie eine Villa sah es aus. Er mußte an Billy, diesen kleinen Satan, denken, der nun in all dem Luxus lebte.

Plötzlich weiteten sich Rambos Augen vor Erstaunen. Er konnte kaum glauben, was er auf dem Bildschirm sah.
Lange nachdem der Bericht vorüber war, saß Rambo noch immer auf dem Bett und starrte vor sich hin. Seine Gedanken rasten – wütend versuchte er sich seine nächsten Schritte zu überlegen, ehe die Stimmen ihn wieder heimsuchten und verwirrten. Plötzlich wurde ihm klar, daß das eben Gesehene seine Rettung war.

Mit seiner Gabel schob Paul die Pilze vom Steak und versuchte, die Soße davon abzukratzen. Anna saß ihm gegenüber und beobachtete ihn. Paul blickte auf und sah, wie Anna ihn anstarrte. Schnell senkte er wieder den Blick.
»Nun, P ...« sagte Thomas. »Welches Fach gefällt dir in der Schule am besten?«
Paul nahm sein Messer und schnitt konzentriert von seinem Steak ein Stück ab. »Ich weiß nicht«, antwortete er. »Mir gefällt es in der Schule nicht.« Er steckte sich einen Bissen Fleisch in den Mund.
»Du mußt das nicht essen«, sagte Anna. »Ich kann dir etwas anderes kochen.«
Der Junge betrachtete ein zweites Stückchen Fleisch auf seiner Gabel eingehend und steckte es dann ebenfalls in den Mund.
»Wirklich«, sagte Anna und stand auf, »das macht mir überhaupt keine Mühe. Ich mache dir Würstchen heiß. Was du willst.«
»Nein. Ich esse das.«
»Nun, ich wußte nicht, was du magst, aber ich habe viele andere ...«
»Nein«, protestierte Paul.

»Anna«, sagte Thomas, »er will nichts anderes.«
Langsam setzte sich Anna wieder. Schweigen herrschte am Tisch. »Ich wollte eure Unterhaltung nicht unterbrechen«, sagte Anna. »Was habt ihr über die Schule geredet?«
»Nichts.«
Tracy schob ihren Teller beiseite, stützte das Kinn auf ihre Hände und rollte die Augen. »Was hast du denn so gemacht, wenn du dich amüsiert hast?« fragte sie.
Paul zuckte mit den Schultern und seufzte.
»Hast du denn keinen Sport getrieben?« beharrte Tracy.
Der Junge warf ihr einen Blick zu. »Ich gehe gern auf die Jagd«, sagte er. »Ich bin viel auf die Jagd gegangen.«
»Das ist kein Sport«, verkündete Tracy. »Das ist ekelhaft, Tiere aus Spaß zu töten.«
»Tracy arbeitet im Tierheim«, erklärte Anna. »Sie liebt Tiere.«
»Du brauchst mich nicht zu entschuldigen, Mutter«, sagte Tracy schrill. »Ich finde die Jagd ekelhaft.«
»Ich mag auch Tiere«, sagte Paul. »Ich habe einen Kater.«
»Ja«, sagte Tracy. »Wie gefiele es dir, wenn jemand auf deinen Kater schießen würde?«
»Das reicht, Tracy«, sagte Thomas.
Paul wurde bleich, als Tracy sich in ihrem Stuhl zurücklehnte und die Arme vor der Brust kreuzte. Zornestränen stiegen in ihre Augen, und auf ihren Wangen erschienen zwei rote Flecken. Anna wollte ihre Hand streicheln, aber Tracy nahm sie weg.
»Nun«, sagte Thomas, »ich wette, die Schule hier wird dir gefallen. Sie haben dort alles, was man sich wünschen kann. Jede Menge Sport ...« Thomas schwieg. Der Klang seiner eigenen Stimme hatte ihn zusammenzucken lassen. Du

kannst nicht einmal mit deinem eigenen Sohn reden, dachte er.
Paul säbelte ein Stück von seinem Steak ab.
Anna lächelte ihn an. »Wir sind hier ganz in der Nähe von New York«, sagte sie. »Dort gibt es Shows und viele Museen. Wir können bald mal einen Ausflug dorthin machen, wenn du willst.«
»Ich habe gehört, daß es dort viele Kriminelle gibt und oft Leute überfallen werden«, sagte der Junge.
»Nun«, meinte Anna enttäuscht, »man muß natürlich vorsichtig sein.«
»Eines Tages möchte ich gern mal hin«, sagte Paul. »Meine Mama sagte immer, sie würde mich ...«
Schweigen senkte sich über den Tisch. Paul kaute auf seinem Fleisch herum, schluckte es mühsam hinunter.
»Darf ich mich entschuldigen?« fragte Tracy und stand auf.
»Wir sind noch nicht fertig«, sagte Anna.
Tracy plumpste wieder auf ihren Stuhl.
»Ich hole dir was anderes zu essen«, schlug Anna vor. »Möchtest du etwas Bestimmtes?«
»Habt ihr Ketchup?«
Tracy starrte Paul an, und Anna warf ihr einen warnenden Blick zu. »Natürlich«, sagte sie. »Ich hole es dir.«
Anna ging in die Küche zum Kühlschrank. Sie öffnete die Tür und nahm die Ketchupflasche heraus. Dann ging sie zum Herd, stellte einen Kessel mit Wasser auf und bereitete den Filterkaffee vor. Aus dem Eßzimmer konnte sie manchmal ein gemurmeltes Wort hören, doch meistens herrschte Schweigen. Sie klammerte sich ans Spülbecken und starrte in die Dunkelheit draußen, wo früher einmal der Kinderspielplatz gewesen war.

Als Kleinkind war ihr Sohn immer rundlich gewesen, mit Speckfalten in seiner weichen Babyhaut. Er hatte über alles gelacht. Das war das Erstaunliche an ihm gewesen. Sein Lachen und die Tatsache, daß er auch alle anderen zum Lachen brachte. Sie schaute auf die geschlossene Eßzimmertür. Und dieser Junge, ihr Sohn, war dünn. Seine Handgelenke wirkten so zart, als könnten sie wie ein Zweig zerbrechen. Sein Haar war dunkel und strähnig. Sie hatte ihn noch nicht einmal lächeln sehen.
Die Katze in ihrem Karton, der in der Ecke stand, miaute. Das Wasser kochte, und Anna goß es über den Filter. Sie starrte auf die Ketchupflasche und wußte, daß sie sie reinbringen sollte – aber sie stand noch immer da.
Jetzt erst wurde ihr schockartig bewußt, daß sie angenommen hatte, ihr Sohn wäre derselbe geblieben. Mit goldenen Locken und Grübchen in seinem dicken Babygesicht. In diesen Jahren hatte sie ihr Kind verloren. Sie würde es nie wiedersehen. Sie hatte ihr Baby für immer verloren. Anna spürte einen schmerzhaften Stich in ihrer Brust. Verloren. Verloren, wie alle anderen es immer behauptet hatten. Statt dessen saß dieser Fremde an ihrem Tisch.
Er ist mein Sohn, sagte sie sich. Und er ist hier. Das ist alles, was zählt.
»Mein Baby«, flüsterte sie. Sie holte entschlossen Atem, nahm die Ketchupflasche und stieß die Tür zum Eßzimmer auf. Die drei saßen noch immer am Tisch. Tracy lehnte sich in ihrem Stuhl zurück und hatte die Augen geschlossen. Thomas erklärte dem Jungen die Stadt, als wäre er ein Mitglied der Handelskammer. Paul starrte mit ausdruckslosem Gesicht auf seinen Teller und schnitt wieder ein Stück Fleisch ab.

»Es gibt mehrere Tennisplätze hier und einen schönen Strand. Ein Junge deines Alters kann sich gar nicht langweilen.«
Anna setzte sich und gab Paul die Flasche. »Hier ist das Ketchup.«
»Vielen Dank«, sagte Paul und goß reichlich davon über sein Steak.
»Tracy«, sagte Anna, »schlaf nicht bei Tisch.«
»Ich bin müde. Ich möchte nach oben gehen und duschen.«
»Wir sind fast fertig. Dann können wir Eis essen.«
»Ich will kein Eis. Es ist schon so spät. Warum darf ich nicht gehen?«
Anna blickte Thomas hilfesuchend an, doch der hatte die Augen niedergeschlagen. Als sie Paul wieder ansah, merkte sie, daß er Messer und Gabel seltsam verkrampft hielt und mit offenen Augen ins Leere starrte. Die Venen an seinem Hals standen hervor, dann sackte er vornüber.
»Paul«, rief sie.
Als Antwort gab er einen gurgelnden Laut von sich. Anna stieß ihren Stuhl zurück und stand auf. »Paul, was ist los?«
Jetzt starrten ihn alle an. Pauls Haut wurde leichenblaß, seine Lippen waren blau. Seine Augen quollen ihm fast aus dem Kopf. Wieder stieß er ein Gurgeln aus.
»Hat er einen Anfall?« fragte Thomas.
Anna starrte Paul an, jeder Bewegung unfähig. Dann erkannte sie, was mit ihm los war. »Er erstickt«, sagte sie.
Thomas sprang auf und klopfte dem Jungen auf den Rükken. Paul war steif und atmete nicht mehr.
»Nein!« rief Anna und stieß ihren Mann beiseite. Sie zerrte den Jungen vom Stuhl, hielt ihn unter den Armen fest und drückte ihn abrupt nach vorn.

»Atme«, flüsterte sie und preßte die Hände rhythmisch auf sein Zwerchfell. Sie fühlte, wie sein Herz hämmerte. Er starrte blicklos auf den Boden, sein Körper war steif, nur seine Finger krümmten sich wie Krallen.
Schweiß tropfte Anna von der Stirn, lief ihr in die Augen. Tracy wimmerte.
»Bitte«, flehte Anna, »atme.«
Nur ein ersticktes Röcheln aus der Kehle des Jungen war zu hören. »O bitte«, flehte sie leise.
Mit einemmal würgte er. Mit einem schrecklichen Husten spie er eine Masse Fleisch auf den Boden. Er rang keuchend nach Luft. Sein Körper sackte in Annas Armen zusammen.
»Bist du in Ordnung?« schrie sie.
Paul nickte mit geschlossenen Augen. Schweiß lief über sein wächsernes Gesicht. Er atmete stoßweise, und langsam kehrte wieder Farbe in sein Gesicht zurück.
»Es geht wieder«, flüsterte er.
»O mein Gott!« sagte Tracy.
Thomas hielt den Jungen jetzt, und Anna vergrub einen Moment ihr Gesicht in den Händen. »Geht es auch wirklich wieder?« fragte er. »Vielleicht sollten wir einen Arzt holen.«
Paul schüttelte schwach den Kopf. »Nein. Es geht.« Er sank auf seinen Stuhl und blieb zusammengekrümmt sitzen. Die Ringe unter seinen Augen waren noch dunkler geworden. Anna hätte ihn gern umarmt, wußte aber, daß er vor ihrer Berührung zurückweichen würde. Er saß da, als wollte er sich vor ihren Augen verbergen. Er wollte ihrem Blick nicht begegnen. »Danke«, murmelte er atemlos.
Anna nickte, unfähig zu einer Antwort.
Thomas füllte ein Glas mit Wasser und reichte es Paul. »Hier«, sagte er. »Trink.«

Paul trank das Wasser.
»Bist du sicher, daß wir keinen Arzt kommen lassen sollen?« fragte Anna.
Paul schüttelte den Kopf. »Nein, ich brauche nichts. Ich möchte mich nur hinlegen.«
»Natürlich«, sagte Anna. »Natürlich. Ich bringe dich nach oben.«
Tracy sah Paul ängstlich an, als würde er jeden Moment wieder zusammenbrechen.
Thomas stand vom Tisch auf. »Und ich«, sagte er mit falscher Herzlichkeit, »schaue mir jetzt die Nachrichten an. Kommst du auch, Tracy?«
Tracy zuckte mit den Schultern.
Anna sagte zu Paul: »Du bekommst dein altes Zimmer wieder.« Er sah sie verständnislos an.
»Es muß schön kühl da oben sein«, sagte Thomas. »Im Fenster ist ein Ventilator.«
Anna legte ihre Hand auf Pauls dünnen Arm. »Du hast mir wirklich einen Schrecken eingejagt. Ich bin froh, daß es dir wieder gutgeht.«
»Ja, er scheint wieder in Ordnung zu sein«, stimmte Thomas zu.
Paul sah von einem zum anderen und stand dann auf. »Wo ist mein Kater?« fragte er.
»In der Küche«, antwortete Anna. »Warum läßt du ihn nicht nach draußen?«
Paul öffnete die Küchentür und suchte nach seinem Kater. Er nahm das grau-schwarz gestreifte Tier auf und streichelte es. Er vergrub sein Gesicht im weichen Fell des Tieres.
Auch Tracy stand jetzt auf und ging durchs Wohnzimmer.
»Ich gehe nach oben«, sagte sie.

»Gute Nacht«, wünschte ihr Thomas.
Anna riß ihren Blick von Paul los und wandte sich an ihren Mann. »Tom«, sagte sie, »das war furchtbar. Ich hatte entsetzliche Angst.«
»Du hast sehr schnell reagiert. Du hast ihm wahrscheinlich das Leben gerettet.«
»Er hätte ersticken können.«
»Ich weiß. Wir haben Glück gehabt.« Sie schwiegen, ihre Hände berührten sich.
Anna biß sich auf die Lippe. »Er ist so dünn, Tom.«
Thomas drehte sich um und schaute ausdruckslos den Jungen in der Küche an. Geistesabwesend fuhr er mit den Fingern durch sein Haar.
Paul setzte den Kater auf die Treppe, die in den Garten führte. Einen Moment stand das Tier unentschlossen da, dann verschwand es in der Dunkelheit.
Paul kam ins Eßzimmer zurück. »Gute Nacht«, wünschte ihm Tom.
»Komm, ich bringe dich nach oben«, sagte Anna.
Paul nahm seinen Matchbeutel, der im Flur lag, und folgte ihr die Treppe hinauf in das Zimmer, das sie für ihn hergerichtet hatte. Hinter der geschlossenen Tür von Tracys Zimmer war Musik zu hören. Als sie oben angekommen waren, sah Paul Anna fragend an. Sie nickte in Richtung einer Tür, und Paul öffnete sie. Er sah sich um und legte seinen Matchbeutel auf einen Stuhl neben der Kommode. Einen Augenblick glaubte Anna, sie würde einem Gast sein Hotelzimmer zeigen. Er ließ durch nichts erkennen, daß er das Zimmer wiedererkannte.
Er drehte sich um und sah, daß sie ihn beobachtete. »Es ist ein großes Zimmer«, sagte er.

»Das Badezimmer ist am Ende des Ganges. Da liegen Handtücher.« Sie klopfte auf den Stapel, der auf der Kommode lag. »Geht es dir auch wirklich gut?«
Paul stand am Kopfende des Bettes, die Hände in seinen Hosentaschen vergraben. »Ja«, entgegnete er.
»Nun«, sagte sie munter, »ich hoffe, daß du gut schlafen wirst.« Sie ging zu ihm und legte ihm den Arm um die Schultern. Er wich zurück, und der Kuß, den sie ihm auf die Stirn hatte geben wollen, streifte sein Ohr.
»Gute Nacht«, sagte sie und ging rückwärts aus dem Zimmer. Er merkte, wie ihre Stimme stockte. Er sah sie nicht an.

Paul bewegte sich minutenlang nicht, nachdem Anna aus dem Zimmer gegangen war. Er starrte vor sich hin. Ein silberner Becher stand auf dem Schreibtisch. Er ging hin und nahm ihn prüfend in die Hand. Darauf war in eleganten Schriftzügen der Name Paul eingraviert.
Ihm wurde bewußt, daß der Becher einmal ihm gehört hatte. Jemand hatte ihn vor Jahren für ihn gekauft, wahrscheinlich als er geboren wurde. Als er in diesem Haus lebte. Mit diesen Menschen. Paul betrachtete das fremde Zimmer näher.
Seine Mutter hatte vor ihrem Tod zu ihm gesagt, daß sie ein schreckliches Geheimnis habe. Das war es also.
Paul schaute aus dem Fenster in der Hoffnung, Sam irgendwo zu entdecken, aber der Kater war in der Nacht nirgends zu sehen.
Er sah den Becher wieder an. Warum soll ich mich dagegen wehren? dachte er. Sie würden ihn sowieso Paul nennen. Er warf den Becher weg, und er rollte über den Boden und blieb unter einem Stuhl liegen.

Langsam schnürte er seine Turnschuhe auf und schüttelte sie von den Füßen. Er kroch voll angezogen unter die Bettdecke. Noch immer trug er seine schäbige Jacke, die er vor zwei Jahren im Wald gefunden hatte. Dorothy Lee hatte sie gewaschen, geflickt und seinen Namen darauf gestickt. Trotz seiner Kleidung und der Decke, trotz der Hitze der Nacht fing Paul an zu frieren. Seine Zähne schlugen klappernd aufeinander. Er setzte sich auf, hielt seine Knie mit den Armen umklammert. Niemand hatte Dorothy Lee auch nur erwähnt. Oder seinen Vater. Kein einziges Wort. Sie hatten getan, als sei alles völlig normal. Paul lachte, aber seine Augen waren traurig. Er fühlte einen Druck auf der Blase, aber er wollte nicht auf den Flur gehen. Er wollte ihnen nicht begegnen. Seine Zähne klapperten heftiger aufeinander. Er fragte sich, ob sie ihn hören konnten.

Anna stellte den letzten Teller in den Geschirrspüler und wischte sich die Hände ab. Sie verschloß die Hintertür. Dann ging sie zur Eingangstür und sperrte sie ebenfalls zu. Vom Fernseher kamen die Spätnachrichten. Sie wünschte, sie könnte die Fenster ebenfalls schließen. Aber dazu war es zu heiß, sie würden ersticken. Trotzdem gefiel ihr der Gedanke, daß sie offenstanden, nicht. Sie sah die Treppe hoch. Alles war dunkel und still. Vielleicht schläft er, dachte sie.

Einen Moment sah sie ihn wieder vor sich, sein aschfahles Gesicht. Ihr Herz machte in der Erinnerung daran einen schmerzhaften Sprung. Sie schüttelte den Kopf, um das Bild zu verscheuchen. Dann ging sie in den Keller, wo sie alle Türen und Fenster schloß. Das Licht im Spielzimmer brannte noch, sie ging hinein. In einer Ecke standen Thomas' Golfschläger. Sie nahm einen aus dem Beutel und wog ihn prüfend in der Hand. Sie machte sich noch immer Sorgen um die offenstehenden Fenster oben. Mit dem Golfschläger in der Hand ging sie wieder hinauf.

Als sie den Treppenabsatz erreichte, beugte sich in der Dunkelheit eine Gestalt über sie.

»Oh!« schrie sie auf.

»Was machst du denn da?« fragte Thomas.

»Das Haus zusperren«, antwortete sie und ging zu ihm. Er hielt die Flasche Champagner von den Stewarts in der Hand.

»Ich dachte, wir könnten sie im Schlafzimmer trinken«, sagte Tom. »Kommst du?«

»Gleich.«

Thomas sah den Golfschläger und runzelte die Stirn. »Was soll das?«

»Das ist einer deiner Schläger.«

»Das sehe ich. Was willst du damit?«

Anna ging an ihm vorbei in die Küche. Thomas folgte ihr.

»Was hast du damit vor?«

»Ich dachte, es wäre eine gute Idee, ihn zur Hand zu haben.«

»Warum denn?« fragte er.

»Ich weiß nicht«, entgegnete sie ausweichend. »Nur für den Fall ...«

»Welchen Fall? Anna, gib mir den Schläger. Ich bringe ihn wieder nach unten.«

Sie hielt den Golfschläger außerhalb seiner Reichweite. »Nein. Wir wissen nicht, was passieren ... ob wir ihn brauchen könnten.«

Thomas preßte die Lippen aufeinander. »Nicht schon wieder.«

»Dieser Mann ist irgendwo da draußen.«
Thomas sah sie nicht an, seine Augen waren kalt. »Ich verstehe dich nicht, Anna. Willst du eigentlich nicht glücklich sein? Du hast deinen Sohn wieder ...«
»Unseren Sohn«, sagte Anna. Dann fügte sie schnell hinzu: »Entschuldige, Liebling.«
Thomas starrte sie an, dann drehte er sich um. Er sah die Flasche in seiner Hand an. »Ich dachte, wir würden etwas Champagner trinken und zusammen reden.«
»Ich komme bald, Tom.«
Thomas stellte die Flasche auf den Tisch und ging. Anna wartete, bis sie ihn die Treppe hinaufgehen hörte, dann ging sie ins Wohnzimmer. Sie zog die Vorhänge zurück und starrte auf die Straße. Das Licht der Lampen zeichnete dunkle, sich bewegende Muster auf den Asphalt, als der Wind die Äste der Bäume bewegte. Anna machte das Licht aus und setzte sich in einen Sessel am Fenster. Den Golfschläger legte sie über ihre Knie.
Nur ein Schlag damit genügt, dachte sie unbewegt. Sie sah auf die Uhr. Es war fast Mitternacht. Lange bleibe ich nicht hier sitzen, überlegte sie. Nur eine Weile. Um eins würde sie zu Thomas ins Bett gehen. Er würde wahrscheinlich noch lesen. Sie konnte den Golfschläger dann ja unter dem Bettvorleger verstecken.
Bald. Bald würde sie hoch gehen. Es sei denn, sie würde etwas hören. Falls sie etwas hörte, würde sie die ganze Nacht hier sitzenbleiben. Sie würde das Nötige tun. Alles tun.
Annas Hand schloß sich fest um den Golfschläger. War sie fähig, ihn jemand auf den Schädel zu schlagen? Ja, entschied sie. Wenn es sein mußte, war sie dazu fähig.

Erst im Morgengrauen schlief sie ein. Ihr Kopf sank zur Seite. Aber ihr Schlaf war leicht, und ihre Finger umschlossen noch immer den Golfschläger.

5.

»Könnten Sie die Zigarette ausmachen, Sir?«
Rambo starrte das Mädchen im schmierigen Overall an, das zum Autofenster hereinsah.
»Natürlich«, sagte er und drückte die Zigarette im Aschenbecher aus.
»Was soll's sein?«
Rambo betrachtete die paar Banknoten, die ihm noch geblieben waren, und zog einen zerknitterten Fünf-Dollar-Schein hervor. »Für fünf Dollar«, sagte er. »Gibt es hier ein Telefon?« fügte er hinzu.
Das Mädchen deutete hinter die Tankstelle. Rambo setzte seine Sonnenbrille auf, drückte den Hut tief in die Stirn und stieg aus seinem Auto. Argwöhnisch spähte er in alle Richtungen und ging zum Telefon, das an der Wand zwischen den Toiletten hing. Er holte einen Zettel aus seiner Gesäßtasche und steckte Münzen in den Schlitz.
Die ganze Nacht hatte ihn der Gedanke gequält, ob er anrufen sollte oder nicht. Er hatte auf ein Wort, ein Zeichen gewartet, doch die Stimmen hatten geschwiegen. Wütend hatte er in der Bibel gelesen, auf eine Erleuchtung gewartet. Bei Tagesanbruch hatte er beschlossen, anzurufen.
Er wählte und rekapitulierte, was er sagen wollte. Schweißflecken zeichneten sich unter seinen Achseln ab. Das Hemd klebte ihm am Rücken. Er brauchte diesem Heiden nur

klarzumachen, daß er jetzt zahlen mußte, daß die Bösen bestraft wurden. Das war der Wille des Herrn.

Er hielt den Hörer ans Ohr gepreßt und vergewisserte sich, daß niemand ihn beobachtete. Er hörte ein Klicken, und dann kam das Besetztzeichen.

»Verdammt«, schimpfte er und knallte den Hörer auf die Gabel.

Das Mädchen im Overall machte ihm ein Zeichen, daß aufgetankt sei.

Wütend starrte Rambo das Telefon an. Dann merkte er plötzlich, was geschehen war. Das war das Zeichen gewesen – das Zeichen, auf das er so sehnsüchtig gewartet hatte. Er sollte ohne vorherige Warnung zuschlagen. Es galt, keine Zeit mehr zu verlieren.

Mit einem Seufzer der Erleichterung fischte Rambo sein Geld aus dem Rückgabeschlitz und eilte zu seinem Wagen zurück.

Nach einer halben Stunde Fahrt hatte er den Millgate Parkway erreicht. Auf dem Sitz neben ihm lag die Bibel. Er murmelte Verse daraus vor sich hin, während er angestrengt Ausschau hielt.

Endlich kam das Ausfahrtszeichen nach Stanwich in Sicht. Die Gegend sah noch genauso aus wie vor Jahren, obwohl er damals mit Dorothy Lee aus der entgegengesetzten Richtung gekommen war. Damals waren sie auf der Beerdigung von einer Cousine Dorothy Lees gewesen. Das hatte die ganze Sache auch so einfach gemacht. Niemand hatte jemals bezweifelt, daß Paul nicht das Kind jener toten Verwandten war. Rambos Augen suchten den Highway ab. Das war die Stelle. Da hatte er es gesehen.

Vor mehr als zehn Jahren hatte er dort in den Büschen

gekauert – Zeuge und Komplize zugleich. Und seitdem hatte er gelitten, obwohl er jetzt noch mehr litt. Aber er hatte es ertragen. Und nun würde er Rache nehmen.

Die Stimmen dröhnten wie Totenglocken in seinen Ohren.

»Wehe denen, die Arme und Bedürftige ihrer Rechte berauben.«

Der Wegweiser nach Stanwich deutete nach rechts. Seine Stunde war gekommen. Rambo drehte das Lenkrad und rollte langsam durch die ruhigen Straßen der Privilegierten.

»Buddy, entschuldigen Sie bitte die frühe Störung. Aber ich mußte Sie anrufen. Ich konnte vergangene Nacht kaum schlafen, weil ich immer an diesen Rambo dachte.«

Paul blieb auf der Treppe stehen. Er konnte Annas ängstliche Stimme durchs Haus hallen hören. Er wartete, lauschte.

»Mir wäre soviel leichter ums Herz, wenn Sie Paul unter Polizeischutz stellen könnten. Bis dieser Mann festgenommen ist. Sagen Sie mir nicht, daß ich unter Halluzinationen leide.«

Pauls Mund verzog sich, als er an seinen Vater dachte. Wahrscheinlich trieb er sich irgendwo herum und führte irre Reden über Gott. Die Erinnerung daran ließ einen gallebitteren Geschmack in Pauls Mund zurück. Nagender Hunger hatten ihn so früh aufwachen lassen. Er konnte Anna in der Küche noch immer mit dem Polizisten telefonieren hören.

»Buddy, wir wissen nicht, ob er gefährlich ist oder nicht. Ich glaube nicht, daß mein Sohn in Sicherheit ist, solange er frei herumläuft.«

Paul schlich leise die letzten Stufen hinunter und öffnete geräuschlos die Haustür. Er ging auf die Veranda und

schloß die Tür hinter sich. Der Garten erstrahlte in der Morgensonne. Pauls Magen zog sich bei diesem Anblick zusammen. Ihm war, als würde er nicht hierher gehören.
»Sam«, rief er leise und hoffte, sein geliebter Kater würde sich irgendwo zeigen. Vögel sangen in den Bäumen, was nur bedeuten konnte, daß Sam nicht in der Nähe war. Paul ging ums Haus nach hinten.
»Sam«, rief er wieder.
Er warf einen Blick auf den gepflegten Garten, die Gemüsebeete. Dahinter, am Waldrand, stand ein kleines Gartenhaus. Er überquerte den Rasen und schaute hinein. Im Dämmerlicht konnte er nur Geräte entdecken. Er machte die Tür zu und spähte in den sonnendurchfluteten Wald. In der Ferne hörte er das Geräusch vorbeifahrender Autos, die man vom Garten aus nicht sehen konnte. Er rief wieder nach Sam, doch ohne Erfolg.
Nachdem er am Wald entlanggegangen war, sprang er über einen kleinen Bach, der sich durch das Grundstück auf der anderen Seite schlängelte. Neben dem Wasserlauf wuchs eine langgestreckte Hecke aus Flieder. Am Ende konnte er dahinter das Dach eines großen Hauses erkennen. Es war mit Erkern und Türmchen verziert wie ein Schloß. Er blieb stehen. Das war das größte Haus, das er je gesehen hatte. Dann ging er am Rand des Fliedergebüsches langsam auf das Haus zu.
Auf der Suche nach Sam sah er plötzlich etwas aquamarin aufblitzen. Er spähte durch die Zweige und sah einen großen rechteckigen Swimming-pool in der Sonne glitzern. Ein Segelboot mit schimmerndem Rumpf und weißen Segeln glitt über das Wasser. Neben dem Schwimmbecken standen weiße Gartenmöbel.

Am Rand kniete ein sportlich gekleideter Mann. Mit offensichtlichem Vergnügen steuerte er das Schiff mittels eines kleinen Senders.
Neben ihm stand ein älterer Mann mit silbergrauem Haar und einer dicken Hornbrille. Offensichtlich fühlte er sich in seinem konservativen dunklen Geschäftsanzug nicht wohl. Nachdem er den Mann mit dem Boot ein paar Sekunden beobachtet hatte, räusperte er sich und sagte: »Ich bin mir bewußt, daß ich Sie an einem Samstag zu Hause nicht stören sollte. Aber die Angelegenheit ist äußerst wichtig.«
»Das macht doch nichts«, sagte der Mann mit dem Boot, obwohl er dem Segelschiff weiterhin seine ungeteilte Aufmerksamkeit schenkte.
Der Ältere wartete, ob der andere aufstünde. Aber nach wenigen Sekunden wurde ihm klar, daß der Mann am Schwimmbecken das nicht tun würde. Nervös zupfte er an seinen Manschetten und sprach zum Rücken seines Gastgebers.
»Mr. Stewart, als ich dem Verkauf der Wilcox Company zustimmte, kamen wir mündlich überein, daß Sie die Angestellten übernehmen würden. Nun wurde gestern nachmittag allen schriftlich gekündigt. Ich kann nur annehmen, es handelt sich um ein Mißverständnis. Und das möchte ich mit Ihnen besprechen.«
»Nein, es gibt kein Mißverständnis«, murmelte der Mann am Pool. Er dirigierte das Boot zum Rand und regulierte sorgfältig die Takelage. Dann schob er das Schiff sanft wieder ins Wasser. Noch immer blickte er nicht auf.
Das Gesicht des älteren Mannes rötete sich, und seine Stimme zitterte, als er weitersprach. »Mr. Stewart, die Wilcox Company ist ein Familienunternehmen. Mein Vater

gründete es, und wir haben unsere Angestellten quasi immer als Familienmitglieder behandelt. Viele dieser Leute haben unserer Gesellschaft zwanzig Jahre und mehr ihres Lebens gewidmet. Das habe ich Ihnen alles vor dem Verkauf erklärt. Und der einzige Grund, der mich zum Verkauf bewog, ist mein angegriffener Gesundheitszustand. Aber sie versicherten mir, daß die Positionen meiner Leute davon nicht betroffen wären.«

Edward Stewart geruhte endlich, den alten empörten Mann anzusehen. »Mr. Wilcox, Ihr Unternehmen ist nicht besonders profitabel. Ich bin Geschäftsmann, weil ich Geld verdienen will. Sie und Ihre Belegschaft sind darin nicht besonders erfolgreich gewesen. Und ich bin gewillt, das zu ändern.«

»Aber Sie haben mir Ihr Wort gegeben!« rief der alte Mann. »Sie haben es mir versprochen.«

»Mr. Wilcox«, entgegnete Edward Stewart geduldig. »Ich habe darüber nachgedacht und meine Meinung geändert. Das ist mein gutes Recht. Jetzt gehört die Wilcox Company mir.«

Der alte Mann schüttelte den Kopf und ballte die Hände zu Fäusten. »Wenn ich gewußt hätte, was Sie vorhaben, hätte ich niemals an Sie verkauft. Das ist genau das Gegenteil, woran ich glaube und wofür ich gearbeitet habe. Ich habe Ihrem Versprechen geglaubt, und Sie haben mich angelogen.«

Edward Stewart ging auf die gegenüberliegende Seite des Pools, die Augen auf sein Schiff geheftet. Er ließ es kreuzen. »Ist das Boot nicht schön?« fragte er. »Ich glaube, es ist eins der schönsten, die ich je gebaut habe.«

Wilcox starrte mit brennenden Augen auf den Mann. »Ich

bin nicht gekommen, um Ihre Schiffe zu bewundern, Sir. Ich verlange eine Antwort von Ihnen.«
Edward sah den alten Mann kalt an. »Wilcox«, sagte er, »diese Schiffe sind mein Hobby. Ich entspanne mich, wenn ich sie baue und segeln lasse. Sie schenken mir eine große Befriedigung. Ich kann mir nur wenige Dinge vorstellen, die mir Ähnliches zu bieten hätten.«
Der alte Mann versteifte sich, als hätte man ihn geschlagen. Dann fiel er in sich zusammen. Nur mit Mühe konnte er ein Zittern unterdrücken.
»Sie sollten sich auch ein Hobby zulegen«, riet Edward ihm und lächelte vage. »Jetzt haben Sie ja viel Zeit. Keine geschäftlichen Sorgen mehr. Ich kann Ihnen den Modellbau nur empfehlen.«
»Ich werde gegen Sie klagen, Sir«, sagte Wilcox.
Edward zuckte mit den Schultern. »Mit einer Klage dürften Sie kaum Erfolg haben. Ein Hobby, Mr. Wilcox. Ein Hobby trägt viel zur Beruhigung bei.«
Die Augen des alten Mannes sprühten vor Zorn, aber sein Körper schien zu zerbrechen. Er drehte sich um und ging über die Terrasse ins Haus.
»Das Mädchen bringt Sie zur Tür«, rief Edward hinter ihm her, aber Wilcox war bereits verschwunden.
Edward kniete sich wieder neben den Swimming-pool. Er lenkte das Boot an den Rand, nahm es aus dem Wasser und betastete prüfend den Rumpf.
Paul zitterte am ganzen Körper und atmete ein paarmal tief durch, um sich zu beruhigen. Was ist denn mit dir los? schimpfte er mit sich. Es geht um irgendwelche geschäftlichen Angelegenheiten, die dich nichts angehen. Trotzdem war ihm ganz elend, und er würde diesen Mann sicher nicht

fragen, ob er seinen Kater gesehen hatte. Nach ein paar Minuten, als es ihm wieder besser ging, drehte er sich um und machte sich auf den Heimweg. Er hatte erst wenige Schritte zurückgelegt, als eine grau-schwarz getigerte Katze seinen Weg kreuzte.

»Sam!« rief er laut gegen seinen Willen.

Edward Stewart fuhr zusammen, das Schiff entglitt seinen Händen und landete mit einem Platschen im Wasser. »Wer ist da?« fragte er.

Sam sprang beim Klang von Edwards Stimme fort. Paul zögerte – er wollte erst auch weglaufen –, trat dann aber aus dem Gebüsch hervor. »Tut mir leid, daß ich Sie belästige«, entschuldigte er sich. »Ich habe nach meinem Kater gesucht, er war dort im Gebüsch.«

Als der Mann den Jungen sah, wurde er bleich. Und in seinen grauen Augen konnte Paul zuerst so etwas wie Angst lesen, aber dann wurden sie kalt.

»Ich habe nur nach meinem Kater gesucht«, wiederholte Paul hilflos. »Es tut mir leid, daß ich Sie gestört habe.«

Der Mann schien sich zu entspannen; er räusperte sich, schwieg aber noch immer.

»Entschuldigen Sie ...«

»Wenn du das nächste Mal hierher kommst, Paul«, sagte Edward schließlich, »warum machst du dich nicht gleich bemerkbar?«

Paul war verblüfft, seinen Namen zu hören. »Sie kennen mich?« fragte er.

Der Mann lächelte säuerlich. »Meine Frau und ich sind schon seit Jahren Nachbarn deiner Eltern.« Edward sah ihn prüfend an. »Seit du ein kleiner Junge warst. Vielleicht kannst du dich an mich erinnern?«

Paul trat von einem Fuß auf den anderen und blickte zu Boden. »Ich war sehr klein, als ... als es passierte ...«
»Ja, natürlich«, sagte Edward.
Der Mann starrte ihn wieder an, und Paul hatte das unangenehme Gefühl, als würde er von ihm wie ein entlaufenes Tier eingesperrt. Paul suchte verzweifelt nach irgendwelchen Worten. Sein Blick fiel auf das Schiff im Wasser.
»Ist das Ihr Boot?« fragte er.
Edward wischte sich mit seinem Taschentuch die Stirn ab. »Ja«, sagte er zerstreut. »Ich habe es gebaut. Ich habe Modelle von den berühmtesten Segelschiffen der Welt gebaut. Ich habe eine Werkstatt in der alten Windmühle da drüben«, sagte er und machte eine vage Geste, um die Richtung anzudeuten. Der Mann sah Paul an, als erwarte er eine Antwort.
»Das ist toll«, sagte Paul.
Der Klang einer schrillen ärgerlichen Stimme, die Pauls Namen rief, erfüllte ihn mit unerwarteter Erleichterung. Edward und er sahen zum Haus und erblickten Tracy.
Tracy starrte ihren Bruder an. »Mami sucht dich überall.«
»Ich komme. Ich habe nur nach meinem Kater gesucht.«
»Ich bin ihm gerade begegnet«, sagte sie.
»Hallo, Tracy«, rief Edward.
»Hallo, Mr. Stewart. Du kommst besser nach Hause.« Ohne ein weiteres Wort verschwand sie wieder.
Paul zuckte die Schultern. »Es war nett, Sie kennengelernt zu haben«, sagte er.
»Wir sehen uns dann später«, antwortete Edward.
Paul lächelte ihn an. »Gut.« Er drehte sich um und verschwand in den Fliederbüschen.
Edward beobachtete ihn mit kalten Augen. Hinter ihm

schlug das Schiff gegen den Rand des Swimming-pools. Es begann zu sinken.

Tracy stapfte die Stufen zur Veranda hoch und sagte zu ihrer Mutter, die sich nervös auf die Unterlippe biß: »Er war bei den Stewarts. Er kommt.« Dann knallte sie die Tür hinter sich zu.

Anna schloß kurz die Augen. Die Spannung wich von ihr. »Danke, Tracy«, rief sie.

Thomas kam mit seiner Golfausrüstung auf die Veranda. Er lehnte sie gegen die Brüstung und überprüfte sie.

Anna beobachtete ihn. »Ich habe den Schläger wieder an seinen Platz gesteckt.«

»Das sehe ich«, sagte Tom kühl. »Ist Paul wieder aufgetaucht?«

»Er war bei unseren Nachbarn. Tracy hat ihn gefunden.«

»Oh«, sagte Tom. Er öffnete den Reißverschluß seiner Golftasche und holte ein paar Bälle heraus. »Was hatte er da zu suchen?«

»Ich weiß nicht«, antwortete Anna und lehnte sich gegen die Brüstung. »Wann hat Edward dich zum Golfspielen eingeladen?« fragte sie.

»Gestern. Als wir zusammen nach Hause fuhren. Ich vergaß, es dir zu sagen.«

»Das überrascht mich. Dich nicht?«

Thomas sah sie an. »Warum?«

»Du kennst ihn doch.« Anna zuckte die Schultern. »Das ist doch sonst nicht seine Art.«

Thomas lächelte. »Nein. Eigentlich nicht. Aber er ist sehr an Paul interessiert. Er will uns als Gäste in seinem Club einführen. Vielleicht war das Iris' Idee.«

»Das ist möglich«, stimmte Anna zu, obwohl sie bezweifelte, daß Edward auf Iris' Vorschläge einging. »Es wird euch sicher Spaß machen.«
Thomas nickte. »Dem Jungen wird es gefallen.«
Anna versuchte nicht zu zeigen, wie sehr ihr Toms Verhalten Paul gegenüber gefiel.
»Vielleicht können wir später alle zusammen an den Strand gehen.«
Thomas zählte die Golfbälle und legte sie in die Tasche zurück. »Heute nachmittag«, sagte er.
Anna ging zu ihm und legte von hinten die Arme um seine Taille. »Das ist schön«, sagte sie. »Ihr beide werdet euch prächtig amüsieren.«
Tom seufzte. »Hoffentlich«, meinte er.
»Liebling, es tut mir leid wegen gestern nacht. Ich wollte hochkommen. Aber ich war wohl so erschöpft, daß ich einfach eingeschlafen bin.«
»Das macht nichts«, antwortete er.
»Heute fangen wir noch einmal ganz von vorne an.« Sie drückte ihn an sich. Er drehte sich um und erwiderte ihre Liebkosung.
»Jetzt mach' ich wohl besser das Frühstück, damit ihr beiden bald aufbrechen könnt.«
Anna öffnete die Tür und wollte gerade ins Haus gehen, als sie Paul in den Garten kommen sah. Sie blieb stehen und beobachtete ihn, wie er langsam aufs Haus zuging und seinem Kater beruhigend etwas zumurmelte.
Plötzlich blieb er da stehen, wo früher der Spielplatz gewesen war. Sein Gesicht verzerrte sich zu einer Grimasse. Er ließ den Kater fallen und schlug die Hände vors Gesicht.
»Tom«, flüsterte Anna. »Mit ihm stimmt irgend etwas

nicht.« Sie zögerte und eilte dann die Verandastufen hinunter.

»Was ist los?« rief sie laut. »Bist du in Ordnung?«

Der Kater sah sie an, Paul jedoch nicht. »Ja«, sagte er und ging mit gesenktem Kopf auf sie zu und dann ins Haus. Sein Gesicht war bleich. Anna sah, wie er in die Küche ging, zu Tracy.

Anna starrte auf die Stelle, wo der Spielplatz gewesen war. Sam schnüffelte im Gras. Vorsichtig überquerte er das ihm unbekannte Terrain. Jeder Stein und jedes Gewächs war ihm verdächtig.

6.

Trockene Äste schlugen schmerzhaft gegen Rambos Arme und Beine, als er sich durch das dichte Unterholz arbeitete, das die Golfer das Gestrüpp nannten.

Es war nicht schwer gewesen, das Haus der Langes zu finden. Er hatte seinen Wagen in der Nähe geparkt und gewartet, bis der Junge und sein Vater von einem Mann mit einem Cadillac abgeholt wurden, worauf sie zum Golfplatz fuhren. Er war ihnen gefolgt, dann über den Zaun geklettert und hatte sich im Unterholz verborgen. Seitdem war er den Spielern ständig gefolgt. Der Junge schien sich sichtlich zu langweilen, und Rambo hatte darüber lachen müssen. Lange gab sich Mühe mit dem kleinen Heiden, der noch immer seine schäbige Jacke trug und in der Hitze schwitzte. Rambo fragte sich, ob der Mann nun zufrieden war, weil er das kleine Monster zurück hatte. Die Stimmen fingen wieder an in seinem Kopf zu flüstern und ließen sich über die

Undankbarkeit des Jungen aus, der nun im Luxus lebte. Rambo murmelte die Worte, die er hörte, vor sich hin, ständig auf der Hut, nicht zu laut zu reden, denn sonst hätte er sein Versteck verraten – soviel war ihm noch klar.

Thomas wählte einen Schläger und schlug seinen Ball weit weg, zum siebten Grün.

»Guter Schuß«, lobte Edward.

Thomas beschattete die Augen mit der Hand und beobachtete den Ball. »Nicht schlecht«, stimmte er zu, »wenn man bedenkt, daß ich ganz aus der Übung bin.«

Dann drehte er sich um und gab Paul den Schläger. Er versuchte, Pauls gelangweilten Gesichtsausdruck zu ignorieren und lobte ihn häufig. »Dieser Schläger paßt für diesen Ball am besten. Probier ihn mal aus.«

Paul starrte den Schläger eine Weile an. »Ich bin müde«, sagte er schließlich. »Darf ich zurückgehen?«

Thomas steckte den Schläger wieder in den Sack zurück. »Natürlich.« Er sah ihren Gastgeber an. »Kann der Junge im Clubhaus warten, Edward?«

Edward nickte. »Selbstverständlich«, antwortete er. »Findest du den Weg allein?«

»Ja«, sagte Paul.

»Wir sind fast fertig«, sagte Thomas. »Nach diesem haben wir nur noch zwei Löcher zu spielen. Wirst du dich auch nicht langweilen?«

»Nein«, entgegnete der Junge.

»In Ordnung.« Thomas beobachtete Paul, der langsam zum Clubhaus zurückging.

Rambo hatte die Szene beobachtet. Er konnte es dem Jungen nicht verdenken. Das Spiel mußte langweilig für ihn sein. Er schlug nach einem Insekt, das um seinen Kopf

schwirrte, und wartete ungeduldig darauf, daß Edward schlagen würde.
Edward zielte auf den Ball, der vor ihm lag, wobei er leicht auf den Füßen wippte. Rambo beugte sich vor, um besser sehen zu können, und Zweige knackten. Edwards Schlag glückte nicht ganz; der Ball landete weit entfernt vom Loch im Sand. Sein Gesicht rötete sich. »Hast du das Knacken in den Büschen gehört?« fragte er. »Stört die Aufmerksamkeit beträchtlich.« Er sah die Sträucher an, als wollte er sie ausreißen. Er wanderte zu der Stelle, wo sein Ball gelandet war, und betrachtete ihn wie ein schlecht erzogenes Kind. »Ich muß ihn wohl aus dem Handgelenk heraus schlagen«, sagte er. »Spiel schon weiter.«
Thomas unterdrückte einen Seufzer und blickte in die Richtung, wo sein Ball – kaum noch zu erkennen – lag. »Gut«, sagte er. »Ich treffe dich dann dort wieder.« Mit diesen Worten schlenderte er davon.
Rambo sah, wie er ging, und zitterte vor Aufregung. Das war seine Chance. Er leckte sich nervös die Lippen und spähte durch das Blattwerk.
Als Thomas die Hälfte des Weges zurückgelegt hatte, kroch Rambo aus dem Gebüsch auf den Sand zu. Edward verzog das Gesicht zu einer Grimasse, denn Sandkörner gerieten in seine Schuhe. Rambo räusperte sich.
»Mr. Stewart.«
Edward versteifte sich und runzelte die Stirn beim Anblick des heruntergekommenen Mannes, der so plötzlich vor ihm stand. Dann entspannte er sich wieder. Dieser Mann hatte keinerlei Bedeutung.
»Ja.«
»Sie kommen besser hierher«, sagte Rambo, während seine

Augen wieselflink über den hügeligen Golfkurs huschten. »Ich muß mit Ihnen reden.«

Edward starrte den Mann, der es wagte, ihm zu befehlen, ungläubig an und entgegnete eisig: »Wenn Sie mir eine Nachricht zu übermitteln haben, tun Sie das. Dann gehen Sie wieder. Sehen Sie nicht, daß Sie mein Spiel unterbrechen?«

Einen Moment war Rambo über Edwards Reaktion verwirrt. Dann drohte er ihm mit dem Zeigefinger. »Das Wort des Herrn ist meine Botschaft. Die Gerechtigkeit des Herrn ist mein Ziel!«

Edward seufzte und schüttelte den Kopf. Dieser Mann war zu alt, um zur Moon-Sekte zu gehören. Vielleicht war er ein Zeuge Jehovas oder Mitglied einer anderen Sekte. Es machte Edward wütend, daß sich solche Leute auf dem Golfplatz herumtrieben. Dieser exklusive kostspielige Club sollte wenigstens seinen Mitgliedern Ungestörtheit garantieren. Im Geist formulierte er bereits eine geharnischte Beschwerde.

»Ich rate Ihnen dringend, augenblicklich dieses Gelände zu verlassen und anderswo hausieren zu gehen«, sagte Edward und wandte sich seinem halb im Sand vergrabenen Golfball zu.

»Der Herr hat zu mir gesprochen. Der Herr hat mir ein Zeichen gegeben. Ich muß Seine Gerechtigkeit an Ihnen vollstrecken.«

»Ich warne Sie«, sagte Edward drohend.

»Sie sind böse durch und durch. Es ist leichter für ein Kamel, durch ein Nadelöhr zu schlüpfen, als für einen reichen Mann ...«

»Das reicht«, sagte Edward und rammte seinen Schläger in den Sand. »Ich lasse Sie rauswerfen.«

Rambo trat einen Schritt zurück. »Ich habe Sie gesehen«, zischte er. »An jenem Tag auf dem Highway. Vor elf Jahren. Ich weiß, was Sie getan haben.«
Edward verharrte mitten in der Bewegung. Sein Gesicht wurde aschfahl. Seine Knöchel traten weiß hervor, als er nach dem Golfschläger als Stütze griff.
»Ich weiß nicht, wovon Sie reden«, flüsterte er.
»Von dem Jungen, dem Sohn Ihres Freundes«, sagte Rambo. »Ich war im Gebüsch versteckt. Ich habe alles gesehen.«
Edward starrte den Mann an, alle seine Muskeln waren zum Zerreißen gespannt. Plötzlich kam ihm der Mann irgendwie bekannt vor. Ja, die Fotos in den Zeitungen von dem Mann mit dem Hut. »Rambo«, sagte er atemlos.
»Ganz recht«, schrie Rambo triumphierend. »Albert Rambo. Die Stimme Gottes auf dieser Erde.«
Als Edward versuchte, den Schock über das, was Rambo gesagt hatte, zu überwinden, wurde ihm fast schlecht. Rambo mußte verrückt sein, sich in die Nähe von Thomas und Paul zu wagen.
Er ist verrückt, dachte Edward, aber er weiß es.
Edward befeuchtete mit der Zunge seine Lippen und versuchte, einen vernünftigen Gedanken zu fassen. Doch sein Kopf war leer.
»Was wollen Sie?« fragte er schließlich.
»Der Herr hat mich mit einer Mission beauftragt!« schrie Rambo. »Ich kann Sein Werk mit Ihrem Geld vollenden. Und Sie werden gerettet, wenn Sie es mir geben.«
Erpressung, dachte Edward. Er will Geld. Irgendwie beruhigte ihn diese Erkenntnis. Zuerst – noch unter Schock stehend – hatte er sich gefühlt, als ob ein Racheengel auf ihn niederfahren würde, um ihm alles zu nehmen, was er

aufgebaut hatte. Dieser schreckliche Tag, vor dem er sich immer gefürchtet hatte, war nun gekommen. Doch die Erwähnung von Geld brachte ihn wieder in die Wirklichkeit zurück. Er starrte Rambo an und sagte mit flacher Stimme: »Was wollen Sie?« wiederholte er.

Die Frage ließ Rambo sein irres Gerede vergessen. »Geld«, sagte er. »Genug Geld, um fliehen zu können.«

»Und wenn ich es Ihnen nicht gebe?« fragte Edward kalt.

»Dann erzähle ich der Polizei, was Sie getan haben.«

Ein Schauder überlief Edward bei der Drohung. Mit zitternder Hand wischte er sich den Schweiß von der Stirn. Es überlief ihn heiß und kalt. Doch trotz seiner Verwirrung war ihm eins bewußt: Wenn Rambo zur Polizei ging, würde er sofort festgenommen werden.

»Wer weiß noch davon?« fragte Edward.

»Nur noch ich. Meine Frau wußte es auch. Aber jetzt ist sie tot. Und der Junge weiß es.«

»Haben Sie ihm erzählt, was passiert ist?«

»Natürlich nicht!« rief Rambo. »Aber vielleicht kann er sich erinnern. Ich weiß nicht. Sonst weiß es niemand.«

»Warum haben Sie so lange gewartet?« flüsterte Edward. »Warum kommen Sie erst jetzt?«

Rambo lächelte verschlagen. »Ich wußte nicht, wer Sie waren. Bis ich Sie gestern im Fernsehen sah. Da habe ich Sie erkannt. Und Ihren Wagen mit dem Adler. Sie sind wohl kein besonders guter Fahrer?«

»Im Fernsehen?« Edward verstand nicht gleich. Dann fiel ihm das Interview bei den Langes ein. Er unterdrückte ein Stöhnen. Verlier nicht die Nerven, befahl er sich. Gebrauch deinen Kopf. Er starrte Rambo eine Weile schweigend an. Der Mann ist geisteskrank, dachte er. Er hat keinen Beweis, daß das geschehen ist. Edward fühlte, wie sein Herz heftig schlug, und in seinem Kopf dröhnte es, aber er sprach mit äußerster Ruhe.

»Also«, sagte Edward, nahm den Golfball auf und rollte ihn in der Handfläche, »wenn ich Ihnen dieses ... Erpressungsgeld nicht gebe, gehen Sie mit Ihrer Geschichte zur Polizei. Ist das richtig?«

»Ja, das stimmt.«

»Und Sie marschieren geradewegs aufs nächste Revier, wo auf Sie eine lebenslängliche Strafe wartet?«

»Nun«, sagte Rambo heuchlerisch, »vielleicht sage ich es ihnen nicht so direkt.«

Edward fühlte jetzt zum erstenmal seine Macht wieder zurückkehren. Rambo war ein schäbiger kleiner Landstreicher. Eine schwache bemitleidenswerte Kreatur. Er war diesem Niemand, der ihn bedrohte, weit überlegen. »Wie wollen Sie es denen denn sagen?« fragte Edward. »Wollen Sie ein Telegramm schicken? Oder einen anonymen Hinweis geben?«

»Ich weiß schon, wie ich's mache«, beharrte Rambo trotzig.

Edward ließ seinen eisigen Blick auf Rambo ruhen, der nervös von einem Fuß auf den anderen trat. Er schien verängstigt, als wäre er es, der bedroht wurde. Die Stimmen hatten ihm leider keinen logischen Plan eingegeben. Kalte Befriedigung stieg in Edward auf, als er den Mann vor sich zappeln sah. Er ist ein Wurm, dachte er. Ich könnte ihn mit dem Fuß zerstampfen. Er spürte, wie sein inneres Zittern nachließ. »Ich glaube nicht, daß Sie es tun werden«, sagte er kalt.

Rambos Gesicht fiel in sich zusammen. Schrill rief er: »Geben Sie mir Geld, oder ich zeige es Ihnen!« Er fummelte

in seiner Hemdtasche und holte eine Zigarette und Streichhölzer hervor. Er steckte die Zigarette an und sog wütend den Rauch ein.
»Ich will Ihnen mal etwas sagen, Mr. Rambo«, erklärte Edward schneidend. »Ich gehöre zur ersten Gesellschaftsschicht dieser Stadt. Ich verfüge über Geld und Macht. Wer würde Ihnen denn schon glauben?«
Die Stimmen schienen Rambos Geist bei Edwards Worten wieder zu beleben. »Was wollen Sie am Tag des Jüngsten Gerichts tun?« heulte er. »Wen wollen Sie um Hilfe bitten, und wem sollen Sie Ihren Reichtum hinterlassen?«
Edward richtete sich auf und donnerte: »Sie sind ein flüchtiger Krimineller. Ein Verbrecher.«
Rambos Schultern sackten zusammen, als hätte der Ausbruch ihn erschöpft.
Edward merkte, daß der Kampf zu Ende ging. »Überlegen Sie doch einmal«, sagte er langsam. »Die Idee ist einfach absurd.«
Rambo starrte seinen Widersacher hilflos an. »Ich brauche das Geld«, wimmerte er.
»Das glaube ich Ihnen aufs Wort«, knurrte Edward. »Aber von mir bekommen Sie es nicht. Ich habe keine Angst vor Ihnen. Und jetzt verschwinden Sie hier, ehe ich die Polizei hole.«
Rambo starrte ihn einen Moment mit offenem Mund an. »Der Tag des Jüngsten Gerichts ...« murmelte er.
»Sofort!« befahl Edward.
Rambo ging langsam rückwärts. Als er das Gebüsch erreicht hatte, drehte er sich um und stürzte sich unter die Bäume. Edward konnte ihn fliehen hören, wie ein Kaninchen, das von einer Hundemeute gehetzt wird.

Trotz seiner äußeren Ruhe raste Edwards Herz, und sein Magen krampfte sich zusammen. Er betrachtete den Golfball in seiner Hand und schleuderte ihn von sich. Dann kletterte er aus dem Sandloch.

Er sah Thomas weit hinten stehen und winkte ihm zu. Thomas winkte zurück.

Edward marschierte zu seinem Golfwagen und wählte einen Schläger. Du hast es ihm gegeben, versuchte er sich zu beruhigen. Du bist in Sicherheit. Er kommt nicht wieder.

Als er sich über den Ball für seinen nächsten Schlag beugte, bemerkte er plötzlich ein kleines weißes Papier, das am Rand des Sandlochs lag. Er ging und hob es auf. Es war ein Streichholzbriefchen mit dem Aufdruck »La-2-Pines-Motel, Kingsburgh, New York«.

Edward starrte ins Gebüsch, wo Rambo verschwunden war. Er hat mich gesehen, dachte er wieder erschaudernd. Er hat alles gesehen.

Er stopfte das Streichholzbriefchen in seine Tasche. Dann kehrte er zu seinem Ball zurück und zielte mit äußerster Sorgfalt und Konzentration. Der Schlag war perfekt. Gut, dachte er. Du darfst dir keinen Fehler erlauben. Du darfst dir nie einen Fehler erlauben. Aber sein Herz klopfte noch immer heftig, als er auf Thomas zuging.

»Gefällt dir der Strand?« fragte Anna, als Tracy und er aus dem Auto stiegen.

»Ich war noch nie an einem«, antwortete Paul und nahm den Klappstuhl.

Er sieht so verwahrlost aus, dachte Anna. Er stand neben dem Wagen und trug Basketballschuhe ohne Socken, abgeschnittene Khakihosen und trotz der Hitze seine abgewetzte Jacke.

Anna nahm den Picknickkorb aus dem Kofferraum. »Von nun an wirst du viel Zeit am Strand verbringen. Wir kaufen dir eine Badehose. Nicht wahr, Tom?«
Thomas machte die Autotür zu und setzte seine Sonnenbrille auf. »Wie?«
Anna gab Tom den Picknickkorb. Paul folgte Tracy zum Strand. »Du bist so ruhig«, sagte sie.
»Ich denke nur nach«, antwortete er, während beide hinter den Kindern hergingen.
»Du hast nicht viel über euer Golfspiel heute morgen geredet«, bemerkte sie. »Hat es Paul gefallen?«
»Ich weiß es nicht. Ich glaube schon.«
Als sie über die Dünen kamen, konnten sie vor sich die Bucht von New Island sehen. Das Meer war ruhig. Anna holte auf und ging jetzt neben Paul.
»Nun, was hältst du davon?« fragte sie ihn.
»Es gefällt mir.«
Ein Glücksgefühl durchströmte Anna bei dieser Reaktion. Sie drehte sich zu ihrem Mann um, der gerade die Stühle aufstellte, aber Thomas blickte nicht auf.
Tracy hatte sich zu einer Gruppe Freunde gesellt, die sich kichernd in der Nähe sonnte. Sie vermied es, in Richtung ihrer Familie zu blicken.
»Du kannst dein Handtuch ausbreiten«, sagte Anna. Paul zog Jacke und Hemd aus, und sie sah, wie blaß er war. »Öl dich besser ein«, riet sie besorgt.
»Ich mache einen kleinen Rundgang«, sagte er.
Aus den Augenwinkeln konnte Anna sehen, daß Tracys Freunde miteinander tuschelten. Einer deutete auf Pauls Shorts und kicherte. Daraufhin lachte die ganze Gruppe. Paul schenkte ihr keine Beachtung, aber Anna hatte das Gefühl, daß er wußte, worüber Tracys Freunde lachten.

Anna beobachtete ihren Sohn. Er stand da und warf einen Blick in die Runde. Er grinste einen kleinen Burschen an, der nicht weit von ihm im Sand schaufelte. Der Knirps lachte. Die junge Mutter lächelte Paul an, der weiterging, und sah dann Anna an.
»Ist das Ihr Sohn?« fragte sie.
Anna blickte ihrem Sohn nach. Er ging zum Wasser. Die Jacke trug er über einem Arm. Seine Haut wirkte krankhaft weiß im Gegensatz zu den anderen gebräunten Körpern. Sie riß sich von seinem Anblick los und lächelte die junge Mutter an. »Ja«, antwortete sie.
»Ein netter junger Mann«, sagte die Frau.
»Morgen wird er fünfzehn«, sagte Anna. »Wie alt ist Ihr kleiner Sohn?«
»Gerade zwei geworden und kaum zu bändigen«, sagte die junge Frau lachend. »Sie haben Glück, daß Sie Ihren Jungen nicht mehr ständig beaufsichtigen müssen.«
»Ach, Kinder wachsen so schnell«, entgegnete Anna. Den Blick in die Ferne gerichtet, suchte sie Paul. Sie konnte ihn nicht gleich entdecken. Ihr Herz raste. Dann sah sie ihn. Er watete im Wasser und blickte übers Meer. Sie seufzte und drehte sich zu Thomas um, der in einem Klappstuhl saß und die Zeitung las.
Anna ließ sich auf die Decke zu seinen Füßen fallen. Sie streichelte das Knie ihres Mannes, und er senkte die Zeitung.
»Soll ich dir den Rücken einreiben?« fragte er.
Sie nickte und reichte ihm die Flasche. Er tat etwas von der Lotion in seine Hand und massierte ihren Rücken damit.
»Oh, das tut gut«, sagte Anna und lehnte den Kopf zurück, obwohl sie die halbgeschlossenen Augen immer auf die

Küstenlinie gerichtet hielt, wo Paul knöcheltief im Wasser stand. »Ich werde ein bißchen lesen.«

»Du siehst müde aus«, sagte Tom. »Warum machst du nicht ein Nickerchen?«

»Ich weiß nicht«, sagte Anna. »Ich möchte ihn im Auge behalten.«

»Warum denn?« fragte Thomas zornig und warf die Flasche mit der Lotion aufs Handtuch. »Er ist kein Baby mehr, Anna.«

»Ich weiß nicht, ob er schwimmen kann.«

Thomas schürzte die Lippen und starrte auf den Jungen, der im seichten Wasser watete. »Es sieht nicht so aus, als würde er von den Wellen verschlungen«, meinte er.

Anna hörte die Bitterkeit in seiner Stimme und versuchte ihn zu besänftigen. »Du hast recht«, sagte sie. »Ich brauche Ruhe.« Sie streckte sich auf der Decke aus und schlug ihr Buch auf, aber alle paar Sätze blickte sie wieder auf.

Die Sonne schien heiß und machte sie schläfrig. Sie legte das Buch zur Seite, stützte das Kinn in die Hände und sah über den blendenden Sand. Sie hatte fast die ganze Nacht nicht geschlafen, und Müdigkeit überkam sie. Gelächter und Radiomusik vermischten sich zu einem leisen Summen, die Lider fielen ihr zu. Sie träumte von einem kleinen Jungen in einem Planschbecken.

Plötzlich durchdrang ein fürchterlicher Schrei ihre Träume. Anna erwachte mit einem Ruck. Das Schreien dauerte an. Der kleine Bursche, mit dessen Mutter sie vorhin geredet hatte, weinte, weil ihm ein Keks in den Sand gefallen war. Mit einem Seufzer legte sich Anna wieder hin. Dann fiel ihr Paul ein. Sie konnte ihn nicht sofort entdecken, denn vor ihm stand ein Mann in Hemd, Shorts, Sonnenbrille und

einem breitrandigen Hut. Der Mann hatte die Hände auf Pauls schmale Schultern gelegt.
»Tom!« rief Anna. »Sieh nur!«
»Was?« fragte Thomas und senkte seine Zeitung.
»Dieser Mann«, sagte Anna und stand auf. Ihr Herz begann wild zu klopfen.
»Was tust du denn?« fragte Thomas, als Anna zum Wasser ging. Ihre Augen waren wie in Trance auf ihren Sohn und den Mann fixiert. Dann fing sie an zu laufen.
Sie kam in Hörweite der beiden und sprach so laut, daß Paul und der Mann zusammenzuckten. »Was machen Sie da?« fragte sie.
Die beiden hatten sich umgedreht und starrten Anna an. Paul senkte das Fernglas, das der Mann ihm geliehen hatte, und wich vor ihr zurück. Der Mann sah völlig überrascht aus.
»Ich zeigte ihm gerade ...« erklärte der Mann.
Anna wollte ihren Sohn am Arm packen, aber Paul entwand ihn ihr. Die Verwirrung in seinen Augen wandelte sich in Zorn.
»Was ist denn los?« rief er. »Er hat mir doch nur etwas gezeigt.«
Anna wandte sich an den Mann. »Was wollen Sie von meinem Sohn?« fragte sie argwöhnisch.
»Nichts ...« protestierte der Mann.
»Er hat mir die Fische da draußen gezeigt«, schrie Paul.
Alle Leute in der Nähe starrten sie jetzt an.
»Ich rufe einen Polizisten«, drohte Anna und versuchte, ihren Sohn fortzuzerren.
»Laß mich in Ruhe!« schrie Paul.
Anna ließ die Hände sinken und sah den Mann und den Jungen hilflos an.

Der Mann straffte die Schultern und atmete tief ein. »Begreifen Sie doch«, sagte er ruhig, »ich habe nichts Unrechtes getan. Ich habe Ihrem Sohn mein Fernglas geliehen. Ich glaube, Sie sollten sich bei mir entschuldigen. Diese Szene ist mir peinlich vor allen diesen Leuten.«

Annas Angst und Zorn schwanden. Sie kam sich plötzlich sehr klein vor. Mit der Hand fuhr sie sich über die Augen.

»Es tut mir leid. Entschuldigen Sie bitte«, flüsterte sie.

»Ich sollte Ihretwegen die Polizei holen«, sagte der Mann jetzt, da er seine Selbstsicherheit wiedergewonnen hatte.

»Es tut mir leid«, wiederholte Anna. »Ich bin ganz außer mir. Ich hatte Angst ...« Sie starrte in den Sand und wünschte, sie könnte in den Boden versinken.

»Nun gut«, lenkte der Mann ein. »Ich akzeptiere Ihre Entschuldigung.«

Anna drehte sich mit gesenktem Blick um. Paul marschierte den Strand hoch, auf seinen bleichen Wangen zeichneten sich rote Flecken ab. Thomas starrte seine Frau an, als sie kam. Zornige Ungläubigkeit stand in seinen Augen.

Anna schüttelte den Kopf, so als könnte sie nichts erklären.

»Wir gehen«, sagte Thomas.

Schweigend gingen sie an Tracy vorbei, die ihr Gesicht vor den neugierigen Blicken ihrer Freunde verbarg. »Willst du mit uns kommen, Tracy?« fragte Thomas dann doch noch.

Tracy sah ihren Vater nicht an. »Nein.«

»Ruf mich an, dann hole ich dich.«

Paul war schon hinter den Dünen verschwunden. Wahrscheinlich versteckte er sich vor Scham im Auto.

7.

Gus de Blakey, der Besitzer des La-2-Pines-Motels, fegte gerade die Veranda vor dem Büro, als Albert Rambo in den schattigen Hof fuhr, auf eines der weißgestrichenen Häuschen zu. Gus hörte auf zu fegen und stützte sich auf seinen Besen, als Rambo in seinem schäbigen, zerbeulten Chevy vorbeikam. Er fragte sich, wie lange dieser Bursche bleiben würde. Aber das war schon alles, was er sich fragte. Er verschwendete nicht viele Gedanken an die Gäste seines Motels, Hauptsache, sie bezahlten. Denn er brauchte das Geld: In ein paar Tagen würde seine Tochter ihn zum erstenmal zum Großvater machen.

Rambo knallte die Tür seines Autos zu, schloß die Tür zu seinem Zimmer auf und knallte auch sie hinter sich zu. Dann warf er sich auf das durchgelegene Bett und starrte auf die zugezogenen Vorhänge. Er nahm eine Zigarette und steckte sie in den Mund. Er konnte seine Streichhölzer nicht finden. Er öffnete die Schublade des Nachttisches und nahm das Briefchen, das er vorher dort gesehen hatte. Er steckte seine Zigarette an.

Vor seinem geistigen Auge sah er noch immer Edward Stewart. Er schauderte, als er an die kalten Augen des Mannes dachte. Mutlosigkeit überkam ihn. Ihm wurde bewußt, daß er versagt hatte. Ohne Plan und ohne Beweis hatte er diesen Mann konfrontiert, nur mit dessen Überraschung gerechnet, so wie die Stimmen es ihm befohlen hatten.

Rambo nahm die Bibel. Aber er konnte sich nicht auf die Worte konzentrieren. Nach ein paar Minuten klappte er sie wieder zu. Langsam holte er seine Brieftasche hervor und starrte auf den mageren Inhalt. Im Zimmer war es still. Keine göttlichen Stimmen sprachen zu ihm, sagten ihm, was er als nächstes tun sollte. In ein, zwei Tagen würde er kein Geld mehr haben.

Er klappte die Brieftasche zu. Die Ecke eines Fotos schaute hervor. Er nahm es und betrachtete es.

Dorothy Lee in ihrer Schwesterntracht lächelte ihn an. Es war ein altes Foto. Sie hatte gerade ihr Examen bestanden und war so stolz darauf gewesen.

Er dachte über seine Frau nach. Alles hatte er ihretwegen getan. Den Jungen entführt. Sie wollte ein Kind, und er konnte ihr keins geben. Eine Adoption war wegen seiner Krankheit nie in Frage gekommen. Deshalb hatte er das Kind entführt. Und wohin hat mich das gebracht? dachte er.

Dorothy wollte immer, daß er auch ein Bild des Jungen bei sich trüge, aber er wollte das nicht. Das Kind war ein Teufel. Rambo raste vor Wut, wenn er nur an den Jungen dachte. Schließlich hatte der sein Leben ruiniert.

Als sie das Kind hatte, vergaß sie ihren Mann darüber vollständig, mußte er denken. Als ob er nicht mehr wichtig wäre, nur der Junge.

»Du weißt nicht, was es heißt, Mutter zu sein«, pflegte sie zu ihm zu sagen. »Albert, eine Mutter tut alles für ihr Kind.« Das behauptete sie auch, wenn er sie daran erinnerte, daß Billy gar nicht ihr Kind war.

Und dann sprach eine Stimme laut in dem Zimmer. Nicht die Stimme des Herrn, seine eigene. »Das ist die Lösung«, sagte Rambo. »Die Mutter. Sie wird zahlen. Die Mutter.«

»Edward?« fragte Iris schüchtern.

Edward klappte die Zeitschrift zu, in der er gelesen hatte,

und legte sie mit einem Seufzer neben sein Gedeck. Sie saßen in dem düsteren, höhlenartigen Speisezimmer beim Dinner.
»Verzeihung«, sagte er.
»Ich fragte dich, wie Paul das Golfspiel heute gefallen hat?«
»Gut, denke ich.«
Iris griff in den Brötchenkorb und nahm eins. Sie riß ein Stück davon ab und hielt es zwischen den Fingern. »Wie ist er?«
Edward warf einen mißbilligenden Blick auf das Brötchen, dann nahm er seine Gabel und hielt sie über den Salat aus Meeresfrüchten auf seinem Teller. »Ich weiß nicht«, sagte er. »Er scheint ein ganz gewöhnlicher Junge zu sein.«
Iris steckte das Stück Brötchen in ihren Mund und kaute es bedächtig. Dann beugte sie sich vor und sah ihren Mann ernst an. »Ich bin gespannt, ihn kennenzulernen. Hat er sich schon etwas eingelebt?«
Edwards Blick glitt vom Gesicht seiner Frau über ihr Kleid, wo die Naht gerade über ihrer üppigen Taille geplatzt war. Er nahm die Gabel bei den Zinken und näherte sich ihr damit.
Iris sah ihn verwundert an und zuckte dann zusammen, als der kalte Griff der Gabel ihre Haut berührte.
Voller Verachtung sagte Edward: »Iris, du platzt aus allen Nähten.«
Iris lehnte sich zurück. Mit hochrotem Gesicht schlang sie die Arme um ihren Körper und entgegnete: »Ich habe das Loch nicht bemerkt, als ich das Kleid anzog.«
»Es ist deine Pflicht, solchen Dingen mehr Beachtung zu schenken«, sagte Edward und nahm die Gabel wieder in die Hand, wie es sich gehörte.

»Entschuldige bitte«, murmelte sie.
Schweigend aß Edward seinen Salat, während Iris im Essen auf ihrem Teller herumstocherte.
»Sind alle Vorbereitungen für die Party getroffen?« fragte er, ohne sie anzusehen.
Iris biß sich auf die Unterlippe und nickte.
»Nun?« fragte Edward und sah sie ungeduldig an.
»Ja!« rief Iris.
Edward seufzte. »Du brauchst nicht zu schreien, Iris.«
»Ich ... ich habe heute mit der Floristin und dem Traiteur gesprochen. Alles ist vorbereitet.«
»Ach, streich doch bitte die Wilcoxes von der Gästeliste. Sie kommen nicht.«
»Der arme Mann schien heute morgen ziemlich aufgeregt zu sein. Stimmt irgendwas nicht?« fragte Iris.
»Das sind geschäftliche Angelegenheiten, Iris«, entgegnete Edward. »Sie gehen dich nichts an. Streich sie einfach von der Liste.«
Das Mädchen kam, um die Teller abzuräumen. Iris hielt ihm ihren Teller entgegen, da sah sie, wie Edward auf das Loch in ihrem Kleid starrte. Schnell senkte sie die Arme wieder.
Edward griff wieder nach seiner Zeitschrift und blätterte die Seiten um. Er konnte sich nicht richtig auf die Artikel konzentrieren, seine Gedanken schweiften immer wieder ab. Aber es war einfacher, so zu tun, als lese er, als immer auf das Loch im Kleid seiner Frau starren zu müssen – es machte ihn verrückt. Sie besaß eine reichhaltige Garderobe, obwohl sie sich zur Zeit in die meisten Kleider zwängen mußte. Er fragte sich kurz, was sie wohl anläßlich der Party anziehen würde. Er wollte auf keinen Fall, daß sie ihn vor den wichtigsten Leuten der Stadt blamierte.

»Iris«, sagte er, »ich hoffe, du hast ein anständiges Kleid für die Party.«
»Das habe ich«, entgegnete sie.
Das Mädchen kam ins Eßzimmer zurück und stellte vor jeden eine Schale Eiscreme.
Iris lächelte das Mädchen dankbar an und nahm ihren Löffel. »Ich werde das blaue Kleid anziehen«, sagte sie. »Ich hatte es zu der Ballettveranstaltung an und bekam mehrere Komplimente dafür.«
Voller Ekel beobachtete Edward, wie seine Frau einen Löffel voll Eis an ihren Mund führte. Dann konnte er es nicht länger ertragen: Er rollte das Magazin zusammen, stand auf und steckte es mit einer schnellen Bewegung in Iris' Eiscreme. Iris stieß einen Schrei aus, als die geschmolzene Creme über ihr Kleid platschte.
Sie starrte ihren Mann ungläubig an.
»Iris«, sagte er obenhin, »warum ißt du noch Eis, wenn dir kein Kleid mehr paßt?«
Iris' Mund zitterte.
»Das tut dir nicht gut«, belehrte Edward sie. »Es vergrößert nur deine Gewichtsprobleme.«
Iris starrte auf Edwards Hand, die das Magazin aus ihrer Eiscremeschale nahm und behutsam auf den Servierwagen legte.
»Warum gehst du nicht hoch«, sagte er, »und ziehst dich um?«
Iris stand zitternd auf, wischte sich das Schlimmste ab und warf ihrem Mann – der ungerührt sein Eis aß – einen bösen Blick zu. Dann ging sie aus dem Zimmer.
Edward starrte auf das beschmutzte Magazin. Ungeduldig läutete er nach dem Mädchen, damit sie es entfernte. Welch

eine Schande, daß er eine so teure Zeitschrift opfern mußte, um Iris eine Lektion zu erteilen. Er las sie immer mit großem Vergnügen, denn jede Ausgabe bestätigte seinen Verdacht, daß keiner seiner Klassenkameraden es so weit wie er gebracht hatte, obwohl manche von ihnen eine wesentlich günstigere Ausgangsposition als er gehabt hatten.

Es war nicht leicht für ihn gewesen. Während die anderen Jungen Fußball spielten und sich vergnügten, hatte er sich sein Studium durch Teilzeitjobs verdienen müssen und bei einer alten Frau, die ihren Enkel großzog und das Geld brauchte, in einem möblierten Zimmer gewohnt.

Wenigstens war es dort ruhig gewesen, und er hatte seinen Studien nachgehen können. Nur einmal hatte er sich um die Frau und ihren Enkel gekümmert. Er hatte eine Examensarbeit auf dem Küchentisch liegenlassen, und als er zurückkam, hatte der Junge aus Versehen ein Glas Kakao darüber geschüttet. Edward mußte die Arbeit noch einmal abschreiben und konnte sie erst einen Tag später abgeben.

Deswegen hatte er sich an dem Kind gerächt. Als die alte Frau und der Junge Einkäufe machten, war er in die Garage gegangen und hatte die Muttern am Fahrrad des Kindes gelockert. Als der Junge das nächste Mal damit fuhr, lösten sich die Räder, und das Kind stürzte und verletzte sich am Kopf. Edward war zufrieden gewesen. Die alte Frau beschuldigte ihn zwar nie, aber sie kündigte ihm. Das war unangenehm, aber es war es wert gewesen.

Seit jenen Tagen hatte er einen langen Weg zurückgelegt. Wie abwesend griff er in seine Tasche und fand das Streichholzbriefchen des La-2-Pines-Motels. Sofort kehrten seine Gedanken zu dem Vorfall auf dem Golfplatz zurück. Zuerst

hatte er geglaubt, den Erpresser gehörig abgeschreckt zu haben, aber nun war er sich dessen nicht mehr so sicher.
Der Mann mochte wahnsinnig sein, aber er lief frei herum, und er kannte Edwards schreckliches Geheimnis. Ihm Geld zu zahlen, kam nicht in Frage, denn es gab keine Garantie, daß Rambo schweigen würde, hatte die Polizei ihn erst einmal aufgegriffen. Natürlich konnte Rambo seine Geschichte nicht beweisen, aber es gab noch andere Gefahren. Edward dachte an seine gesellschaftliche Position, die Möglichkeit eines Skandals. Es gab eine Menge Leute, die ihn beneideten und froh über seinen Abstieg wären.
Er war derart in Gedanken versunken, daß er Iris nicht hereinkommen hörte. Sie stand in einem anderen Kleid hinter ihrem Stuhl.
Edward warf ihr einen ärgerlichen Blick zu.
»Ich habe mir überlegt«, sagte Iris zögernd, »daß ich vielleicht nächste Woche ein paar Tage in einem Kurort verbringen könnte. Das wollte ich sowieso tun. Dann könnte ich auch etwas abnehmen.«
Edward griff nach der Kaffeetasse, die das Mädchen ihm gebracht hatte. »Leider hast du nicht daran gedacht, vor dieser Party dorthin zu gehen«, sagte er.
Iris zuckte die Schultern. »Ich fahre Dienstag.«
»Das paßt mir«, sagte Edward, der an etwas ganz anderes dachte.
»Also, Dienstag dann«, sagte Iris. Sie ging zur Tür.
Edward öffnete die Hand und betrachtete das Streichholzbriefchen. Es gibt nur eine Lösung, überlegte er. Er hatte keine andere Wahl. Solange Rambo lebte, war nichts mehr sicher.
»Macht es dir auch wirklich nichts aus?« fragte Iris von der Tür her.

»Es ist mir völlig gleichgültig, Iris«, antwortete Edward. Er wußte jetzt, was er zu tun hatte. Und er würde es tun. Er hatte in seinem Leben nie gezögert, Notwendiges zu erledigen. Albert Rambo würde den Tag bereuen, an dem er versucht hatte, ihn zu erpressen. Er würde teuer für seinen Fehler bezahlen.

Thomas ging ins Bett und nahm das Buch, das auf dem Nachttisch lag. Er knipste die Lampe an und schlug das Buch auf.

Anna entkleidete sich langsam. Dann zog sie ein leichtes Sommernachthemd an. Sie ging zum Frisiertisch und begann ihr Haar mit der schweren Bürste aus Sterlingsilber – ein Geschenk von Thomas – zu kämmen.

Thomas senkte sein Buch und beobachtete sie. Dann schüttelte er den Kopf und nahm seine Lektüre wieder auf. »Ich nehme an, du schläfst heute nacht hier«, sagte er barsch.

»Ich habe abgeschlossen«, sagte sie. »Ich denke, das wird genügen.«

Thomas starrte über den Buchrand ans Bettende. Dann blickte er wieder auf die Sätze.

»Ich weiß nicht, was er empfindet, da er nun wieder ... bei uns ist«, sagte Anna. »Ich glaube, er ist ein wenig verstört.« Sie drehte sich um und sah ihren Mann an. »Wie denkst du darüber?«

»Gar nicht«, antwortete Thomas und starrte weiter in sein Buch.

Anna ging zum Bett und legte ihm die Hand aufs Bein. »Tom, es tut mir leid, wie ich mich heute am Strand aufgeführt habe. Ich habe dich und die Kinder in eine sehr peinliche Situation gebracht.«

Thomas sah noch immer in sein Buch und sagte gepreßt: »Mich hast du nicht in Verlegenheit gebracht.«
»Ich war wohl übermüdet.« Sie kletterte neben ihm ins Bett und zog die Decke hoch. »Ich hoffe, daß wir morgen einen ruhigen Tag verbringen, obwohl wir abends auf diese Party gehen müssen.«
»Ich muß morgen früh in die Werkstatt und den Wagen holen«, sagte er.
»Vielleicht können wir alle etwas zusammen unternehmen, wenn du zurück bist«, wagte Anna vorzuschlagen.
»Ich sagte Tracy, sie solle Paul morgen nachmittag mit ins Tierheim nehmen.«
»O nein, Tom. Warum?«
»Warum denn nicht? Die beiden müssen sich kennenlernen.«
»Aber es könnte etwas passieren, wenn die beiden allein sind.«
Thomas starrte sie an. »Du läßt Tracy doch immer allein dorthin gehen. Es ist völlig sicher da.«
»Ja, schon. Aber ... aber dieser Mann, der immer noch frei herumläuft. Was ist mit ihm?« Anna erschauderte bei dem Gedanken an Rambo.
Thomas ballte die Fäuste. »Anna, worauf willst du eigentlich hinaus? Deswegen hast du wohl so hysterisch heute am Strand reagiert, nicht wahr?«
Anna schwieg.
»Du tust dem Jungen damit keinen Gefallen«, sagte er. »Du kannst ihn doch nicht ständig überwachen. Warum läßt du ihn nicht seine eigenen Wege gehen? Laß ihn in Ruhe.«
»Ich bin um seine Sicherheit besorgt«, sagte sie. »Das solltest du auch sein.«

Thomas preßte die Lippen zusammen. Er knipste das Licht aus und schlüpfte unter die Decke, den Rücken Anna zugekehrt.
Sie fuhr sich mit der Hand über die Augen und berührte ihn dann an der Schulter. »Entschuldige«, sagte sie, »ich habe das nicht so gemeint.«
Thomas starrte in die Dunkelheit. »Es spielt keine Rolle.«
»Wahrscheinlich hast du recht«, sagte sie. »Ich scheine nicht mehr durchzublicken. Du hattest auch wegen Tracy recht. Du hast mich immer gewarnt, sie nicht mit meiner Liebe zu ersticken, weil ... weil Paul entführt wurde.« Sie sprach leise zum Rücken ihres Mannes und mußte wieder an die Diskussionen denken, die sie wegen Tracy geführt hatten. Wie schwer es ihr gefallen war, ihre Tochter ein normales Leben führen zu lassen! Die ständige Angst, die sie ihretwegen ausgestanden hatte! Der Verstand hatte ihr gesagt, auf ihren Mann zu hören, obwohl ihr Gefühl sich dagegen sträubte.
»Ich weiß, daß du recht hast«, wiederholte sie, »aber es ist schwer für mich. Ich kann nicht einfach die langen Jahre ständiger Angst vergessen.«
»Das weiß ich«, sagte er.
»Mir wäre viel geholfen, wenn ich die Gewißheit hätte, daß du mich verstehst. Ich möchte dieses Gefühl mit dir teilen. Das brauche ich.« Zögernd legte sie ihre Arme um ihn. »Wir haben früher immer alles geteilt. Wenn wir doch auch ... das gemeinsam tun könnten.«
Thomas schloß die Augen, als ihre Hand seinen Arm streichelte. »Ich weiß es wirklich nicht, Anna. Vielleicht ist alles noch zu neu, zu ungewohnt. Ich muß mich erst an den Gedanken gewöhnen, daß der Junge wieder zurück ist.«

»Es ist nicht einfach, Liebling«, gurrte sie. »Das weiß ich. Aber wenn sie erst einmal Rambo haben, bin ich auch nicht mehr ängstlich. Das verspreche ich dir. Ich wünschte nur, du wärst glücklicher über das alles ...«
Innerlich rebellierte er gegen ihre Worte. Aber gleichzeitig fühlte er den sanften Druck ihrer Brüste gegen seinen Rücken, und dieser Druck machte ihn ganz schwach. Der Tumult seiner Gefühle überwältigte ihn. Am liebsten hätte er sich umgedreht und seine brennenden Lippen auf ihren weichen Körper gepreßt und sie mit aller Kraft an sich gedrückt.
Plötzlich ließ sie ihn los und setzte sich im Bett auf. Kälte kroch über seinen Rücken, wo ihr Körper sich vorher angeschmiegt hatte. »Hörst du nichts?« fragte sie.
Thomas drehte sich um. »Was?«
»Unten. Ich bin sicher, daß ich etwas gehört habe.«
Thomas vergrub sein Gesicht im Kissen.
»Hörst du es nicht?« flüsterte sie. »Da unten ist jemand.«
»Ich höre nichts«, sagte er und zog sich die Decke über die Ohren.
Anna stand auf, zog ihren Morgenmantel an und lauschte angestrengt auf die leisen Geräusche. »Es ist wahrscheinlich eins der Kinder«, sagte sie unsicher, aber Thomas blickte nicht auf.
Unbeweglich lag er unter der Decke. »Das bildest du dir nur ein«, sagte er dumpf.
Anna ging zur Tür und blickte in den Flur. Die Türen von Pauls und Tracys Zimmern waren geschlossen, und im Haus war es dunkel. Sie spürte die Verärgerung ihres Mannes, aber sie konnte einfach nicht anders handeln.
»Ich schaue mal nach«, sagte sie.

Thomas antwortete nicht. Anna knipste das Licht an und ging die Treppe hinunter. Unten war alles ruhig. Sie stand am Fuß der Treppe und dachte, daß Thomas recht hatte. Dann betrat sie das dunkle Wohnzimmer und hörte ein leises Geräusch aus der Küche. »Wer ist da?« rief sie und knipste eine Lampe an. Keine Antwort. Sie sah sich überall um, weil sie sich vergewissern wollte, daß sie allein war. Da sah sie die schweren Kerzenleuchter aus Messing auf dem Eßzimmertisch stehen.

Ihr Herz schlug, als sie zum Tisch eilte und einen Leuchter ergriff. Er fühlte sich schwer an. »Wer ist da?« fragte sie wieder. »Tracy?«

Den Kerzenleuchter in ihrer schweißnassen Hand stieß Anna die Küchentür auf. Die Küche war leer.

Sie ging zur Hintertür und prüfte, ob sie verschlossen war. Sie war es. Da merkte sie, daß die Tür zur Speisekammer leicht offenstand. Sie gab der Tür einen Stoß, und sie schwang auf. Anna schnappte vor Schreck nach Luft. »Paul!« rief sie. »Was tust du da.«

Das Küchenlicht erleuchtete die Speisekammer nur schwach. Darin hockte der Junge und sah zu Anna auf. Aus seinem weißen Gesicht blickten ihr die Augen eines gefangenen Tiers entgegen. Er beobachtete sie wachsam, bemerkte voller Argwohn den Kerzenleuchter in ihrer Hand. »Warum hast du mir nicht geantwortet?« fragte sie mit vor Erleichterung scharfer Stimme.

Paul zuckte die Schultern, doch sein ganzer Körper war gespannt. Anna trat einen Schritt auf ihn zu; da sah sie, daß er zitterte.

Ehe sie ihn erreichen konnte, schlüpfte er an ihr vorbei in die Küche. Anna folgte ihm und stellte den Kerzenleuchter auf den Tisch. Sie wollte ihn berühren, aber er wich vor ihr zurück. »Ich konnte nicht schlafen«, sagte er. »Ich hatte Hunger.«

»Paul, du brauchst dich vor mir nicht zu verstecken«, sagte sie. »Dies ist dein Heim.« Der Junge sah sie nicht an. »Hast du etwas zu essen gefunden?« fragte sie.

Er nickte schnell.

Sie sah ihn prüfend an, glaubte ihm nicht, aber sie wollte ihn nicht unter Druck setzen. »Was ist los, Paul? Geht es dir nicht gut?«

Er sah sie an und atmete tief ein. »Ich hatte einen Alptraum. Davon bin ich aufgewacht.«

»Willst du ihn mir erzählen?« fragte sie. »Das hilft manchmal.«

Der Junge schüttelte den Kopf. »Nein. Ich gehe wieder nach oben.«

»In Ordnung«, sagte sie.

»Gute Nacht.«

Sie wartete, bis er oben war, dann knipste sie die Lampen aus und folgte ihm. Sie fragte sich, was er wohl geträumt hatte, da er so verschreckt war und sich vor ihr versteckt hatte.

Langsam ging sie ins Schlafzimmer. Im Mondlicht konnte sie Thomas eingerollt im Bett erkennen.

»Es war Paul«, sagte sie. »Er hatte einen Alptraum.«

Vom Bett kam keine Antwort. Thomas atmete tief und regelmäßig, aber sie wußte, daß er nicht schlief. Anna kroch neben ihm ins Bett. Sie versuchte sich zu beruhigen. Nach einer Weile entspannte sich Thomas' Körper, und sie konnte hören, daß er eingeschlafen war.

8.

Der Automechaniker wischte seine öligen Hände an einem zerfetzten Handtuch ab und rieb sich die Nase mit dem Unterarm. »Lassen Sie mir noch ein paar Minuten Zeit, dann mache ich die Rechnung fertig.«

»Ich hab's nicht eilig«, sagte Thomas, die Hände auf die Kühlerhaube seines Wagen gestützt. »War's schlimm?« fragte er.

»Nicht sosehr«, antwortete der Mechaniker. »Ungefähr das, was ich Ihnen schon am Telefon sagte.«

»Ich war überrascht, daß Sie auch sonntags geöffnet haben.«

»Sonntags, montags, immer«, sagte der Mann. »Ich komme gleich wieder.«

»Gut.«

Thomas wanderte in der Werkstatt herum, die stark nach Öl roch. Reifen lagen aufgestapelt in einer Ecke, und es herrschte ein gewisses Durcheinander. Die Atmosphäre gefiel ihm. Das war ein Ort, wo Männer in Ruhe ein Bier trinken und reden konnten. Ein Ort, wohin ein Mann seinen Sohn mitnehmen konnte, um ihm zu erklären, wie ein Auto funktionierte. Falls er einen Sohn hatte. Er stellte sich vor, Paul mit hierher zu nehmen, und schüttelte dann den Kopf.

Er hatte die Nacht schlecht geschlafen und kaum mit Anna gesprochen, als sie ihn bei der Werkstatt abgesetzt hatte. Er fühlte sich schuldig, wenn er an den Ausdruck in ihren Augen dachte. Sie wollte sich bei ihm entschuldigen, aber er hatte sich abgewandt, ehe sie es tun konnte.

Als er darüber nachdachte, fand er, daß sie es nicht nötig

hatte, denn schließlich lief Albert Rambo noch immer frei herum. Und er war ein Krimineller, der ihren Sohn entführt hatte. Vielleicht war es nur natürlich, daß sie sich Sorgen machte. Vielleicht verhielt er sich anomal, weil er sich um Rambo nicht kümmerte. Aber Rambo war ihm gleichgültig und der Junge auch.

Thomas schloß die Augen, seine Gedanken machten ihn krank. Es war falsch. Seine Gefühle waren verkehrt. Es war nicht der Fehler des Jungen, daß man ihn gefunden hatte, daß sein eigener Vater ihm kein anderes Gefühl als eine Art dumpfen Grolls entgegenbringen konnte. Thomas trat so fest er konnte gegen den Reifen seines Wagens.

»Die Reifen sind noch gut«, sagte der Mechaniker. Er kam mit der Rechnung in der Hand auf Thomas zu. »Ich habe sie überprüft.«

»Ja, fein«, sagte Thomas.

»Hier die Rechnung im Detail.«

Thomas nahm sie und schrieb auf der Kühlerhaube einen Scheck aus. »Vielen Dank«, sagte er.

»Gern geschehen.« Der Mann verschwand in seinem Büro, als Thomas in sein Auto stieg.

Er machte im Geist eine Liste, was er noch einkaufen wollte. Er brauchte eine neue Heckenschere und ein Unkrautvertilgungsmittel.

Während er aus der Werkstatt fuhr, fiel ihm ein, daß es in der Nähe des Ladens auch ein Geschäft für Herrenkleidung gab. Falls es geöffnet war, wollte er Paul dort etwas zum Anziehen kaufen. Es wenigstens versuchen.

Auch das war verkehrt, dachte er: seinem Kind ein Geschenk zu machen, weil man ihm keine Liebe geben konnte. Er wünschte, er könnte für den Jungen etwas empfinden, aber er fühlte sich betrogen. Wenigstens hatte er vor Pauls Rückkehr noch eine Frau gehabt. Aber die schien er jetzt auch verloren zu haben.

»Rühr mir ja die Tiere nicht an!« fuhr Tracy Paul an. »Du kannst sie ansehen, aber nicht anfassen.« Sie verschwand in einem kleinen Raum hinter den Käfigen.

Paul wanderte zwischen den Käfigen der Hunde und Katzen auf und ab. Es herrschte ein strenger Geruch, und die Tiere winselten alle. Paul sah sich nach Tracy um; da er sie nicht entdeckte, steckte er die Hand durch die Gitterstäbe eines Käfigs, in dem ein kleiner Terrier saß. Er streichelte das struppige Fell des Hundes, der unter seiner Berührung zusammenzuckte. Er fühlte nach der Schnauze des Hundes und spürte, daß sie ganz heiß war.

»Dieser Hund ist krank«, rief er laut.

Tracy erschien mit Hundefutter in dem Gang zwischen den Käfigen. »Was ist los?«

»Der hier hat eine heiße Schnauze.«

»Ich sagte dir doch, du sollst sie nicht anrühren.«

Paul starrte sie nur kalt an.

»Welcher?« fragte sie.

Paul deutete auf den Terrier.

»Ach, der«, sagte Tracy, aber Paul sah, daß sie betroffen war. »Warum gehst du nicht nach draußen? Hier bist du mir nur im Weg.«

Paul streichelte den Terrier noch einmal, dann ging er in den sonnigen Garten, der hinter dem Tierheim lag. In einer Ecke wuchs ein großer schattenspendender Baum, und Paul ließ sich unter ihm ins Gras plumpsen. Er schwitzte in seiner alten Jacke, zog sie aber nicht aus. Nach einer Weile kam Tracy zu ihm.

Er schloß die Augen und hörte, wie sie sich ebenfalls setzte. Als er die Augen wieder öffnete, sah er, daß sie mit gekreuzten Beinen ein paar Schritte von ihm entfernt saß. Vor ihr lag ein Plastiksäckchen mit etwas, das wie getrocknete Kräuter aussah, darin. Tracy nahm ein Blatt Zigarettenpapier, faltete es und streute ein wenig Marihuana hinein. Sie rollte die Zigarette fertig. Paul beobachtete sie aus den Augenwinkeln.

Tracy hielt ihm den Joint hin. »Rauchst du?« fragte sie.

»Sicher«, log er.

Sie holte Streichhölzer hervor und zündete ihn an. Dann machte sie einen tiefen Zug und hielt den Rauch lange zurück, ehe sie ihn wieder ausstieß. Paul hatte zwar einige Erfahrungen mit Zigaretten und Whisky gemacht, jedoch noch nie Gras geraucht.

Tracy gab ihm den Joint. Er hatte gehört, daß das Zeug teuer war, und fragte sich, woher sie das Geld dafür hatte.

»Wirst du für diesen Job bezahlt?« fragte er.

»Wieso?« sagte sie aufbrausend. »Mir gefällt er. Das allein zählt.«

Er steckte den Joint zwischen seine Lippen und inhalierte, wobei er sich umsah, ob jemand sie beobachtete. Sein Kater, Sam, schnüffelte im Gras, sonst waren die beiden allein. Paul gab Tracy den Joint zurück und mußte plötzlich husten.

Tracy sah ihn verächtlich an. »Wie gefällt dir das?« fragte sie.

Pauls Augen tränten, und krächzend antwortete er: »Ist mir in die falsche Kehle geraten.«

»Dann rauch noch mal«, sagte sie.

Er inhalierte wieder. Er fühlte sich benommen, und sein

Mund wurde trocken. Plötzlich war er vom Blau des Himmels und den dahinsegelnden Wolken fasziniert. Dann sah er Tracy wieder an, die nun auf dem Rücken im Gras lag. Er gab ihr den Joint, und sie nahm ihn schweigend.
»Was ist das für eine Party heute abend?« fragte er spontan.
Tracy entgegnete verächtlich: »Irgend so eine Wohltätigkeitsveranstaltung bei den Stewarts. Mr. Stewart ist Vorsitzender aller Wohltätigkeitskomitees in der Stadt.«
»Wirklich?«
»Ja.«
Paul schloß die Augen. Er konnte sich nicht vorstellen, daß Mr. Stewart Gutes tun würde. Er mußte daran denken, wie gemein der Mann gestern zu Mr. Wilcox gewesen war. Es beschäftigte ihn ständig, und er hätte gern mit jemandem darüber geredet. Vielleicht sollte er es Tracy erzählen, aber sie kam ihm abweisend wie ein Stachelschwein vor. Er versuchte sich vorzustellen, daß sie gar nicht da war. Sam, der den Garten erkundet hatte, kam auf seinen Schoß gesprungen. Paul streichelte sein warmes Fell, und der Kater fing an zu schnurren.
»Ich glaube, es ist jemand mit dem Auto gekommen«, sagte Tracy.
Widerwillig öffnete Paul die Augen.
»Ich habe Motorengeräusch gehört«, sagte sie. »Ich sehe besser mal nach.«
»Ich habe nichts gehört«, sagte Paul. Seine Glieder waren schwer. Nur mit Mühe konnte er die Augen offenhalten.
»Wie spät ist es?«
»Woher soll ich das wissen?« sagte Tracy und stand auf. Sie stopfte das Marihuana in ihre Tasche. »Ich bin bald wieder zurück.«

»Okay«, sagte Paul. Sam sprang von seinem Schoß und lief hinter Tracy her.
Er schloß die Augen wieder und ließ sich treiben. Hinter seinen geschlossenen Lidern tanzten Sternchen. Eine angenehme kühle Brise wehte. Sein Körper war leicht, und er fühlte einen tiefen Frieden. Er versuchte an nichts zu denken, nur seine Empfindungen zu genießen. Während er zwischen Erinnerung und Traum dahindriftete, überkam ihn ein seltsames Gefühl, ein Gefühl, das er schon mehrmals seit seiner Heimkehr gehabt hatte. Das sind keine Erinnerungen, dachte er, denn er konnte sich absolut an nichts erinnern, weder an Gesichter noch Orte oder Häuser. Doch er fragte sich, ob ihm vielleicht unter dem Einfluß des Marihuanas längst vergangene Dinge wieder einfallen würden.
Er konzentrierte sich auf Tracys Gesicht, versuchte, sie sich als Kind vorzustellen. Plötzlich tauchte vor ihm das Bild eines hölzernen Gartentors auf, obwohl es so etwas bei den Langes nicht gab.
Er überlegte, wo er ein solches Tor schon gesehen haben könnte, als er plötzlich wieder von dem Alptraum, den er vergangene Nacht gehabt hatte, heimgesucht wurde.
Angst überfiel ihn, als der Alptraum erneut vor seinem geistigen Auge abrollte. Er lag unbeweglich am Boden, unfähig, sich zu rühren. Die Erde unter ihm war hart und kalt. Und während er dort hilflos lag, kam eine große schwarze Masse auf ihn zu, als würde sie ihn zermalmen. Ein flügelschlagender goldener Adler kreiste über ihm. Und dann beugte sich ein Mann über ihn, dessen Gesicht ihm bekannt vorkam, obwohl er ihn nicht identifizieren konnte. Beim Anblick dieses Gesichts erstarrte Paul vor Entsetzen.

Er riß die Augen auf und ließ den Blick durch den Garten schweifen. Er hatte fast vergessen, wo er war. Tracy hätte eigentlich schon längst wieder zurück sein sollen.
Paul stand auf und lief durch den Garten zum Hintereingang des Tierheims. »Tracy?« rief er. Die Hunde fingen in ihren Käfigen an zu bellen. Paul ging die Treppe hoch, dorthin, wo die Praxisräume des Tierarztes und das Wartezimmer lagen.
Alles war ruhig. Nirgendwo konnte er jemanden entdekken. Einen Augenblick fragte er sich, ob Tracy etwas passiert sei. Falls diese Person, die im Auto gekommen war, sie nun entführt hatte? Voller Panik lief er zur Eingangstür und öffnete sie mit klopfendem Herzen.
In der Einfahrt stand kein Wagen. Er sah sich um und konnte nur noch sein eigenes Fahrrad an den Zaun gelehnt entdecken. Tracy war ohne ihn gegangen.
Paul fühlte Zorn in sich aufsteigen. Er rief nach Sam, aber auch vom Kater gab es keine Spur. Sie war einfach gegangen und hatte ihn allein gelassen. Erst da merkte er, daß er nicht wußte, wie er nach Hause kommen sollte. Er war einfach hinter Tracy hergeradelt.
Er überlegte, daß er zu Hause anrufen konnte, aber er wußte die Telefonnummer nicht. Den Straßennamen kannte er – Hidden Woods Lane. Er könnte die Auskunft anrufen. Aber er wollte nicht eingestehen, daß er hilflos war. Sein Zorn auf Tracy ließ ihn einen Entschluß fassen. Wahrscheinlich dachte sie, ihm einen schönen Streich gespielt zu haben. Er wollte sie seine Angst nicht wissen lassen. Er würde den Weg finden.
Paul stieg auf sein Fahrrad. Er erinnerte sich, daß sie von der Straße nach links abgebogen waren. Also würde er den Weg nehmen.

Schweiß rann über seinen Körper, als er in die Pedalen trat. Aber er war auch erleichtert. Er warf noch einen Blick in den Garten zurück, so als hätte er diesen schrecklichen Alptraum dort gelassen. Nur diese Kopfschmerzen würden ihn noch daran erinnern. Langsam fuhr er weiter und bog dann nach rechts ab.

Anna schob den Einkaufswagen durch die Kasse und packte ihre Lebensmittel in braune Papiertüten, nachdem sie bezahlt hatte. Vielleicht sind die Kinder oder Tom schon zu Hause, wenn ich zurückkomme, dachte sie. Heute abend geben die Stewarts ihre Party. Das wird sicher nett, redete sie sich gut zu. Aber noch während sie es tat, wußte sie, daß sie wenig Hoffnung auf einen gelungenen Abend hatte. Mit einem Seufzer schob sie ihren Wagen nach draußen.

»Kaufen Sie ein Los!« rief eine Stimme zu ihrer Linken, als sie den Einkaufswagen über den Parkplatz schob. In der Nähe saß an einem Klapptisch ein Kriegsveteran. »Sie könnten ein Auto gewinnen«, sagte er.

»Nein, danke«, entgegnete Anna und schob ihren Wagen eilig über den heißen Asphalt zu ihrem Auto.

Sie schob den Wagen bis an die hintere Stoßstange und suchte nach ihrem Autoschlüssel. Sie schloß den Kofferraum auf.

Etwas weiter entfernt wurde sie von einem Mann in einem zerbeulten blauen Chevy beobachtet. Als sie den Kofferraumdeckel aufklappte, stieg der Mann aus seinem Auto und ging auf sie zu. Er trug einen grauen Hut und eine Sonnenbrille.

Anna stellte die erste Papiertüte in den Kofferraum. Der Mann blieb neben ihr stehen.

»Mrs. Lange«, sagte er.
Anna schreckte hoch und blickte den ausgemergelten Mann an. Sofort wußte sie, wer er war. Sie stieß einen unterdrückten Schrei aus und ließ die Papiertüte fallen.
»Schreien Sie nicht«, sagte der Mann.
Anna starrte die erbärmliche Kreatur an – das Subjekt ihrer schlimmsten Vorstellungen. Ihr war, als hätte sie immer gewußt, daß es zu diesem Treffen kommen mußte. Sie konnte ihren Blick nicht von dem Mann lösen, der ihren Sohn entführt hatte.
Rambo zündete eine Zigarette an und spie ein paar Tabakkrümel aus. Er begann zu reden, schnell und abgehackt. »Fangen Sie bloß kein Geschrei an«, sagte er. »Ich will Ihnen nichts tun. Ich habe keine Waffe. Ich will nur mit Ihnen reden.«
»Ich wußte, daß Sie kommen würden«, sagte Anna. Sie erkannte den Klang ihrer eigenen Stimme nicht mehr. Sie hörte sich ruhig und vollkommen kalt an. »Diesmal kriegen Sie ihn nicht mehr. Eher bringe ich Sie um.«
Rambo hob beide Hände in einer Art entschuldigender Geste. »Ich will ihn nicht zurück haben. Nein, ich will ihn nicht. Deshalb bin ich nicht hier. Nein, der Herr hat mich mit einer Mission beauftragt ...«
Wie jemand, der aus einer Trance erwacht, knallte Anna den Deckel des Kofferraums zu und wollte auf den Supermarkt zugehen. »Ich hole die Polizei«, sagte sie.
»Tun Sie das nicht!« rief Rambo und packte ihren Arm, als sie an ihm vorbeigehen wollte.
»Lassen Sie meinen Arm los, Sie dreckiger Bastard!« Anna spie die Worte förmlich aus und schlug nach ihm.
Rambos Augen huschten über den fast leeren Parkplatz. »Nein. Hören Sie mir zu. Ich habe Ihnen etwas über den

Jungen zu sagen.« Er hielt sie mit klauengleichen Fingern umklammert. »Seien Sie still, sonst erregen wir Aufsehen.«

Eiskalte Wut stieg in Anna auf. Jahrelang hatte dieser Mann sie gequält. Die Tatsache, daß er so schwach wirkte, machte sie noch wütender. »Sie ... Sie ...« zischte sie. »Diesmal kommen Sie nicht davon.«

Mit einer schnellen Bewegung boxte sie ihn in die Magengrube und riß ihren Arm aus seiner Umklammerung. Sie stolperte aus seiner Reichweite und sah sich verzweifelt nach einem Polizisten oder Streifenwagen um. Aber niemand war in Sicht.

»Hilfe!« schrie sie. »Polizei!«

Rambo lief hinter ihr her und packte wieder ihren Arm. »Hören Sie mir zu!« rief er. »Holen Sie die Polizei nicht.«

»Lassen Sie mich los!« zischte Anna. »Hilfe.«

Zusammen taumelten sie über den Parkplatz. »Ich sage Ihnen was«, flüsterte Rambo. »Ihr Junge schwebt in Lebensgefahr. Wollen Sie das nicht wissen?«

Anna sah ihn an, Rachsucht in den Augen. »Sie kommen nicht mehr in seine Nähe. Dann sind Sie längst im Gefängnis.« Sie befreite sich aus seinem Griff und rief wieder nach Hilfe.

»Von mir droht ihm keine Gefahr!« schrie Rambo. »Aber hören Sie endlich mal zu! Es geht um Leben und Tod.« Das war sein letzter Versuch. Er wußte, daß er sofort fliehen mußte, wenn sie weiter so schrie.

Anna wollte gerade wieder um Hilfe rufen, als ihr die Bedeutung von Rambos Worten klar wurde. Sie zögerte, drehte sich um und fragte dann: »Was wollen Sie damit sagen?« fragte sie und fühlte sich schwach und hilflos.

»Hören Sie zu«, flüsterte Rambo eindringlich. »Ich sage

Ihnen alles. Ich verfüge über Informationen, die Sie besser kennen sollten. Das schwöre ich Ihnen. Aber ich brauche etwas Geld. Fünftausend Dollar würden reichen. Und dann sage ich Ihnen, was Sie wissen müssen. Dann verschwinde ich. Also entscheiden Sie sich.«

Anna zitterte am ganzen Körper und unterdrückte mit Mühe den Drang, ihn anzuspucken. »Sie sind durch und durch schlecht«, sagte sie.

»Ich lüge Sie nicht an, Ma'am«, entgegnete Rambo. »Es geht um Leben und Tod.«

»Was ist da drüben los?« sagte da eine Stimme, und Anna und Rambo sahen den Kriegsveteranen auf sich zukommen. Rambo hätte vor Angst fast in die Hosen gemacht, aber es war zum Weglaufen zu spät. Er konnte die Unentschlossenheit auf Annas Gesicht sehen. Der Mann kam näher, seine ganze Gestalt strahlte die wichtigtuerische Aufgeblasenheit des ehemaligen Militärs aus.

Anna beobachtete den Veteranen, dessen Gesicht vor Empörung rot war. Sie brauchte nur den Mund aufzumachen, und Rambo würde eingesperrt. Aber eine innere Stimme sagte ihr, daß der Kerl nicht log. Er hatte die Wahrheit gesagt. Und er war der einzige Mensch, der ihr etwas über Paul erzählen konnte.

Flüchtig sah sie ihren Sohn vor sich: sein blasses Gesicht, die ständigen Kopfschmerzen und Alpträume, unter denen er litt. Vielleicht war er krank. Vielleicht war er auch in Gefahr. Die vergangenen elf Jahre konnten Geheimnisse bergen, von denen sie nichts wußte und nie auf andere Weise erfahren würde.

Der Veteran stand jetzt vor ihr, zornig, mit hochrotem Gesicht. »Was ist los, Ma'am? Belästigt dieser Mann Sie?«

Anna starrte ihren Möchtegern-Retter eine Sekunde an. Dann schüttelte sie langsam den Kopf, obwohl ihr übel dabei wurde.

»Nein«, sagte sie. »Wir haben nur gestritten. Es tut mir leid, daß ich so laut geschrien habe.«

Der Veteran warf Rambo einen finsteren Blick zu, der wie unbeteiligt zu Boden sah. »Sollte die Lady noch mal rufen, hole ich sofort die Polizei«, sagte er drohend. »Benehmen Sie sich anständig.«

»Vielen Dank«, sagte Anna. »Vielen Dank, daß Sie sich die Mühe gemacht haben.«

Der Veteran grunzte und tippte an den Rand seiner Mütze, ehe er wieder zu seinem Lostisch ging.

Anna beobachtete ihn, wie er wegging, und sah dann Rambo an. Der Handel zwischen ihnen war gemacht. Rambo zitterte.

»Reden Sie«, sagte sie.

Rambo schüttelte den Kopf. »Erst wenn ich das Geld habe.« Er drückte ihr ein Stück Papier in die Hand. »Da drauf steht die Adresse«, sagte er. »Bringen Sie mir morgen das Geld. Keine Polizei. Kommen Sie allein. Die Tür steht offen. Wenn ich mich vergewissert habe, daß Sie allein sind, werde ich Ihnen alles erzählen.«

»Das kann ich nicht«, protestierte Anna schwach, halb zu sich.

»Machen Sie keinen Ärger«, sagte er. »Das Leben des Jungen könnte davon abhängen.«

Anna suchte nach irgendeiner Regung in Rambos bleichem Gesicht. Dieses Wrack von einem Mann hatte ihren Sohn großgezogen. Paul hatte ihn Vater genannt. Sie versuchte, an diese Seite in ihm zu appellieren.

»Wenn Paul krank ist«, flehte sie, »warum sagen Sie es mir nicht, damit ich ihm helfen kann?«
»Das werde ich«, entgegnete er. »Wenn Sie mir das Geld gebracht haben.«
»Sie haben ihn wie Ihren eigenen Sohn behandelt. Ist Ihnen denn egal, ob ihm etwas passiert?«
»Nein«, sagte Rambo und trat einen Schritt von ihr zurück. »Deshalb bin ich ja hier.«

9.

Anna trocknete sich die Hände an einem Küchenhandtuch ab und sah auf die Uhr. Fast fünf, und Thomas war noch immer nicht zu Hause. Halb ärgerte sie sich darüber, halb war sie erleichtert. Sie fragte sich, wie sie ihre innere Erregung vor ihm verbergen konnte. Je weniger Zeit ihnen gemeinsam vor der Party der Stewarts blieb, um so besser. Gedankenverloren wischte Anna über den Küchentisch. Normalerweise hielt sie sich gern in der Küche auf, aber jetzt fühlte sie Panik in sich aufsteigen. Alles dort stand ordentlich an seinem Platz, aber ihr Leben schien ein einziges Chaos.
Kein Selbstmitleid, ermahnte sie sich. Du mußt es tun. Was hatte es für einen Sinn, sich ständig darüber Gedanken zu machen? Thomas hatte einmal behauptet, daß es nichts gäbe, was sie nicht tun würde, um ihren Sohn zurückzubekommen. Jetzt hatte sie ihn wieder, und sie war fest entschlossen, ihn zu beschützen. Es ist mir egal, was Thomas sagt, wenn er dahinterkommt, dachte sie, obwohl sie sich vor seiner Reaktion fürchtete. Aber sie durfte es ihm nicht erzählen.

Anna hörte, wie die Haustür geöffnet wurde. Sie ging ins Eßzimmer und sah ihren Mann die Diele betreten. Er hatte eine große weiße Schachtel unter den Arm geklemmt.

»Tut mir leid, daß ich so spät komme«, sagte er zaghaft. »Wo ist Paul?«

»Oben, in seinem Zimmer«, antwortete sie. Rede weiter, befahl sie sich. »Er ist ziemlich verstört. Er glaubte, sein Kater wäre bei Tracy, aber sie hatte ihn nicht gesehen. Sam ist noch immer nicht zurückgekommen. Er liebt dieses Tier sehr.« Anna pflückte ein paar welke Blätter von einer Pflanze, während sie sprach. »Wie läuft der Wagen?«

»Oh, gut«, sagte Tom. »Ich habe einiges erledigt, nachdem ich ihn abgeholt habe. Ich bin auch einkaufen gegangen. Ich habe Paul ein Geburtstagsgeschenk mitgebracht.«

»Das hast du getan?«

»Schließlich hat er doch heute Geburtstag.«

»Nun ...«

Thomas sah seine Frau überrascht an. »Was soll das, ›nun‹?«

Anna breitete hilflos die Hände aus. »Ich habe ihm heute morgen gratuliert, und er sagte mir, er hätte erst im Oktober Geburtstag.«

»Was?«

Anna zuckte zusammen. »Dieses Datum haben sie ihm genannt.«

Thomas verzog das Gesicht. »Dafür kann er nichts.«

»Ich weiß. Was hast du ihm gekauft? Laß mal sehen.«

Er wickelte das Paket aus. »Ach, nur ein Jackett. Er braucht doch für die Party heute abend etwas zum Anziehen.«

Anna lächelte ihren Mann nervös an. »Bring es ihm. Es wird ihm sicher gefallen.«

»Hoffentlich«, sagte Thomas. Er sah Anna an. »Geht es dir gut?«
»Ja. Ich dachte nur, du hättest die Einladung vergessen.«
»Willst du das Jackett sehen?«
»Ich sehe es dann, wenn er es anhat«, sagte sie.
Als Thomas die Treppe hochging, wandte Anna sich ab, damit er ihre Tränen nicht sehen konnte. Er hatte an Pauls Geburtstag gedacht und ihm ein Geschenk gekauft. Vielleicht würde jetzt alles wieder gut. Wenn das alles erst einmal vorbei war ...
Anna beschloß, Thomas einen Drink zu mixen, sozusagen als Willkommensgruß. Sie ging zum Barwagen und nahm eine Flasche Gin. Vielleicht sollte sie ihm doch von Rambo erzählen. Sie tat Eis in ein Glas. Gedankenverloren goß sie Gin darüber. Dann schüttelte sie den Kopf. Nein, er würde die Polizei holen. Auf diese Möglichkeit durfte sie sich nicht einlassen. Wenn alles vorbei war, würde sie es ihm erzählen.
Anna hatte den Drink gerade fertig, als sie von oben laute Stimmen hörte. Dann fiel eine Tür ins Schloß, und Thomas kam polternd die Treppe herunter. Sein Gesicht war finster und verschlossen.
»Er will es nicht haben«, sagte Thomas.
»Warum nicht?«
»Er will weiterhin seine schäbige Jacke tragen.«
»Ach, Tom. Das tut mir leid.«
»Ich habe ihm gesagt, entweder er zieht das neue Jackett an, oder er geht nicht mit auf die Party. In dem alten sieht er wie ein Landstreicher aus.«
»Das hast du ihm hoffentlich nicht gesagt?«
Thomas starrte seine Frau an. »Doch. Genau das. Und ich habe es auch so gemeint.«

»Er hängt einfach an diesem alten Kleidungsstück. Hier, setz dich. Nimm einen Drink.«
»Ich gehe unter die Dusche«, sagte er.
»Willst du den Drink nicht?«
»Nein«, sagte er und stapfte aus dem Zimmer.
Anna stellte das Glas auf den Barwagen zurück. Das Eis fing an zu schmelzen, verwässerte das Getränk. Sie ging zur Treppe, um ihrem so fremd gewordenen Sohn in seinem Zimmer gut zuzureden.

Die Mondsichel hing in einem dunkelvioletten Himmel, und Girlanden bunter Papierlaternen schmückten Garten und Veranda des Herrenhauses der Stewarts. Eine Drei-Mann-Combo spielte dezenten Jazz, obwohl niemand von den Gästen tanzte. Überall standen Grüppchen elegant gekleideter Leute herum und plauderten und lachten. Ein paar Teenager steckten in der Nähe des Swimming-pools kichernd die Köpfe zusammen.
Anna nestelte an ihrem Armband und betrachtete ihren Sohn, der steif in seinem neuen Jackett in der Tür stand, die auf den Patio führte. Tracy hatte sich bereits zu den jungen Leuten am Pool gesellt. Thomas begrüßte gerade Edward.
»Sieht es hier nicht hübsch aus?« fragte Anna Paul.
Paul betrachtete prüfend den erleuchteten Garten. »Sie müssen stinken vor Geld.«
Anna nickte. »Wie fühlst du dich?«
»Gut«, antwortete er knapp.
Anna spürte die Nervosität ihres Sohnes; sie wußte, daß er am liebsten gar nicht mitgekommen wäre. Auch sie fühlte sich nicht wohl. Da merkte sie, wie Thomas sie und Paul ungehalten ansah.

»Sollen wir die anderen begrüßen?« fragte Anna.
Paul zuckte zusammen. Im selben Augenblick entdeckte Iris sie. Sie sprach gerade mit einer Frau, die kurzes gewelltes braunes Haar hatte, markante Gesichtszüge besaß und einen indischen Kaftan trug. Iris deutete auf Anna, und die Frau im Kaftan begleitete Iris zu Paul und Anna. Anna merkte, daß Iris sich in einem Zustand hellster Aufregung wegen des Verlaufs der Party befand. Sie litt mit ihrer Freundin, fühlte sich aber ähnlich elend.
»Du mußt Paul sein!« rief Iris aus und streckte dem Jungen eine Hand entgegen. »Ich bin glücklich, daß du gekommen bist. Ich bin Mrs. Stewart.«
»Guten Abend, Mrs. Stewart«, sagte Paul.
»Und jetzt möchte ich euch beiden Angelica Harris vorstellen. Sie ist meine Keramiklehrerin und eine der geschätztesten freiwilligen Helferinnen im Krankenhaus.«
Anna lächelte die Frau an und reichte ihr die Hand. »Sie sind wirklich eine gute Lehrerin. Iris hat mir schon viele ihrer gelungenen Töpferarbeiten gezeigt.«
Die Lehrerin lächelte breit und enthüllte eine Lücke zwischen ihren Schneidezähnen. »Sie ist meine begabteste Schülerin.«
Iris errötete und lächelte. Da trat Edward auf die kleine Gruppe zu. Er räusperte sich. Kritisch betrachtete er das wallende Gewand der Lehrerin und wandte sich dann steif an seine Frau. »Iris«, sagte er mit einem dünnen Lächeln, »ich hoffe, du vergißt unsere anderen Gäste nicht.«
Iris wurde bleich und starrte auf ihre ineinander verkrampften Hände.
»Wenn Sie mich bitte entschuldigen wollen«, sagte Angelica, der Edwards Mißbilligung nicht entgangen war. »Ich mische mich unter die anderen Gäste.«

Alle, außer Edward, lächelten sie an, als sie ging. »Vielen Dank für die Einladung«, sagte Anna zu Edward.
Edward nickte, obwohl er leicht gequält dreinblickte. »Es ist mir ein Vergnügen«, antwortete er. »Paul, warum gehst du nicht zu den anderen jungen Leuten dort drüben am Tisch? Sie scheinen sich zu amüsieren.«
»Ja, gut«, sagte Paul. Doch seine Augen schweiften voller Angst zu der lachenden Gruppe. Anna legte ihm die Hand auf die Schulter, nahm sie aber sofort wieder zurück, als er zusammenzuckte. Sie wollte ihn in ihrer Nähe behalten, ihn jede Sekunde bewachen, durfte aber nicht aussprechen, was sie dachte. Vielleicht ist er in Gefahr. Zum hundertsten Mal fragte sie sich, was Rambo ihr hatte sagen wollen. War der Junge krank? Aber sie mußte warten, bis sie es erfuhr. Morgen. Sie wäre ihm gern mit der Hand übers Haar gefahren. Sie konnte sich nicht vorstellen, daß jemand ihm etwas antun wollte. Aber hier konnte ihm sicher nichts geschehen.
Paul vergrub die Hände tiefer in seinen Hosentaschen. Panik stand in seinen Augen, die er zu verbergen suchte.
»Ich glaube«, sagte Iris da, »Paul kennt unser Haus noch nicht. Würde dir ein kleiner Rundgang gefallen, Paul?«
Paul wog den einen Vorschlag gegen den anderen ab und entschied sich für letzteren. »Ja, das würde mir gefallen«, sagte er.
»Iris«, mahnte Edward, »du hast kaum ein paar Worte mit unseren Gästen gewechselt. Ich glaube, es ist an der Zeit, daß du dich ein wenig um sie kümmerst, anstatt dich im Haus zu verkriechen.«
»Ach, ich glaube kaum, daß man mich sonderlich vermißt. Ich meine ... ich habe Paul angeboten ...«

Edward betrachtete den nervösen Jungen kritisch. »Geh«, beharrte er. »Ich zeige Paul das Haus.«
Paul zuckte zusammen, jetzt gab es kein Entkommen mehr. Mit einem Blick zu Anna folgte er Edward ins Haus.
Thomas ging zu seiner Frau hinüber, die beobachtete, wie Paul mit ihrem Gastgeber im Haus verschwand. Er berührte Annas Arm. Sie fuhr zusammen.
»Du bist aber heute abend nervös«, sagte er.
»Ach, ich mache mir nur Sorgen um Paul. Er kommt sich hier ein wenig deplaziert vor«, antwortete Anna schnell.
»Wie ich sehe, will Edward ihm seinen Besitz zeigen. Eine ziemlich unwürdige Aufgabe für den Schloßherrn, findest du nicht?«
»Vielleicht mag er den Jungen und versucht, nett zu ihm zu sein«, erwiderte Anna abwehrend.
Thomas hob die Hände. »Entschuldige, daß ich was gesagt habe.«
Anna seufzte. »Du hast recht. Glaubst du, es macht ihm was aus?«
»Wem?«
»Edward. Daß er Paul herumführt.«
»Ich weiß es nicht. Wahrscheinlich gefällt es ihm sogar. Er breitet ja gern seinen Reichtum vor anderen aus. Schade nur, daß der Junge nicht begreifen kann, wie teuer das alles war. Aber Edward wird ihm das auf seine feine Art schon verständlich machen.«
»Thomas, das ist nicht nett«, sagte Anna lächelnd.
»Aber es stimmt.«
In dem Augenblick trat Iris wieder zu ihnen und gab Anna ein Glas Martini. »Ich dachte, du könntest eine kleine Stärkung vertragen«, meinte sie.

Anna dankte ihr.
»Anna«, sagte Iris, »er ist ein so netter Junge.«
»Tom hat ihm das neue Jackett geschenkt«, sagte Anna und warf ihrem Mann einen Blick zu.
»Er sieht gut darin aus. Er hat sich sicher darüber gefreut.«
»Hm ...« machte Anna.
»Entschuldigt mich bitte«, sagte Tom plötzlich. »Ich hole mir noch einen Drink.«
Iris sah ihre Freundin stirnrunzelnd an. »Wie kommst du zurecht? Das muß für dich nicht einfach sein. Du wirkst etwas gereizt.«
»Ich bin müde, das ist alles«, sagte Anna schnell. »Aber du hast recht. Es ist nicht einfach.«
»Hast du was Neues über diesen Rambo erfahren?«
Anna zuckte zusammen und verschüttete etwas von ihrem Drink. »Nein, nein. Noch nicht.«
»Sie kriegen ihn, Anna«, sagte Iris ernst. »Du solltest versuchen, dir keine Sorgen zu machen.«
»Ich weiß«, antwortete Anna und starrte in ihr Glas, das in ihrer Hand zitterte.
»Armer Paul«, meinte Iris. »Ich hoffe, Edward langweilt ihn nicht zu sehr mit seinen Geschichten über das Haus.«
»Edward ist sehr nett zu ihm«, sagte Anna mechanisch. Sie mußte wieder daran denken, was sie morgen zu tun hatte. Die vor ihr liegende Nacht schien kein Ende nehmen zu wollen.

»Dies ist mein Zimmer«, sagte Edward und deutete auf eine geschlossene Tür im oberen Gang. Er öffnete die Tür, und Paul warf einen Blick in das mit schweren Möbeln ausgestattete Schlafzimmer.

Edward schloß die Tür wieder. »Und dies ist Mrs. Stewarts Schlafzimmer«, erklärte er und öffnete die nächste Tür. Der Raum war in hellen Tönen gehalten und voller Chintzmöbel.

Paul hatte noch nie gehört, daß Ehepaare getrennte Schlafzimmer hatten, aber das schien wohl eine Eigentümlichkeit reicher Leute zu sein. »Das Bett hat ja ein Dach«, sagte er, als er den Baldachin sah. »Das ist praktisch, wenn es regnet.«

Edward starrte den Jungen an, und Paul bedauerte sofort, einen Scherz gemacht zu haben. Musik und Gelächter drangen durch die geöffneten Fenster herein, und diese seltsame Party dort unten erschien ihm plötzlich viel erträglicher als die Besichtigung des Hauses. Edward jedoch schien nichts von Pauls Unbehagen zu merken.

»Da drüben liegen die Gästezimmer«, erklärte Edward weiter. »Aber komm doch mal hier ans Fenster, dann zeige ich dir, worauf ich wirklich stolz bin.«

Gehorsam beugte sich Paul aus dem Fenster, konnte aber in der Dunkelheit nur die verschwommenen Umrisse von Bäumen erkennen.

»Meine Windmühle«, sagte Edward voller Freude. Er bemerkte Pauls verwirrten Gesichtsausdruck und fügte erklärend hinzu: »Du kannst sie im Dunkeln nicht sehen. Selbst am Tag kann man sie kaum sehen, da sie von Bäumen verdeckt ist. Komm, ich will sie dir zeigen.«

Auf der Treppe sagte Paul: »Das ist wirklich ein schönes Haus.«

»Danke, Paul«, entgegnete Edward. »Als kleiner Junge warst du öfter hier. Kannst du dich daran erinnern?«

Paul schüttelte den Kopf. »Meines Wissens war ich noch nie

in so einem großen Haus wie diesem. Ich kann mich an nichts von früher erinnern.«

»Nun gut«, sagte Edward beruhigend, »seitdem sind viele Jahre vergangen. Hier, paß auf die Stufe auf und folge mir.«

Die beiden traten in die Nacht hinaus.

Paul folgte Edward über den Rasen. Er wünschte, er hätte eine Taschenlampe, aber Edward schritt sicher voran, ohne zu stolpern.

Plötzlich blieb er stehen. »Da sind wir«, sagte er.

Durch das Gewirr der Äste konnte Paul ein hohes, rundes Gebäude erkennen. Die weißen Windmühlenflügel hoben sich im schwachen Mondlicht gegen den nächtlichen Himmel ab.

Edward ging zur Tür, stieß sie auf und knipste das Licht innen an. »Willkommen in meiner Werkstatt«, sagte er und bedeutete Paul, einzutreten.

Paul schlüpfte hinter Edward durch die Tür. Er mußte zwinkern, bis er sich an das Licht gewöhnt hatte. Dann sah er sich in dem sechseckigen Raum um. Es war hier drinnen kühler als draußen. Edward ging zu der Werkbank, die eine der sechs Wände einnahm, und machte die Lampe an, die darüber hing. Die Werkbank enthielt Schubläden und Fächer, die alle mit den verschiedensten Werkzeugen, Nägeln und Schrauben gefüllt waren. Über ihr waren an der Wand Regale befestigt, auf denen Schiffe in den unterschiedlichsten Stadien der Vollendung lagen. Regale an den anderen Wänden enthielten fertige Schiffe, Werkstoffe, Sandpapier, Farben und Bücher und Magazine über den Modellbau. Überall herrschte peinlichste Ordnung. Paul sah nach oben und entdeckte ein Obergeschoß, das man über eine an die Wand gelehnte Leiter erreichen konnte. Edward warf einen

liebevollen Blick auf seine makellose Werkstatt. »Hier konstruiere ich meine Flotte«, sagte er.
Paul fühlte sich plötzlich unwohl, als er den entrückten Ausdruck in Edwards Augen bemerkte. »Vielen Dank, daß Sie mir Ihre Werkstatt gezeigt haben«, sagte er und ging zur Tür.
Edward warf ihm einen sonderbaren Blick zu. Dann ging er zur Mitte des Raums. »Sieh dich nur um«, meinte er. »Laß dir Zeit.«
Zögernd betrachtete Paul die verschiedenen Schiffsmodelle. Edward schloß die Tür und beobachtete den Jungen.
»Sie haben aber viele Schiffe«, sagte Paul.
»Setz dich doch«, sagte Edward und deutete auf einen Stuhl.
Paul setzte sich und betrachtete den Raum. Hier ist es viel zu sauber, um darin zu arbeiten, dachte er. Aber Mr. Stewart scheint das zu lieben. Er schauderte.
»Friert dich?« fragte Edward. Er stand gegen die Werkbank gelehnt da.
»Es ist etwas kühl hier«, antwortete Paul.
»Das macht der Fußboden aus Stein«, erklärte Edward. »Ich sollte ihn auslegen lassen.«
Paul fühlte sich irgendwie eingeengt, wie er da auf dem Stuhl saß und Edward vor ihm stand.
Edward griff nach einem bunten Stück Seide, das auf der Werkbank lag.
»Dies«, sagte er, »ist ein Spinnaker für das Segelboot da drüben.« Er deutete auf den schlanken Rumpf eines Modells. »Ich habe das Segel auf der Maschine dort genäht.«
Paul betrachtete die alte Singer-Nähmaschine, die in einer Ecke stand.
»Sie können nähen?« fragte Paul ungläubig.

»Ja, das kann ich«, antwortete Edward. »Sieh dir das nur mal an. Die verschiedenen Farben in einem Segel.«
Paul griff mit den Fingerspitzen danach. Das weiche Material entglitt ihm und fiel zu Boden. Edward wollte es aufheben und beugte sich nieder.
»Ich hebe es auf«, protestierte Paul, glitt vom Stuhl und griff nach dem Stück Stoff, das neben Edwards Schuhen lag. Edward stand hoch aufgerichtet über ihm, sein Schatten fiel auf Pauls zusammengekrümmte Gestalt.
Paul wollte wieder aufstehen, doch da überkam ihn ein plötzliches Schwindelgefühl. In seinem Kopf explodierte etwas wie ein Blitz, und er sah ein Bild vor sich: Ein goldener Adler stieß mit vorgestreckten Krallen aus einer schwarzen Wolke auf ihn herab. Er fuhr sich mit zitternder Hand über die Augen. Sein Gesicht wurde aschfahl.
Edward starrte den Jungen zu seinen Füßen kalt an. Falsche Besorgnis schwang in seiner Stimme mit, als er fragte: »Was ist los? Bist du krank?«
Paul schüttelte den Kopf. »Ich weiß nicht.«
Edward beugte sich nieder und streckte die Hand aus.
»Nein!« schrie Paul und wich vor ihm zurück. In seiner Hast stieß er gegen den Tisch, auf dem der Rumpf des Segelschiffs lag. Es fiel auf den Boden und zerbrach.
Paul kam taumelnd auf die Füße; er atmete keuchend. Er starrte auf das zerbrochene Schiff und schien nicht gleich zu begreifen, was er angerichtet hatte.
Edward erstarrte. Sein linkes Augenlid zuckte unkontrolliert, während er den Jungen förmlich mit Blicken tötete.
»Wie furchtbar«, flüsterte er schließlich.
Bei diesen Worten schien Paul aus seiner Trance zu erwachen und betrachtete entsetzt das kaputte Schiff. »Es tut mir leid«, sagte er. »Es tut mir leid.«

Edward leckte sich die Lippen. »Dieses Modell war das einzige seiner Art. Es wurde speziell für mich angefertigt«, flüsterte er.
»Es tut mir leid«, rief der Junge und sah Edward voller Angst an. »Ich weiß nicht, wie das passieren konnte.«
Edwards Augen waren so ausdruckslos wie Kieselsteine. »Das war achtlos. Und für Achtlosigkeit gibt es keine Entschuldigung.«
»Ich weiß. Und es tut mir leid«, wiederholte Paul kläglich. »Kann ich jetzt gehen?«
Edward ging zur Tür, öffnete sie und blickte in die Nacht.
»Vielleicht kann ich Ihnen das Schiff bezahlen«, bot Paul an.
Edward drehte sich um und sah Paul einen Moment an. Wieder fühlte sich der Junge, als könne er nicht atmen. Dann sagte Edward: »Du kannst den Vorfall als nicht geschehen betrachten.« Aber seine Stimme klang nicht, als hätte er Paul vergeben.
»Danke«, murmelte der Junge und schoß förmlich aus der Tür über den Rasen in Richtung der bunten Lampions.
»Ich komme gleich nach«, rief Edward, aber Paul hörte ihn nicht mehr. Dann kauerte er sich hin und sammelte sorgsam die abgebrochenen Stücke des Schiffsrumpfs ein.

Ein dumpfes Pochen in Pauls Kopf hatte einem Gefühl der Panik Platz gemacht. Jedesmal, wenn er einen Fuß vor den anderen setzte, wurde der Schmerz unerträglicher. Sein Magen zog sich zusammen, und er atmete tief ein, um die Übelkeit nicht hochkommen zu lassen. Paul näherte sich den anderen Gästen und blieb zögernd stehen. Er wollte sich nicht unter die Leute mischen; das Licht der Lampions brannte in seinen Augen.

Iris stand am Rand der Terrasse und entdeckte den Jungen. »Paul!« rief sie, »da bist du ja.« Sie kam lächelnd auf ihn zu. »Hat Edward dir alles gezeigt?«
Paul nickte. Er suchte nach Anna und wünschte sich, mit ihr zu reden, damit er nach Hause gehen konnte. Er hätte gern Iris nach ihr gefragt, wußte aber nicht, wie er seine Mutter nennen sollte. Dieses Wort konnte er noch nicht aussprechen.
Iris deutete auf die anderen Gäste. »Warum setzt du dich nicht zu den anderen jungen Leuten und ißt etwas?«
Widerstrebend ließ er sich zu dem Tisch, an dem die Teenager saßen, führen. Paul erkannte den Geruch von Marihuana, als sie sich dem Tisch näherten, aber Iris schien nichts zu bemerken. Sie zog einen Stuhl heran, und Paul setzte sich. »Ich schicke dir eine Kellnerin mit etwas zu essen«, sagte sie.
Paul lächelte Iris an. Aus den Augenwinkeln konnte er Tracy sehen, die ihn beobachtete.
»Es wird dir gefallen«, sagte Iris und gab ihm, ehe sie ging, einen Klaps auf die Schulter.
Tracy lehnte sich über den Tisch und musterte ihn aus zusammengekniffenen Augen. »Wo bist du gewesen?«
»Im Haus. Mit Mr. Stewart«, murmelte Paul.
Tracy sagte irgend etwas zu ihren Freunden, und alle lachten. Paul versuchte, sie zu übersehen. Eine Kellnerin stellte einen vollgehäuften Teller vor ihn hin.
Paul starrte auf den rosafarbenen Fisch. »Was ist das für Zeug?«
»Lachs«, sagte Tracy. »Hast du den noch nie gegessen?«
Paul schüttelte den Kopf. »Ich habe keinen Hunger.« Er versuchte, nicht auf den Fisch auf seinem Teller zu sehen, doch von dem Geruch wurde ihm noch übler.

»Hier, rauch mal«, sagte Tracy und hielt ihm unter dem Tisch einen brennenden Joint hin. »Dann kriegst du schon Appetit.«
Ein hübsches braunhaariges Mädchen, das neben Tracy saß, brach bei diesen Worten in Gelächter aus.
»Ich will gar nichts«, sagte Paul und schob den Teller mit dem Lachs weg.
»Mary Ellen möchte dich gern etwas fragen«, sagte Tracy verschlagen.
Paul verkrampfte sich. Das braunhaarige Mädchen fing wieder an zu lachen, aber Tracy stieß ihre Freundin in die Seite. »Los!« befahl Tracy. »Frag ihn.«
Wellen von Schmerz durchströmten Paul jetzt, er konnte kaum noch klar sehen.
»Hast du schon mal ...« Mary Ellen brach in Gelächter aus; Tränen traten ihr in die Augen.
»Mary Ellen, du blöde Kuh«, sagte Tracy und stieß ihre Freundin wieder mit dem Ellbogen an.
Paul wand sich vor Schmerz, versuchte aber ein ausdrucksloses Gesicht aufzusetzen.
»Hast du schon ...«, sagte Mary Ellen wieder und erstickte vor Lachen.
»Ach, halt den Mund«, sagte Tracy, »und laß Paul in Ruhe seinen Lachs essen.« Sie gab seinem Teller einen Schubs, und er landete an Pauls Arm. Ein Stück Fisch fiel vom Teller auf den Ärmel seines Jacketts. Daraufhin brachen die beiden Mädchen wieder in unbändiges Gelächter aus, obwohl Paul sie nur dumpf wegen seiner rasenden Kopfschmerzen hören konnte. Paul nahm das Stück Fisch und warf es weg. Es fühlte sich kalt und glitschig an. Den Geruch empfand er als ekelhaft. Abrupt stand er auf. Plötzlich fühlte er sich ganz

leicht; schwarze Punkte tanzten vor seinen Augen. Er sah, wie Tracy und ihre Freundin ihn anstarrten, aber sie schienen immer kleiner zu werden, als eine schwarze Wolke ihn einhüllte und ihm dann vollständig die Sicht nahm. Mit einem dumpfen Schlag fiel er auf den Rasen und riß den Stuhl mit.

Tracy schrie, und die Leute liefen zusammen, umringten Paul, der schwache Versuche machte, sich an dem Stuhl aufzurichten. Die Gesichter der ihn Umstehenden erstickten ihn. Er war dort gefangen, versuchte sich zu erinnern, was geschehen war.

Plötzlich stand Anna neben ihm. Fest ergriff sie ihn bei den Schultern. »Paul«, sagte sie.

Er sah sie kurz an. »Ich bin ohnmächtig geworden«, flüsterte er.

Anna las die Hilflosigkeit in seinen Augen und stellte keine Fragen. »Es ist alles in Ordnung«, sagte sie mit fester Stimme zu den Leuten. »Wir gehen jetzt.« Resolut stellte sie ihren Sohn auf die Füße. Thomas trat auf seine Frau zu, doch sie war Meilen von ihm entfernt.

»Wir gehen«, wiederholte sie. Und zu Iris sagte sie: »Es tut mir leid.

10.

Edward schlenderte über den Rasen. Die Lampions waren alle gelöscht worden, und die Aushilfskellnerinnen räumten im Schein der Flutlichtlampen auf.

Edward entdeckte Iris auf der Terrasse. Sie trug einen mit Blumen bedruckten Kimono und aß gerade ein cremegefüll-

tes Hörnchen, das sie von einem der Tabletts genommen hatte, die noch herumstanden.
Sie zuckte zusammen, als Edward neben sie trat, und versuchte, das Gebäck schnell wieder zurückzulegen. Edward starrte sie böse an und wandte sich dann an eines der Mädchen, das aufräumte.
»Bringen Sie sofort das Essen ins Haus!« befahl er. »Warum brauchen Sie mit dem Aufräumen so lange?«
Die junge Frau blickte überrascht auf und entfernte dann hastig das Tablett.
Edward drehte sich zu Iris um. »Nun«, sagte er, »ich hoffe, du bist zufrieden.«
»Womit?« fragte Iris verblüfft.
»Der Abend war eine Katastrophe.«
»Ach, das glaube ich nicht, Edward. Jedem hat es doch gefallen.«
»Der Zusammenbruch des Jungen hat die ganze Party verdorben. Danach sind die Leute gegangen.«
»Der arme Junge. Er hat mir leid getan. Er war so hilflos.«
Edward schnaubte verächtlich. »Ich war hilflos. Ich habe mein Gesicht vor den Gästen verloren.«
»Das glaube ich nicht. Jeder hatte dafür Verständnis«, sagte Iris.
»Warum hast du diese Leute überhaupt eingeladen?«
»Welche Leute?«
»Die Langes, Iris. Die Langes. Sie passen nicht in unsere Kreise. Sie sind völlig fehl am Platz. Und jetzt haben sie auch noch meine Party ruiniert.«
»Edward, das stimmt nicht. Sie sind unsere Freunde.«
Edward wandte sich erbittert von ihr ab. Iris nestelte nervös am Gürtel ihres Kimonos. »Ich gehe jetzt zu Bett«, sagte sie.

»Und wer«, fragte Edward außer sich vor Zorn, »war diese Frau in dem unmöglichen Aufzug? Wie kam sie eigentlich hierher?«

Iris sah zu Boden. »Ich habe ein paar Freiwillige vom Krankenhaus eingeladen. Sie ist meine Keramiklehrerin. Sie unterrichtet auch die Kinder im Krankenhaus.«

»Dieses Kleid war unpassend. Sie sah darin aus wie eine Zirkusartistin.«

Iris seufzte. »Ich bin sehr müde, Edward. Gute Nacht.«

»Diese Leute werden nicht wieder eingeladen«, sagte Edward. »Keiner von ihnen.«

»Gute Nacht, Edward.«

»Ich gehe in die Windmühle«, verkündete Edward. »Ich muß mich entspannen.«

»Oh«, sagte Iris nur. Sie war überrascht, daß er sie überhaupt informierte.

Edward beobachtete sie, wie sie ins Haus zurückging. Der Kimono flatterte hinter ihr her wie ein Stück Wäsche, das auf der Leine hing. Sie besitzt keine Grazie, dachte er, hat sie nie besessen, nicht einmal, als sie sich kennengelernt hatten.

Das war anläßlich einer Party geschehen, die der heutigen sehr ähnlich gewesen war. Ein reicher und politisch einflußreicher Mann hatte sie sozusagen als Dank für seine Freunde, die ihn im Wahlkampf unterstützt hatten, gegeben. Edward hatte diese Wahlkampagne auch unterstützt, jedoch in der Hoffnung, dort die richtigen Leute kennenzulernen, die ihm beim Aufbau seiner Karriere nützlich sein könnten. Seine Erwartungen waren jedoch enttäuscht worden, er hatte keine lohnenden Beziehungen knüpfen können.

Er war wütend und verärgert an jenem Abend, da es ihm

offensichtlich nicht gelang, Eingang in die feinen Kreise zu finden. Iris war ihm damals aus einem einzigen Grund aufgefallen: Sie stand – wie immer äußerst unvorteilhaft in ein sackförmiges schwarzes Kleid gehüllt – hinter einem Tisch und schenkte Punsch aus. Er hatte sie für eine Kellnerin gehalten, und seine Wut steigerte sich noch, als er warten mußte, bis sie ihm einschenkte. Das Glas, das sie ihm schließlich reichte, hatte einen Sprung gehabt, und er war nahe daran, überzukochen. Er war im Begriff gewesen, ihr den Punsch über ihr Kleid zu schütten, als einer der Gäste, der hinter ihm stand, sie fragte, wie wohl die Chancen ihres Vaters, zum Senator gewählt zu werden, stünden. Diese zufällige Bemerkung ersparte ihm eine peinliche Entgleisung, und Iris verwandelte sich in seinen Augen von einem häßlichen Entlein in eine begehrte Erbin.

Alles in allem war die Ehe mit ihr ein geschickter Schachzug gewesen, dachte er. Natürlich empfand er sie als einen Klotz am Bein, aber ihre Familie hatte ihm Tür und Tor geöffnet, und durch das Geld ihres Vaters war er in der Lage gewesen, seine erste Firma zu gründen.

Nun besaß er alles, wovon er je geträumt hatte und als Kind vermissen mußte. Er war reich und mächtig.

Eines der Mädchen nahm das Tuch vom Buffettisch. »Es wird Zeit«, murmelte Edward. »Und nehmen Sie das ganze übriggebliebene Essen mit.« Wenigstens kann Iris dann nichts mehr in sich hineinstopfen, dachte er, ehe sie zur Kur fährt.

Dann schnaubte er verächtlich. Es war Energieverschwendung, an Iris zu denken, wenn er sich mit wichtigeren Dingen beschäftigen mußte. Er hatte heute nacht noch eine schwierige Aufgabe zu erledigen, der er mit etwas Angst, aber noch mehr Erregung entgegensah.

Die Aufräumarbeiten waren beendet. Es war Zeit, in die Windmühle zu gehen und die nötige Ausrüstung für heute nacht zusammenzusuchen.
Am Nachmittag hatte er das La-2-Pines-Motel beobachtet und war für seine Ausdauer belohnt worden, als Rambo um halb fünf in seinem gräßlichen alten Chevy vorfuhr. Er merkte sich die Zimmernummer und ging dann zu seinem Wagen zurück, den er in der Nähe versteckt hatte. Heute abend noch, dachte Edward zufrieden, werde ich das Problem Albert Rambo ein für allemal aus der Welt schaffen.

Thomas sah aus dem Fenster. Noch immer saß der Junge zusammengesunken auf der alten Hollywoodschaukel.
»Er sitzt noch immer da draußen.«
Anna seufzte. »Ich weiß nicht mehr, was ich tun soll.«
»Vielleicht will er einfach in Ruhe gelassen werden«, sagte Thomas.
Tracy kam in die Küche und nahm eine Birne aus der Schale mit Früchten. Sie rieb sie an ihrem Bademantel ab und biß hinein.
Anna schüttelte den Kopf. »Er ist völlig verwirrt. Wir sollten mit ihm reden ...«
»Ich glaube, es ist besser, ihn allein zu lassen. Vielleicht will er gar nicht reden.«
Anna schien ihren Mann nicht zu hören. Tracy saß am Küchentisch, aß ihre Birne und starrte vor sich hin. Anna sagte zu ihr: »Tracy, was ist bei den Stewarts geschehen?«
»Nichts. Warum denn? Wir haben herumgeblödelt, dann stand er auf und fiel in Ohnmacht.«
»Was meinst du mit ›herumgeblödelt‹?«
»Nichts!« schrie Tracy. »Uns nur gegenseitig aufgezogen.«

Anna biß sich auf die Unterlippe. »Würdest du rausgehen und mit ihm reden?«
»Ich? Warum denn ich?«
»Vielleicht hilft es ihm.«
Tracy schüttelte den Kopf. »Das glaube ich nicht.«
»Versuch es doch. Bitte. Tu's für mich.«
»Also gut. Aber ich weiß nicht ...«, sagte Tracy und zuckte die Schultern.
»Danke, Liebling.«
Tracy öffnete die Tür und verschwand in der Dunkelheit. Sie blieb einen Moment stehen, um ihre Augen an das schwache Licht zu gewöhnen. Dann ging sie zu Paul. Ein paar Meter vor ihm blieb sie wieder stehen und wartete. Paul sah nicht auf.
Sie wußte nicht, wie sie seine Aufmerksamkeit erregen sollte. Dann hustete sie, wie sie es bei ähnlichen Fällen im Fernsehen gesehen hatte. Er sah noch immer nicht auf. Sie ging aufs Ganze.
»Denkst du nicht, es ist besser, wenn du reinkommst?« fragte sie sanft. »Es ist schon spät.«
»Nein«, entgegnete er wie versteinert.
»Mom macht sich Sorgen um dich. Warum kommst du nicht rein?«
Paul schwieg.
»Wir haben bei den Stewarts doch nur Spaß gemacht. Ich wußte nicht, daß du krank warst. Du hättest was sagen sollen.«
Tracy schaute zum Haus. Sie konnte die Silhouette ihrer Mutter am Fenster erkennen. Sie seufzte und probierte es noch einmal.
»Wahrscheinlich fühlst du dich nicht besonders, weil Sam

weggelaufen ist, und alles andere ist auch ziemlich anstrengend. Wenn du willst, suchen wir ihn morgen zusammen. Aber warum kommst du nicht ins Haus?«

Paul stand langsam auf und sah Tracy an. Einen Moment war sie erleichtert, daß sie ihre Aufgabe erfüllt hatte. Doch dann sah sie die Wut in seinen Augen.

»Was hast du mit ihm gemacht?« fragte er.

Tracy trat einen Schritt zurück. »Was?«

»Was hast du mit Sam gemacht? Wo ist er?«

Tracy schüttelte den Kopf.

»Du hast was mit ihm gemacht. Das weiß ich.«

»Das ist eine verdammte Lüge«, stieß sie zwischen zusammengepreßten Zähnen hervor.

Paul ging drohend auf sie zu. »Du und deine Freunde habt euch wahrscheinlich mächtig dabei amüsiert.«

Tracy reckte ihm das Kinn entgegen. »Du Arschloch. Tiere zu quälen amüsiert mich nicht.«

»Ich bin also ein Arschloch?« Er ging zur Hollywoodschaukel zurück. »Hau ab! Laß mich in Ruhe!«

Tracy zögerte, war einen Moment wegen seiner Beschuldigung wie gelähmt. Dann ging sie auf ihn zu und drängte die Tränen zurück, die ihr in die Augen stiegen. »Du führst dich wie ein kleines Kind auf. Es ist nicht meine Schuld, daß dein Kater weggelaufen ist.«

Er vermied ihren Blick. »Halt den Mund«, sagte er. »Geh.«

Tracys Gesicht wurde puterrot, und mit aller Kraft boxte sie ihn gegen die Schulter. »Es ist nicht meine Schuld!« schrie sie.

Paul sprang von der Hollywoodschaukel auf und packte sie am Handgelenk. »Rühr mich nicht an«, sagte er.

»Es ist nicht meine Schuld«, schrie Tracy wieder. »Laß mich los.«

Paul schüttelte sie und ließ dann ihr Handgelenk los. Plötzlich stöhnte er. Er griff sich mit beiden Händen an den Kopf und sank auf die Knie. Fassungslos sah Tracy zu, wie er zusammenbrach. Die Küchentür fiel krachend zu, und Anna kam angelaufen.

»Was ist da los?« rief sie. »Warum prügelt ihr beiden euch?«

Tracy sah ihre Mutter verständnislos an, während Paul noch immer am Boden kauerte und sich den Kopf hielt.

»Geh ins Haus!« befahl Anna und beugte sich über Paul.

»Er sagt, ich bin daran schuld, daß sein Kater weggelaufen ist«, klagte Tracy.

»Was fehlt dir?« flehte Anna. »Sag mir, was du hast.«

»Mein Kopf«, stöhnte er.

»Ich habe nicht einmal seinen Kopf berührt«, beharrte Tracy.

»Geh ins Haus, Tracy!« befahl Anna wieder. Tracy ging, die Augen vor Angst weit aufgerissen.

»Komm, ich helfe dir«, sagte Anna zu ihrem Sohn. Sie faßte ihn unter einem Arm und zog ihn hoch.

»Komm, ich bringe dich ins Krankenhaus«, sagte sie.

»Nein!« schrie Paul. »Kein Krankenhaus.« Er versuchte, sich aus ihrem Griff zu lösen.

»Nun gut«, sagte sie besänftigend und fragte sich, was sie für ihn tun konnte. Sie legte ihm ihre kühle Hand auf die Stirn, während er neben ihr herhumpelte.

»Ich möchte ins Bett gehen«, sagte er.

»Gut. Sehr gut. Komm ins Haus.«

Gemeinsam gingen sie über das weiche Gras. Grillen zirpten laut in der lauen Sommernacht. Anna spürte, wie Paul in ihren Armen zitterte. »Ich helfe dir«, sagte sie.

»Es geht mir schon besser«, entgegnete er, als sie langsam die Stufen zum Haus hochgingen.

Er schlief, sobald sein Kopf das Kissen berührte. Sie saß am Fußende des Bettes und betrachtete sein mageres, von Schmerzen verzerrtes Gesicht. Sein Mund öffnete sich, als würde er nach Atem ringen. Seine Hand lag schlaff und kraftlos auf der Bettdecke. Ein dünner Schweißfilm bildete sich auf seiner Stirn und Oberlippe.

Er ist krank, dachte sie. Irgend etwas stimmt mit ihm überhaupt nicht. Das ist es, was Rambo mir sagen will. Sie malte sich das Schrecklichste aus. Ein Gehirntumor. Krebs. Das mußte es sein.

Sie überlegte, daß sie morgen den Jungen als erstes zum Arzt bringen könnte, ohne sich mit Rambo zu treffen. Jetzt wußte sie, daß Rambo über Pauls Krankheit informiert war, und das war es, was er ihr erzählen wollte. Ein Arzt könnte wahrscheinlich sofort eine Diagnose stellen. Trotzdem nagte ein winziger Zweifel an ihr: Rambo wußte vielleicht noch mehr, etwas Lebenswichtiges. Schließlich war der Junge bei ihm aufgewachsen. Sie mußte unbedingt herausfinden, was Rambo wußte. Die Gedanken in Annas Kopf rasten, drehten sich im Kreis. Sie versuchte sich zu beruhigen. Folge deinem Plan, sagte sie sich. Mut. Nur Mut. Morgen wirst du alles wissen.

Sie wünschte, sie könnte mit Thomas darüber reden. Aber er würde ihr verbieten, sich mit Rambo zu treffen. Sie mußte diese Last allein tragen, allein hingehen. Anna stand leise von Pauls Bett auf. Er atmete jetzt normal. Sie ging aus seinem Zimmer in den Flur.

Als sie an Tracys Tür vorbeikam, bemerkte sie einen schma-

len Lichtschein über der Schwelle. Sie ist noch immer auf, dachte Anna. Dann hörte sie leises Schluchzen. Sie zögerte kurz und öffnete dann langsam die Tür und schaute ins Zimmer.
Das schwache Licht einer Leselampe erhellte nur einen kleinen Kreis in dem sonst dunklen Raum. Tracy saß im Schatten mit gesenktem Kopf da. In den Armen hielt sie eine weißgekleidete Puppe. Anna sah näher hin und entdeckte, daß die Puppe Pauls Taufkleid trug.
»Tracy«, flüsterte Anna mit pochendem Herzen.
Tracy sprang auf, versteckte die Puppe hinter ihrem Rücken und sah ihre Mutter herausfordernd an. Ihre Augen waren gerötet, und Tränen rannen ihr über die Wangen.
»Geh weg!« schrie Tracy.
Anna trat ins Zimmer. »Tracy, was ist los? Was hast du?«
»Hau bloß ab!« heulte das Mädchen.
»Bitte, Tracy«, flehte Anna, »rede mit mir.«
»Nein!« spie Tracy ihr entgegen.
Anna streckte die Hand aus und streichelte das vom Weinen verquollene Gesicht ihrer Tochter. »Ich liebe dich, Tracy«, flüsterte sie.
Tracy wich vor ihrer Berührung zurück, drehte ihr den Rücken zu und versteckte die Puppe in ihren verschränkten Armen. Anna seufzte und wollte gehen.
Da sagte Tracy mit kleiner Stimme: »Ich bin ganz krank davon, immer für alles verantwortlich gemacht zu werden. Ich habe es satt.«
Anna runzelte die Stirn. »Für was verantwortlich gemacht zu werden?« fragte sie sanft.
»Für das, was ihm passiert ist«, murmelte Tracy.
»O Tracy, dafür mache ich dich doch nicht verantwortlich«,

versicherte Anna ihr. Sie war erleichtert, weil ihre Tochter redete. »Es tut mir leid, daß ich dich angeschrien habe, Liebling. Ich mache mir nur Sorgen wegen Paul. Diese Migräneanfälle. Ich habe Angst, daß es etwas Schlimmes sein könnte ...«

»Nicht nur deswegen«, unterbrach Tracy sie wütend. »Es fing alles an, als sie ihn entführt haben.«

»Als sie ihn entführt haben?« Anna sah ihre Tochter verwirrt an. »Was ...«

»Du hast mich immer dafür verantwortlich gemacht«, sagte Tracy anklagend. »Du hast immer geglaubt, ich sei daran schuld.«

Annas Gesichtszüge verfielen. Tracy hielt die Puppe fest unter einen Arm geklemmt. Tränen des Zorns stiegen ihr in die Augen, aber sie merkte es nicht.

»Natürlich war es nicht deine Schuld, Tracy. Nie hat das jemand behauptet«, protestierte Anna. Ihr war ganz elend, als sie den Kummer ihrer Tochter sah.

»Doch, du«, beharrte Tracy bitter.

Anna schüttelte hilflos den Kopf. »Das habe ich nie getan.«

»Du hast es immer getan.«

»Tracy«, rief Anna, »du warst doch noch ein kleines Kind. Für diese Entführung waren Erwachsene verantwortlich. Sie hatte nichts mit dir zu tun.« Sie streckte die Hand nach ihrer Tochter aus.

Tracy wich wieder vor ihr zurück.

»Warum glaubst du das?« fragte Anna.

»Weil du es gesagt hast.«

»Das habe ich nie gesagt.«

»*Ich war krank!*« schrie Tracy.

Anna starrte sie an.

»Ich war krank.«
Anna schüttelte den Kopf. Sie verstand nicht.
»Jedesmal, wenn du darüber sprachst, sagtest du, es geschah, weil ich krank war. Und du gingst ins Haus, um nach mir zu sehen. Und dann war er verschwunden. Das hast du jedesmal erzählt. Du gingst ins Haus, weil ich weinte. Weil ich krank war ...«
Tracy blickte auf die Puppe unter ihrem Arm, als würde sie sie jetzt zum ersten Mal sehen. »Aber ich war krank«, murmelte sie. »Und deshalb haben sie meinen Bruder entführt.«
Tränen brannten in Annas Augen. »Nein, nein«, flüsterte sie.
»Ich wollte nicht, daß sie ihn entführen«, sagte Tracy. »Er war mein Bruder.«
Ein Gefühl unsäglicher Schuld durchströmte Anna, als sie in die unerbittlichen Augen ihrer Tochter blickte. »Ich hätte nie gedacht ...« sagte sie.
»Laß mich allein«, sagte Tracy unglücklich.
Zuerst wollte Anna ihre Tochter um Vergebung bitten. Aber ich brauche erst Zeit, dachte sie dann. Zeit, um die Ungeheuerlichkeit meines Verhaltens zu begreifen. Sie war wie betäubt, weil sie jahrelang ihrer Tochter immer wieder dieses entsetzliche Gefühl vermittelt hatte.
»Es tut mir so leid«, sagte sie mit erstickter Stimme.
»Ich gehe jetzt ins Bett«, sagte Tracy.
Anna sah, wie ihre Tochter ins Bett kletterte: Sie legte die Puppe neben sich aufs Kopfkissen. »Es tut mir leid«, wiederholte Anna. Tracy knipste die Nachttischlampe aus.
Anna stand in der Dunkelheit und fragte sich, wie sie das jemals wieder gutmachen konnte. Ich mache es wieder gut,

schwor sie sich stumm. Aber sie fragte sich im selben Moment, ob es ihr gelingen würde.

Albert Rambo schüttelte den Kopf über dem Waschbecken, und ein Schauer kaffeebrauner Tröpfchen fiel hinein. Dann richtete er sich auf und begutachtete sein Werk. Sein ursprünglich blondes ergrauendes Haar war jetzt kastanienbraun. Er beschloß, sich auch noch einen Schnurrbart wachsen zu lassen und den auch noch zu färben. Es hatte ihm gar nicht gefallen, daß diese Lange ihn sofort erkannte. Morgen, wenn er das Geld hatte, würde er sich auch einen neuen Hut und neue Kleidung kaufen.
Dann trocknete er sein Haar und kämmte es sorgfältig. Für das Färbemittel hatte er seine letzten paar Dollar ausgeben müssen. Aber das war es wert.
Nach einem letzten wohlgefälligen Blick in den Spiegel streifte er sein Hemd wieder über und knöpfte es zu. Wenn ich nur etwas Geld hätte, dachte er, würde ich jetzt in eine Kneipe gehen und feiern. Aber das kam nicht in Frage. Außerdem lag die Bibel aufgeschlagen auf dem Bett, und er mußte darin lesen, ehe die Stimmen ihn wieder heimsuchten. Rambo griff nach dem Buch und setzte sich in den hochlehnigen Stuhl, der vor dem Schreibtisch stand.
Da klopfte es plötzlich an der Tür. Rambo erstarrte. Die Polizei, dachte er sofort. Sie ist zur Polizei gegangen.
Als es zum zweiten Mal klopfte, sprang Rambo auf, die Augen starr auf die Tür geheftet.
»Tut mir leid, Sie zu stören. Hier ist der Manager, Mr.de Blakey.«
Der Manager. Rambo atmete vor Erleichterung tief aus, wurde dann aber sofort wütend. »Was wollen Sie?« bellte er.

»Es geht um Ihren Wagen, Sir. Er ist vor dem falschen Bungalow geparkt, und die anderen Gäste regen sich darüber auf. Ich weiß, es ist spät, aber könnten Sie ihn nicht woanders parken?«

Rambo schüttelte verärgert den Kopf. »Okay, okay, ich komme«, antwortete er barsch. Er klappte die Bibel zu und legte sie in die Schublade des Schreibtisches, dann nahm er seine Autoschlüssel. Ich erledige das besser gleich, dachte er.

»Vielen Dank, Mr. Rambo.«

»Verdammter Mist«, murmelte Rambo, als er seine Schuhe anzog und die Tür aufschloß.

Gerade, als er die Tür aufzog, fiel es ihm ein. Er hatte sich unter dem Namen Smith eingetragen. Mr. Willard Smith. Da wurde die Tür auch schon mit Gewalt gegen ihn gerammt, so daß er ins Zimmer zurücktaumelte. Eine Sekunde war Rambo durch den Schock wie gelähmt; er war nicht einmal fähig, zu schreien. Der Mann griff nach ihm, und Rambo starrte in ein Paar eiskalte graue Augen. In dem Augenblick, als er Edward Stewart erkannte, reagierte er und attakierte seinen Gegner mit Schlägen.

Edward schien sie gar nicht zu merken. Er packte Rambo beim Genick und preßte seinen Kopf in ein übelriechendes Tuch. Rambo zappelte, versuchte, diesem erstickenden Geruch zu entgehen. In stummem Entsetzen war sein Blick auf seinen Angreifer gerichtet. In dessen Augen stand derselbe erbarmungslose Ausdruck, den er schon einmal vor Jahren auf dem Highway gesehen hatte. Rambo hörte, wie die Stimmen wieder ganz schwach sangen, dann fiel er in eine abgrundtiefe Nacht. Es herschte Schweigen.

11.

Während der Fahrt hielt Anna den Blick nervös auf den Straßenrand geheftet: Sie suchte nach dem Schild des La-2-Pines-Motels. Sie hatte Angst, es zu verpassen und noch mehr Zeit zu verlieren. Es war schon nach zwölf. Sie hatte verschiedene Banken aufgesucht, um das Geld zusammenzubekommen.

Plötzlich tauchte das Schild zu ihrer Rechten auf, und Anna schlug das Lenkrad scharf ein und fuhr langsam auf den kiesbestreuten Parkplatz. Ein schlanker, grauhaariger Mann in Arbeitskleidung und mit Schaufel und Besen beobachtete sie, dann verschwand er in einem Bungalow, über dem »Büro« stand.

Anna wartete, bis er in das Büro gegangen war, dann parkte sie ihren Wagen. Der Parkplatz des Motels lag völlig ruhig da und wurde von Pinien beschattet. Gar kein so häßlicher Ort, dachte sie. Neben ihr auf dem Sitz lag eine braune Einkaufstüte aus Papier mit dem Geld. Fünftausend Dollar. Es war absurd, dachte sie. Vor Jahren hätte sie einen Erpresserbrief willkommen geheißen.

Und jetzt zahlte sie für eine Information, die wahrscheinlich wertlos war. Aber sie würde ihm einfach das Geld geben, in der Hoffnung, er verschwände für immer aus ihrem Leben. Und wenn er gegangen war, die Polizei rufen. Ob sie das Geld wiederbekam, war unwichtig. Sie konnte sich einen Job suchen, um das Geld wieder zu verdienen. Aber das alles war unwichtig, denn nach Pauls Zusammenbruch vergangene Nacht war sie mehr denn je überzeugt, daß sie richtig handelte, auch wenn sie nur nach einem Strohhalm griff.

Sie blickte sich noch einmal um, sah, daß sie allein war, und

stieg resolut aus ihrem Wagen. Die Papiertüte trug sie unter den Arm geklemmt. Schnell marschierte sie auf Tür Nummer 17 zu und klopfte zweimal. Keine Antwort. Sie drückte die Klinke herunter. Die Tür war verschlossen.
Das Blut schoß ihr ins Gesicht, als sie an der Tür rüttelte. »Rambo. Rambo, öffnen Sie«, rief sie leise. Drinnen blieb alles still.
Einen Augenblick starrte sie auf den Hof und wußte nicht, was sie tun sollte, dann ging sie entschlossen zu dem Bungalow mit der Aufschrift »Büro«.
Die Einrichtung des Büros bestand aus zwei Plastikstühlen und einem Tresen aus Formika. Der Boden war mit schwarzbraunem Linoleum bedeckt. Hinter dem Tresen saß Gus de Blakey und war in die Betrachtung seiner liebsten Seifenoper vertieft. Ärger stieg in ihm auf, als die Frau aus dem Volvo hereinkam. Sie paßte nicht hierher. Das war sein erster Gedanke gewesen, als er sie auf den Parkplatz hatte fahren sehen.
Er riß den Blick vom Fernsehschirm los und sah sie an, als sie sich über den Tresen lehnte. »Kann ich Ihnen helfen?« fragte er.
»Ich suche jemanden«, sagte Anna. »Einen ... einen Bekannten. Er wohnt in Bungalow Nummer siebzehn.«
Gus runzelte die Stirn. Sie schien ihm gar nicht der Typ, der mit diesem Burschen befreundet war.
»Haben Sie geklopft?« fragte er.
»Es antwortet niemand.«
»Dann ist er nicht da. Steht sein Wagen auf dem Parkplatz?«
Anna zögerte. »Welches Auto fährt er denn im Moment?«
»Einen blauen Chevy«, antwortete Gus. »Sehen Sie mal nach.«

Anna trat vor die Tür. Nicht weit von Nummer siebzehn stand ein schmutziger blauer Wagen.
Anna rief ins Büro: »Ist das heruntergekommene blaue Auto ein Chevy?«
»Ja, das ist er«, sagte Gus.
»Aber er macht nicht auf«, meinte Anna.
Gus zuckte die Schultern. »Wir leben in einem freien Land. Vielleicht will er Sie nicht sehen.« Dann sah er den Kummer in Annas Gesicht und fügte freundlicher hinzu: »Vielleicht ist er spazierengegangen.«
»Er erwartet mich«, entgegnete sie. »Er muß da sein.«
»Ich weiß nicht recht«, sagte Gus.
»Bitte, könnten Sie nicht die Tür für mich aufschließen, Sir? Vielleicht ist er krank. Falls er nicht da ist, hinterlasse ich eine Nachricht.«
Gus schüttelte den Kopf.
»Oh, bitte«, flehte Anna. »Ich möchte mich nur vergewissern, ob er da ist oder nicht.«
Gus runzelte die Stirn. Ihm entging die Dringlichkeit ihres Anliegens nicht. Was sie auch von diesem Mann wollte, es mußte sehr wichtig für sie sein. Und der Bursche hatte nur bis mittags bezahlt. Und schließlich war er der Besitzer.
»Okay«, sagte er endlich.
»Vielen Dank«, antwortete Anna. »Vielen, vielen Dank.«
Sie folgte fast laufend den weit ausgreifenden Schritten des Mannes zum Bungalow 17. Gus suchte den passenden Schlüssel an seinem Bund heraus. Vorher klopfte er jedoch an die Tür und rief laut: »Mr. Smith, sind Sie da?« Dann wandte er sich an Anna. »Ich hoffe, er hat sich nicht betrunken oder ähnliches. Dann wird er einen ganz schönen Zirkus veranstalten.«

Das muß es sein, dachte Anna. Diese Erklärung erschien ihr plötzlich vollkommen logisch. Und wenn sie jetzt mit dem Manager den Bungalow betrat, würde Rambo niemals reden. Sie würde alles ruinieren. Sie sah zu, wie Gus den Schlüssel ins Schloß steckte, und überlegte hektisch, wie sie ihn von seinem Vorhaben abbringen könnte. »In Ordnung«, sagte Gus. »Ich hoffe nur, Sie beide sind wirklich gute Freunde.«

Er stieß die Tür auf und betrat den dämmrigen Raum. Anna folgte ihm. Die Rollos waren heruntergelassen, und das Licht brannte nicht. Das Bett sah benutzt aus, war aber gemacht. Rambos wenige Habseligkeiten lagen unordentlich in einem offenstehenden Koffer, der neben dem Schreibtisch auf dem Boden lag. Auf dem Schreibtisch waren seine Autoschlüssel und ein paar Münzen. Nun, wenigstens hat er die Stadt nicht verlassen, dachte Anna.

»Wo ist der Lichtschalter?« fragte sie.

»Neben dem Bett steht eine Lampe«, antwortete Gus und deutete darauf.

Anna knipste sie an. Die schwache Birne spendete nur trübes Licht.

»Wahrscheinlich ist er ausgegangen, um sich Zigaretten zu holen«, sagte Gus und deutete auf das zerknüllte Päckchen, das neben einem mit Kippen gefüllten Aschenbecher lag. »Weiter oben an der Straße gibt es einen kleinen Laden.« Gus ging zum Fenster und öffnete es einen Spalt. »Puh«, sagte er, »es stinkt hier.«

Anna versuchte, sich soviel wie möglich von diesem Zimmer einzuprägen. Sie wußte, daß der Manager bald darauf drängen würde, daß sie gingen. Sie sah, daß die Badezimmertür offenstand, aber dahinter brannte kein Licht.

Sie ging zu der Tür und stieß sie ganz auf. Dann knipste sie die Deckenbeleuchtung an.

»Wir verschwinden besser von hier«, sagte Gus ungeduldig. »Sie können ja ein anderes Mal wiederkommen. Es kann passieren, daß man sich verfehlt.« Er wartete, aber es kam keine Antwort aus dem Badezimmer.

»Kommen Sie«, rief er, erhielt aber noch immer keine Antwort.

Gus ging zur Tür und trat hinter Anna, die ganz ruhig dastand. »Heiliger Himmel!« rief er.

Ein paar glänzendschwarze Schuhe hingen nur ein paar Zentimeter vor Annas Gesicht. Neben den Hosenbeinen baumelten die geöffneten starren Hände. Die Fingernägel waren blau. Das Seil schnitt tief in seinen gebrochenen Hals, die Zunge quoll ihm aus dem Mund, die blicklosen Augen aus den Höhlen.

Annas Gesicht war weiß. Gus zwängte sich an ihr vorbei und wäre fast über den hochlehnigen Stuhl aus dem Schlafzimmer gefallen, der umgekippt unter dem Erhängten lag.

»Allmächtiger Gott!« stöhnte Gus und stellte den Stuhl mit zitternden Händen auf.

»O mein Gott«, hörte er die Frau hinter sich flüstern. »O nein.«

»Das tut mir furchtbar leid, Mr. Stewart«, sagte der Besitzer des Spielzeugwarenladens. »Ich wußte nicht, daß mit der Anleitung etwas nicht stimmte.«

Edward starrte den Besitzer wütend an und klopfte auf die Seiten des kleinen Heftes. »Ich hatte den Rumpf des Schiffes zur Hälfte konstruiert, als mir auffiel, daß mit den Plänen etwas nicht in Ordnung war. Glücklicherweise habe ich Erfahrung auf diesem Gebiet und konnte die Fehler korrigieren, ehe ich das ganze Schiff ruinierte.«

»Das muß für Sie sehr ärgerlich gewesen sein«, murmelte der Geschäftsinhaber und vermied Edwards Blick.

»Muß ich Sie daran erinnern, daß ich einer Ihrer besten Kunden bin?« fragte Edward drohend. »Wenn ich bei Ihnen ein Modell bestelle, verlange ich, daß es perfekt ist. Bei dieser Präzisionsarbeit haben Fehler nichts zu suchen.«

Der Mann nickte. »Natürlich haben Sie recht, Sir.«

»Ich stelle Privatjets her, Mr. Martin. Wie würde es Ihnen gefallen, wenn meine Firma sich bei der Konstruktion eine derartige Nachlässigkeit zuschulden kommen läßt? Möchten Sie in ein Flugzeug steigen, das defekt ist?«

»Nein, natürlich nicht. Sie haben vollkommen recht, Sir.«

»Denn das könnte der letzte Flug Ihres Lebens sein«, schrie Edward jetzt.

Mr. Martin rückte nervös seine Brille zurecht. »Darf ich mir das mal ansehen?« fragte er und deutete auf die Broschüre mit den Konstruktionsanleitungen, die Edward noch immer in der Hand hielt.

Als der Mann danach greifen wollte, riß Edward sie zurück und zerknüllte das Papier in seiner Hand. Dann ließ er es auf den Tresen fallen.

»Ja, ich habe etwas dagegen«, sagte er. »Sie verschwenden nur meine Zeit.«

»Lassen Sie mich im Lager nachsehen, ob wir ein ähnliches Modell mit den korrekten Anleitungen haben. Ich bin sofort wieder zurück.«

Edward nickte kurz, und der Mann verschwand. Bis auf dieses lästige Problem, dachte er, bin ich heute gut aufgelegt. Er fühlte Stolz in sich aufwallen, als ihm wieder einfiel, wie effizient er doch mit Albert Rambo fertig geworden war. Nun konnte ihm dieser Verrückte nichts mehr anhaben. Ein Lächeln umspielte seine Lippen, als er sich wieder an Rambos entsetzten Blick erinnerte, kurz bevor er ohnmächtig wurde. Edward war außerordentlich mit sich zufrieden.

»Es tut mir leid, Sir«, sagte Mr. Martin, der wieder hinter dem Tresen aufgetaucht war, »aber wir haben kein ähnliches Modell mehr auf Lager. Ich stelle Ihnen einen Gutschein aus.«

Edward sah den Mann mit eisigem Blick an. »Ich will mein Geld zurück«, sagte er. »Von heute an kaufe ich woanders.«

Der Geschäftsmann öffnete schweigend die Kasse und reichte Edward den entsprechenden Betrag.

Edward nahm das Geld und ging. Krachend fiel die Tür hinter ihm zu. Unfähigkeit brachte ihn zur Raserei. Dieses Geschäft würde er nie wieder betreten. Mit ihm konnte man nicht wie mit jedem x-beliebigen umspringen. Er mußte wieder an Rambo denken und wie dieser Hohlkopf versucht hatte, ihn auf dem Golfplatz zu erpressen. Nun, er hatte dafür bezahlen müssen.

Das laute Hupen eines Taxis und die Rufe des Fahrers rissen Edward aus seinen Träumen. Er sprang auf den Gehweg zurück. Sein Herz klopfte ihm in der Kehle.

Wieder mußte er an den Unfall denken, mit dem seine ganzen Schwierigkeiten angefangen hatten. Damals war er über den Highway nach Hause gefahren – früher als gewöhnlich, denn er hatte ein blendendes Geschäft abgeschlossen – und wollte sich umziehen. Er war nicht ganz aufs Fahren konzentriert, seine Gedanken weilten noch immer bei der raffinierten Strategie, die er eingeschlagen

hatte. Erst viel zu spät bemerkte er das Kind, das auf der Ausfahrt herumtapste. Im ersten Augenblick hatte er das Kind gar nicht erkannt. Für ihn sahen alle Kinder sowieso gleich aus. Nur an das Matrosenkäppi konnte er sich noch erinnern und die großen aufgerissenen Augen des Jungen, ehe er von der Stoßstange getroffen wurde und in hohem Bogen in den Straßengraben flog.
Nun, er hätte nicht rechtzeitig halten können, selbst wenn er das Kind früher gesehen hätte. Das Kind hatte nichts auf der Straße zu suchen. Seine Mutter hätte es beaufsichtigen müssen. So einfach war das.
Wenn der Junge doch nur gleich gestorben wäre, dachte Edward, dann hätte ich Rambo nicht zu töten brauchen.
Nun, es war geschehen. Es gab keinen Grund, näher darüber nachzudenken. Es war getan, und er war in Sicherheit. Dann überfiel ihn eine neue Sorge. Er fragte sich, ob der Junge sich wohl jemals an das Geschehene erinnern würde. Wenn das der Fall sein sollte, mußte er aufpassen. Aber darüber brauchte er sich jetzt keine Sorgen zu machen. Alles war wieder in Ordnung. Dafür hatte er gesorgt. Sein guter Ruf blieb unangetastet. Was für ein wunderbares Gefühl!

Buddy Ferraro schaute von dem Blatt Papier auf in Annas müdes Gesicht. »Das ist alles, was er zu Ihnen sagte? Wirklich alles?«
Sie saßen an Annas Küchentisch. Ein Glas Eistee, noch unberührt, stand neben Buddys Ellbogen. Thomas stand mit verschränkten Armen gegen das Spülbecken gelehnt da. Die Sommernacht war hereingebrochen, und die Grillen draußen stimmten ihr nächtliches Konzert an.

Anna nickte. Buddy faltete das Blatt und steckte es in seine Jackentasche.
»Was halten Sie davon?« fragte sie.
»Ich glaube, er war verzweifelt«, sagte Buddy.
»Ich verstehe nicht, warum er sich umbrachte, ehe ich mit ihm gesprochen habe«, protestierte sie. »Ich brachte ihm doch das Geld.«
Buddy sah sie böse an. »Ich kann noch immer nicht glauben, daß Sie das taten, Anna. Sie wissen doch, mit wie vielen Verrückten wir es in den letzten Jahren zu tun hatten, die Informationen verkaufen wollten.«
»Aber das war Rambo. Und er wußte wirklich etwas.« Anna fuhr sich mit der Hand über die Augen. »Und jetzt ist er tot. Er hätte uns viel erzählen können.«
»Ja. Ich hätte ihm auch gern eine Menge Fragen gestellt.«
»Buddy, warum sollte er das tun? Dinge über Paul erzählen, wenn sie nicht wahr sind?«
»Wegen des Geldes«, sagte Buddy bestimmt. »Anna, der Mann war völlig mittellos.«
Anna nickte. »Ich weiß.«
»Hören Sie mir zu. Erstens, der Mann war nicht richtig im Kopf. Das wissen wir. Ein Kidnapper auf der Flucht. Er war pleite bis auf ein paar Cent. Alles stürzte über ihm zusammen. Und dann kamen Sie etwas zu spät. Er sah wohl keinen Ausweg mehr.«
»Ich verstehe ja, warum er sich umbrachte«, sagte Anna. »Aber ich bin überzeugt, daß er mir etwas mitzuteilen hatte. Er hat mich nicht angelogen, dessen bin ich mir sicher. Ich will Ihnen etwas sagen, Buddy. Ich glaube, daß Paul krank ist. Und daß es damit etwas zu tun hat.«
Thomas ging aus der Küche, ohne etwas zu sagen. Buddy beobachtete ihn, dann wandte er sich wieder an Anna.

»Nun, dann rate ich Ihnen, den Jungen zum Arzt zu bringen. Auch Ihnen könnte etwas Ruhe nicht schaden.«

»Ja, das mache ich gleich als erstes morgen früh.«

Buddy stand auf. »Wie kommt Paul mit dem allen zurecht?«

Anna seufzte. »Das ist schwer zu sagen. Ich hörte, wie Tracy ihn deswegen fragte, und er antwortete, daß er überhaupt nichts fühle. Er ist schon seit Stunden in seinem Zimmer.«

»Der Junge hat es nicht leicht gehabt. Nun, ich muß jetzt gehen. Habe morgen viel zu tun. Sandy und ich bringen Mark ins College.«

»Morgen?« fragte Anna. »Wie schön. Ist es weit?«

»Ein paar Stunden Fahrt. Wir bleiben ein paar Tage dort.«

»Das hört sich großartig an«, sagte Anna.

»Das ist es wohl. Aber was es mich kosten wird.«

Anna wollte aufstehen, aber Buddy bedeutete ihr, sitzen zu bleiben. »Ich kenne den Weg«, sagte er.

Anna seufzte wieder. »Ich bin froh, daß das alles vorüber ist. Wenigstens kann ich jetzt Rambo aus meinen Gedanken streichen.«

Buddy sah sie besorgt an. »Passen Sie auf sich auf, wenn ich fort bin.«

»Das tue ich«, sagte sie lächelnd.

Buddy runzelte die Stirn, als er ging. Er hatte Zweifel wegen dieses Selbstmords, wollte Anna aber nicht damit belasten. Sie konnte nicht noch mehr Sorgen vertragen. Grüßend hob er die Hand.

»Vielen Dank!« rief sie hinter ihm her.

Anna hörte ihn durchs Haus gehen und dann die Tür hinter ihm ins Schloß fallen. Sie saß da, die Hände im Schoß, und

hatte Angst, die Augen zu schließen, obwohl sie so erschöpft war. Sie fürchtete, dann wieder Rambo vor sich zu sehen, wie er von der Decke hing.
Sie zwang sich aufzustehen. Plötzlich hatte sie das dringende Bedürfnis, mit Thomas über alles zu sprechen. Er war sehr ruhig gewesen, sie wußte nicht, was er dachte, und wollte ihm alles erklären.
Langsam ging Anna die Treppe hoch. Es war sehr still im Haus. Die Schlafzimmertür stand offen.
Thomas stand vor der Frisierkommode und fuhr mit den Fingern über die silberne Bürste. Er machte einen verlorenen Eindruck. Anna wollte auf ihn zugehen und ihn umarmen, da sah sie neben dem Bett seinen gepackten Koffer stehen. Abrupt blieb sie stehen. »Tom«, sagte sie.
Er drehte sich um und sah sie an.
»Was soll das?« fragte sie ungläubig.
Thomas schwieg, preßte nur den Mund zu einem schmalen Strich zusammen.
»Liebling, was hast du vor!«
Steifbeinig ging er zum Nachttisch und nahm das Buch, das dort lag. Dann steckte er es in die Seitentasche seines Koffers. »Ich packe«, sagte er.
Anna sank sprachlos auf die Bettkante. Dann sprudelten ihre Worte nur so hervor. »Tom, ich kann verstehen, daß du wütend bist. Aber wir müssen miteinander reden. Wahrscheinlich hätte ich dir sagen sollen, was ich vorhatte. Bitte glaube mir, die Entscheidung, es nicht zu tun, ist mir unendlich schwergefallen. Ich wollte es dir sagen, aber er bedrohte mich und sagte, ich würde es niemals erfahren, wenn ich nicht allein käme. Dieses Risiko konnte ich nicht eingehen.«

»Ich kenne die Geschichte«, sagte Thomas dumpf. »Den ganzen Tag wurde ja über nichts anderes gesprochen.«
»Das ist keine Geschichte, Tom. Das ist die Wahrheit«, sagte Anna.
»Okay. Dann eben die Wahrheit.«
Anna beugte sich zu ihm vor. »Aber, Liebling, es tut mir leid, was geschehen ist. Kannst du mir denn nicht verzeihen?«
»Du brauchst nichts zu erklären«, sagte Thomas. »Ich verstehe dich und weiß, warum du es getan hast.«
Anna breitete die Hände aus. »Ja, was soll dann das Ganze? Warum packst du?«
Thomas schwieg eine Weile, dann sah er seine Frau an, in seinen Augen stand ein unendlicher Schmerz. »Weil das nie aufhört, Anna. Ich kann es nicht mehr aushalten.«
»Was hört nie auf?«
»Dein ausschließliches Beschäftigtsein mit Paul. All die Jahre, dieses Suchen, die Telefonate, die Reporter. Während der ganzen Zeit warst du nur zur Hälfte bei mir, aber ich habe mich nie beklagt. Als der Junge wieder bei uns war, dachte ich, das alles hätte ein Ende. Ich glaubte, du würdest dich von dieser ... Obsession lösen. Aber es ist schlimmer geworden.«
Anna reagierte mit Entrüstung. »Wie kannst du das behaupten? Eine Obsession. Ich mußte nach meinem Sohn suchen. Ich konnte ihn nicht einfach vergessen. Dann hätte ich mir nicht mehr ins Gesicht sehen können. Hast du das etwa von mir erwartet?«
Thomas schwieg.
»Und als Rambo mich kontaktierte und sagte, er hätte mir etwas Lebenswichtiges über Paul zu berichten, da mußte ich herausfinden, was es war.«

»Ja, alles geschieht nur zum Wohle Pauls«, sagte Thomas flach.
»Das stimmt«, entgegnete Anna. »Ich mußte versuchen, ihn zu beschützen.«
»Und Tracy und ich? Zählen wir denn nicht? Was würde denn sein, wenn dir etwas passiert wäre?«
»Ich hatte nicht das Gefühl, mich in Gefahr zu begeben. Er wollte doch nur Geld.«
»Ein Krimineller auf der Flucht. Ein Verrückter ...«
»Tom, ich war verzweifelt. Ich mußte herausfinden, was Rambo wußte. Er behauptete, unser Sohn sei in Gefahr. Ich mußte es einfach herausfinden.«
»Hör mir doch mal zu, Anna!« schrie Thomas seine Frau an. »Begreifst du denn nicht? Kein Opfer ist für Paul zu groß. Erst die Suche, dann Rambo. Jetzt hast du dir in den Kopf gesetzt, daß der Junge krank ist, und du wirst die Runde bei allen Ärzten machen. Und was kommt dann? Wo soll das denn enden, Anna?«
Anna starrte ihren Mann an, wollte protestieren, dann schüttelte sie den Kopf. »Die Fürsorge meinem Sohn gegenüber wird nie enden«, sagte sie ruhig, »ebenso wie meine Fürsorge dir und Tracy gegenüber nie enden wird ...«
Thomas schnaubte verächtlich. »Fürsorge. So nennst du das also?« Er ging zum Schrank, öffnete die Tür und sah hinein.
Anna stand auf und schüttelte ungläubig den Kopf. »Hast du dir schon einmal überlegt, daß du unrecht haben könntest? Seit wir die Nachricht von Pauls Rückkehr erhielten, hast du dich in dich selbst zurückgezogen. Du sprachst nicht darüber. Du hast nie gezeigt, daß du glücklich bist. Das hätte der schönste Moment unseres Lebens werden können. Warum zeigst du keine Gefühle?«

Thomas sah sie müde an. »Er ist ein Fremder, Anna. Er ist jemand, den wir überhaupt nicht kennen.«
»Wie kannst du das sagen?« flüsterte Anna. »Dieser Junge ist unser Sohn.«
Thomas schüttelte den Kopf und schlug die Schranktür zu. »Für mich ist er ein Fremder. Ich kann nicht vorgeben, ihn zu lieben. Ich fühle nichts für ihn.«
Anna war über seine Worte derart schockiert, daß sie eine Weile nicht sprechen konnte. Dann sagte sie: »Vielleicht ist es besser, wenn du gehst.«
Thomas nahm seinen Koffer und schloß ihn. »Ich kann nicht anders«, sagte er. »So fühle ich eben.«
»Nun, dann geh. Geh«, sagte Anna. Sie öffnete die Schlafzimmertür. »Du gehörst nicht mehr hierher.«
Thomas ging. Anna hörte seine Schritte auf der Treppe.
»Wie konntest du das nur tun?« flüsterte sie und starrte ins Leere.

Paul hörte die sich streitenden Stimmen, konnte aber nicht verstehen, was gesagt wurde. Er saß zusammengekauert in dem Stuhl, der neben seinem Schreibtisch stand. Nur das Mondlicht erhellte das Zimmer und warf gespenstische Schatten.
Einmal hatte er mit einem Freund zusammen im Wald einen Toten gefunden. Der Mann war ein Landstreicher gewesen und hatte neben einem erloschenen Feuer gelegen. Er war erfroren. Paul hatte den Anblick dieses steifen Körpers nie vergessen können, den offenstehenden Mund und die glasigen Augen, bar jeden Ausdrucks. Jedesmal, wenn er sich seinen Vater, erhängt in dem Motelzimmer, vorstellte, mußte er an diesen Toten im Wald denken. Auch

fragte er sich mit einigem Unbehagen, ob Albert Rambo trotz seiner ständigen Gebete wirklich in den Himmel kommen würde. Und wenn, dann nur durch die Vermittlung seiner Mutter.

Aber nein, sie waren beide Kidnapper gewesen und mußten bestraft werden. Und jetzt waren beide tot. Ob er wohl schuld an ihrem Tod war? Der Gedanke machte ihn ganz schwach. Sie existierten nicht mehr. Auch Sam existierte nicht mehr.

Aber er fühlte keine Trauer über den Tod seines Vaters. Jedenfalls nicht so, wie er um seine Mutter getrauert hatte. Und jetzt war er ganz allein. Allein mit diesen Leuten. Den Langes. Er war Paul. Ihr Sohn. Es war, als wäre sein Leben eine einzige große Lüge, und nun war er gezwungen, den Rest seines Lebens diese Lüge zu leben.

Aber er mußte auch daran denken, daß Anna zu Rambo mit dem Geld gegangen war, um etwas über ihn herauszufinden. Und dieser Gedanke wärmte ihn einen Augenblick, doch dann senkte sich diese schreckliche Einsamkeit wieder über ihn.

12.

Thomas trommelte mit den Fingerspitzen auf Gail Kellehers Couchtisch. »Vielen Dank für die Einladung«, sagte er. »Ich hatte etwas Abwechslung dringend nötig.«

Gail zog die Beine aufs Sofa und lehnte sich bequem in die Kissen zurück. Sie nippte von ihrem Wein und sah ihn über den Rand ihres Glases an. »Ich bin froh, daß Sie vorbeigekommen sind.«

»Ich wußte nicht, ob Sie zu Hause sind.«
»Sie dachten wohl, ich würde bis zum Morgengrauen tanzen und Champagner trinken.«
»Nun, etwas Ähnliches«, entgegnete Thomas und zuckte die Schultern.
»Das liegt mir nicht.«
»Ich bin überrascht«, sagte er. »Sie sind sehr attraktiv, und Sie leben allein.«
»Oh, ich kenne viele Männer«, antwortete sie. »Aber nur wenige mag ich wirklich. Man trifft selten jemanden, der tatsächlich menschliche Qualitäten hat.«
Thomas sah sie an und war wie elektrisiert von der Eindringlichkeit ihres Blicks. Er sah schnell weg und betrachtete das modern und geschmackvoll eingerichtete Apartment.
»Es gefällt mir hier«, sagte er.
»Es war auch Zeit, daß Sie einmal gekommen sind. Möchten Sie noch ein Glas Wein?«
»Ja, danke«, entgegnete er nervös.
Er beobachtete sie, während sie ihm einschenkte. »Sie haben mir noch immer nicht gesagt, warum Sie hier sind.«
Thomas starrte auf die bernsteinfarbene Flüssigkeit in seinem Glas. »Ich bin ausgezogen«, sagte er und fühlte sich dabei wie ein kleiner Junge, der von zu Hause weggelaufen ist.
»Was ist passiert?«
»Nun, Sie haben sicher davon gehört, daß Anna den Kidnapper tot in seinem Motelzimmer aufgefunden hat, und ...«
»Es war in den Nachrichten«, unterbrach ihn Gail.
Thomas seufzte. »Ach, ich weiß nicht recht. Ich kann das alles einfach nicht mehr ertragen.«

»Warum hat sie das getan?« fragte Gail. »Das war doch verrückt.«
Thomas gab es einen Stich. Instinktiv verteidigte er seine Frau. »Sie stand in letzter Zeit unter einem ziemlich großen Druck. Bei ihr dreht sich alles nur noch um den Jungen.«
»Das scheint mir krankhaft zu sein. Ich weiß nicht, wie Sie das so lange ertragen konnten.«
Thomas seufzte wieder und starrte seine Hände an. Er wollte darüber nicht sprechen, und er wußte, daß Gail nur für ihn Partei ergreifen würde. Auch fühlte er sich schuldig, über Anna auf diese Weise zu reden. Er wollte nur getröstet werden, sie berühren und alles vergessen.
Als ob Gail Thomas' Gedanken gelesen hätte, legte sie ihre Hand auf seinen Arm. Thomas sagte stockend: »Als Paul am Freitag kam ... Er ist so völlig fremd. Ich weiß nicht, was ich erwartete, aber ...« Ein Schluchzen stieg ihm in die Kehle.
»Es war schwer, nicht wahr?«
Thomas schwieg. Dann schüttelte er den Kopf und sagte: »Ich bin heute abend kein guter Gesellschafter.« Er leerte sein Glas und stellte es auf den Tisch. »Ich gehe jetzt besser ins Hotel.«
Gail stellte ebenfalls ihr Glas hin. Sie ging zu ihm. Er konnte ihre Brüste in dem tiefausgeschnittenen Kleid sehen.
»Sie brauchen nicht ins Hotel zu gehen«, sagte sie.
Thomas sah ihr in die Augen. Sie waren voller Zärtlichkeit und Mitgefühl.
»Ich bin sehr glücklich, daß Sie gekommen sind«, sagte sie sanft.
Thomas schloß die Augen und schluckte. Trotz der Kli-

maanlage wurde ihm plötzlich sehr heiß. Ihre Finger brannten auf seinem Arm. Mit einem Stöhnen zog er sie in seine Arme.

Anna betastete die leere Stelle im Bett neben sich und erwachte. Das helle Sonnenlicht tat ihren Augen weh, die noch vom Weinen in der vergangenen Nacht brannten. Aber die Nacht ist wenigstens vorbei, dachte sie.

Sie drehte sich auf den Rücken und starrte zur Decke. Die Erinnerung an Thomas' Worte, die Vehemenz, mit der er gesprochen hatte, riefen in ihr jetzt – nach ein paar Stunden Schlaf – eher Ungläubigkeit als Zorn hervor.

Sie mußte sich eingestehen, daß auch sie nicht mehr an Pauls Rückkehr geglaubt hatte. Keine Hoffnung mehr zu haben, war eine Sache. Aber Thomas schien Paul überhaupt nicht wiederhaben zu wollen. Und das war etwas ganz anderes. Sie glaubte, eine Seite an ihrem Mann zu entdekken, die sie bisher noch nicht kennengelernt hatte, die ihr einfach unfaßbar war, denn früher war er immer zärtlich und besorgt gewesen.

Aber Grübeln ist jetzt zwecklos, schalt sie sich. Als erstes heute morgen mußte sie mit Paul zum Arzt gehen. Sie war jetzt davon überzeugt, daß er krank war. Und wenn sie auch die Diagnose fürchtete, so duldete der Arztbesuch keinen Aufschub mehr. Dieser Gedanke befähigte sie zum Aufstehen.

Sie duschte und zog sich an. Als sie aus dem Schlafzimmer trat, sah sie, daß Pauls und Tracys Zimmertüren noch geschlossen waren. Leise ging sie die Treppe hinunter. Sie wollte die Kinder nicht stören. Sie ahnte, daß Paul sich vor dem Arztbesuch fürchtete, und Tracy würde sicher enttäuscht sein, wenn sie hörte, daß Thomas sie verlassen hatte. Tracy hatte immer eine bessere Beziehung zu ihrem Vater als zu ihr gehabt.

Anna ging in die Küche und bereitete das Frühstück vor. Als sie gerade Milch in den Krug goß, sagte Tracy: »Mami?«

Sie stand in der Tür, mit T-Shirt und Shorts bekleidet. Seit Sonntagabend hatten sie nicht viel miteinander geredet, aber Tracy schien sich nach dem Ausbruch besser zu fühlen. Und Anna fürchtete, daß die Nachricht von Thomas' Weggehen wieder ein angespanntes Klima zwischen ihnen schaffen würde. Sie stellte den Milchkrug auf den Tisch und tat Brot in den Toaster.

»Hallo, Liebling. Wann bist du aufgestanden? Ich habe dich gar nicht gehört.«

»Gerade eben«, sagte Tracy. »Wo ist Daddy?«

Das kam schnell, dachte Anna. Sie seufzte. »Er ist nicht hier.«

Tracy nahm eine Orange aus dem Korb mit Früchten und schälte sie. »Ist er so früh gegangen?« fragte sie beiläufig. Sie steckte sich ein Stück der Frucht in den Mund, die Augen wachsam auf ihre Mutter geheftet.

Anna spürte die Spannung in Tracy. Ihr wurde klar, daß Tracy ahnte, daß etwas nicht stimmte. Sie wußte nicht, wie sie anfangen sollte. Tracy half ihr aus der Verlegenheit.

»Was ist passiert?« fragte sie sachlich, aber Anna hörte das Zittern in ihrer Stimme.

»Tracy, dein Vater und ich haben gestern abend gestritten, und er beschloß, für eine Weile nicht hier zu leben.«

»Was soll das heißen?« fragte Tracy ungläubig. »Ist er ausgezogen?«

Anna war versucht, das zu verneinen. Dann ließ sie die

Schultern hängen und nickte. »Für eine Weile.« Sie beschönigte den Sachverhalt.
»Was heißt das: ›für eine Weile‹?« schrie Tracy. »Wann kommt er wieder nach Hause?«
Anna schwieg. Dann antwortete sie zögernd: »Ich weiß es nicht.«
Tracy spie ein Stück Orange aus. »Du willst wohl nicht sagen: nie mehr.«
»Nein, ich weiß es wirklich nicht.«
»Er ist einfach so gegangen? Ohne mir auf Wiedersehen zu sagen?«
»Du hast geschlafen. Er wollte dich nicht wecken. Tracy, er liebt dich. Du wirst ihn sehen. Auf dich ist er nicht böse.«
»Was hast du ihm angetan?« fragte Tracy anklagend. Dann schrie sie heraus: »Ich kann das einfach nicht glauben!« Tränen traten ihr in die Augen, und sie wischte sie ärgerlich weg.
Anna sah ihre Tochter traurig an, die versuchte, mit diesem entsetzlichen Verlust fertigzuwerden. Wieder – wie jeden Tag – mußte sie an die Szene in Tracys Zimmer denken. Was habe ich dir nur angetan? dachte sie.
»Tracy, es tut mir leid. Ich weiß, du hältst mich für schuldig, und ich weiß, wie sehr du deinen Vater liebst. Aber ich habe getan, was ich tun mußte. Ich habe versucht, das deinem Vater verständlich zu machen, aber wenn es mir nicht gelingt ... dann weiß ich auch nicht mehr weiter.«
»Was hast du getan, daß er gegangen ist?«
Anna war müde, doch mit einemmal wurde ihr bewußt, daß es zu viele Dinge gab, über die nie gesprochen worden war. Sie atmete tief ein.
»Dein Vater war sehr zornig über das, was ich gestern getan habe.«

»Was denn? Weil du zu dem Typ gegangen bist?«
»Ja. Ich ging zu ihm, ohne es Daddy zu sagen. Du kennst doch die ganze Geschichte.«
»Ich kenne sie. Er wollte dir etwas über Paul erzählen.«
»Ja«, antwortete Anna. »Und er wollte dafür Geld haben. Das Geld hatte ich bei mir. Das alles tat ich, ohne es deinem Vater zu sagen.«
»Ist er wegen des Geldes wütend?«
»Nein, Liebling. Er ist wütend, weil ich leichtsinnig gehandelt habe. Er hat das Gefühl, daß ich dabei weder an dich noch an ihn dachte. Das stimmt nicht, aber er glaubt mir nicht.«
Tracy steckte wieder ein Stück Orange in den Mund und sagte dann nachdenklich: »Das verstehe ich nicht. Hätten wir dich begleiten sollen?«
»Nein. Er hatte Angst, daß mir etwas passieren könnte. Daß ich nur wegen Paul eine große Gefahr eingegangen bin.«
Tracy nickte. »Das kann ich verstehen. Aber du mußtest doch herausfinden, was er über Paul wußte«, sagte sie einfach.
Anna war völlig überrascht. Mit offenem Mund starrte sie ihre Tochter an. »Ja. Das dachte ich auch.« Sie wollte noch mehr sagen, schwieg aber klugerweise. Erklärungen waren jetzt fehl am Platz.
Schließlich murmelte sie: »Du wirst schon sehen, es wird alles wieder gut werden.«

Als Edward den Morgenzug bestieg, schreckte er förmlich vor der Hitze zurück.
»Ich weiß«, sagte der Schaffner neben ihm. »Es ist wie in einer Sauna hier. Die Klimaanlage ist ausgefallen.«

Edward setzte sich und unterdrückte ein Stöhnen, als er den Mann neben sich erkannte. Harold Stern, ein kleiner Immobilienmakler, der seiner Aufmerksamkeit gar nicht wert war. Edward sah schnell zur Seite und gab vor, ihn nicht bemerkt zu haben.

»Hallo, Edward«, sagte Harold. Er schien die Beleidigung nicht zu bemerken. »Heute ist es aber wirklich heiß hier drin.«

Edward lächelte zustimmend, und die beiden saßen eine Weile schweigend da.

»Hör mal«, sagte Harold, als Edward sein *Wall Street Journal* entfaltete, »diese Geschichte über die Familie Lange ist doch wirklich unglaublich. Du bist doch ziemlich gut mit ihnen befreundet, nicht wahr?«

Edward nickte herablassend. »Wir sind schon seit einiger Zeit Nachbarn. Du sprichst wohl davon, daß ihr Sohn so plötzlich wieder aufgetaucht ist.«

»Ja, und dann hat Mrs. Lange doch gestern den Entführer tot aufgefunden. Es heißt, er hat Selbstmord begangen. Mein Gott!«

»Anna hat ... diesen Mann gefunden?«

»Meine Frau hörte es gestern abend im Radio.«

Schweiß bildete sich auf Edwards Stirn und lief ihm in kleinen Bächen übers Gesicht. »Das verstehe ich nicht. Wie konnte Anna ...?«

»Über die Einzelheiten bin ich nicht informiert. Vielleicht steht etwas in den Morgenzeitungen.« Harold öffnete seinen Aktenkoffer und holte die *Daily News* heraus.

Edward beobachtete entsetzt und gleichzeitig fasziniert, wie Harold die Schlagzeilen überflog.

»Hier steht es«, sagte Harold. »Auf Seite drei.«

»Laß mich sehen«, drängte Edward.
»Gleich«, entgegnete Harold.
»Ich will es lesen«, sagte Edward schrill.
Harold sah ihn überrascht an.
»Es sind Freunde von uns. Nachbarn. Das Ganze regt mich schrecklich auf«, erklärte Edward und nahm Harold die Zeitung aus der Hand. Während er las, wurde sein Gesicht immer bleicher. Sein Herz klopfte wild, und ihm wurde übel.
»Mein Gott«, sagte Harold, der Edward beobachtete, »du siehst furchtbar aus. Bist du in Ordnung?«
»Ja, ja. Das ist nur eine schockierende Nachricht«, murmelte Edward.
»Es hätte schlimmer ausgehen können. Wenigstens wurde niemand verletzt.«
»Die Hitze bekommt mir nicht«, sagte Edward und gab Harold die Zeitung zurück. Er blickte aus dem Fenster. Wie hatte Anna nur Rambo finden *können*? Sie mußte irgendwann mit ihm gesprochen haben. Was hatte Rambo ihr erzählt? Er mußte sofort nach Hause, um das herauszufinden. Mit dem nächsten Zug würde er zurückfahren. Falls die Polizei ihn nicht schon am Bahnhof erwartete.
»Diese verdammte Bahn«, stimmte Harold verärgert zu.
»Man kann kaum atmen«, sagte Edward. Seine Hände zitterten.

13.

Das Telefon läutete, und Anna fuhr hoch und beobachtete die Arzthelferin, die den Anruf beantwortete.
Anna seufzte und sah auf die Uhr. Seit nahezu einer Dreiviertel Stunde saß sie nun im Wartezimmer und wartete auf Paul, der von ihrem Hausarzt, Dr. Derwent, untersucht wurde.
»Mrs. Lange«, sagte die Helferin und legte den Hörer auf die Gabel zurück, »Dr. Derwent möchte Sie sprechen.«
Anna lächelte dankbar und ging ins Sprechzimmer. Sie setzte sich auf den Stuhl neben dem Schreibtisch des Arztes und wartete. Kurz darauf betrat Dr. Derwent den Raum.
»Paul ist in ein paar Minuten fertig, Anna«, sagte er. »Er zieht sich noch an.«
Vergeblich versuchte Anna in dem vertrauten Gesicht des Arztes zu lesen. »Wie geht es ihm, Doktor?« fragte sie.
Dr. Derwent lehnte sich in seinem Sessel zurück. »Nun, ich habe ihn einer Reihe von Tests unterzogen, deren Resultate erst in ein paar Tagen vorliegen.«
Anna verschränkte die Hände im Schoß und starrte darauf. »Ich verstehe.«
»Aber eigentlich gibt nichts Anlaß zur Besorgnis, Anna.«
Annas Kopf fuhr in die Höhe. Sie sah den Arzt ungläubig an. »Er ist gesund?« flüsterte sie.
Der Arzt hob die Hand. »Ich bin kein Spezialist auf diesem Gebiet, wie Sie wissen. Aber oft kann man einen Gehirntumor auch durch eine Augendiagnose feststellen. Negativ. Außerdem habe ich ihn gewisse andere Tests machen lassen, ihn geröntgt und Blut entnommen und seine Reflexe geprüft. Soweit ich bisher feststellen kann, ist alles völlig

normal. Ich sollte Ihnen das vielleicht nicht sagen, ehe die endgültigen Resultate vorliegen, aber wir kennen uns jetzt schon sehr lange, und ich möchte nicht, daß Sie sich unötige Sorgen machen.«

»Ich kann nur eins nicht verstehen«, sagte Anna. »Woher kommen dann die Kopfschmerzen und Schwindelanfälle ...«

»Das kann die verschiedensten und nicht immer organische Ursachen haben. Der Junge steht unter einem sehr starken Druck. Außerdem ist er erschöpft. Er braucht Ruhe.«

»Er hat Alpträume«, sagte sie.

»Ich kann ihm ein leichtes Schlafmittel verschreiben. Und morgen sollten Sie ihn zu einem Spezialisten bringen, der ein EEG machen kann.«

Anna blickte Dr. Derwent verwirrt an. »Jetzt weiß ich überhaupt nicht mehr, woran ich bin.«

»Anna, das geschieht einzig deshalb, damit Sie beruhigt sind. Ich bin der Ansicht, daß ein Neurologe auch keine andere Diagnose als ich stellen wird. Außerdem wird es Sie eine Menge Geld kosten, das Sie sich sparen könnten.«

Anna schüttelte den Kopf und lächelte den Arzt an. »Ich kann gar nicht sagen, wie dankbar ich Ihnen bin, Doktor. Das ist eine wunderbare Nachricht.«

Der Arzt tätschelte ihre Hand. »Das macht mich immer glücklich, wenn ich gute Nachrichten bringe.«

Anna stand auf. »Ich lasse diese anderen Tests gleich morgen machen.«

»Anna«, sagte der Arzt und stand ebenfalls auf. »Vielleicht sollten Sie den Jungen von einem Psychologen untersuchen lassen. Seine Beschwerden könnten psychische Ursachen haben. Die ganzen Umstände lassen das vermuten.«

»Ich habe schon mit Tom darüber gesprochen«, sagte sie. »Er hielt nicht viel davon. Er meinte, die Dinge würden schon von ganz allein wieder in Ordnung kommen.«
»Reden Sie noch einmal mit ihm«, riet Dr. Derwent. »Sagen Sie ihm, ich hätte es vorgeschlagen.«
Anna nickte nur. Sie wollte nicht erwähnen, daß Tom sie verlassen hatte. Wie in einer Art Trance kehrte sie ins Wartezimmer zurück.
Er ist gesund, er ist gesund, wiederholte sie sich ständig. Sie konnte es einfach nicht fassen. Aber wenn Paul nicht krank war, warum sollte dann sein Leben in Gefahr sein, wie Rambo behauptet hatte?
»Hallo«, sagte da eine ruhige Stimme neben ihr.
Anna schrak zusammen und sah in das erschöpfte Gesicht ihres Sohnes.
»Paul!« rief sie. »Wie fühlst du dich?«
»Gut«, entgegnete er. »Können wir jetzt endlich gehen?«

Thomas betrachtete die ausgestellten Seidenkrawatten. Er nahm eine und starrte das Muster geistesabwesend an. Dann legte er sie wieder zurück.
»Ich glaube, diese da ist ganz hübsch«, sagte da Gail, die neben ihn getreten war. Sie bemerkte Thomas' Verwirrung und fragte: »Was ist los? Du siehst ganz durcheinander aus.«
»Es ist so voll hier.«
»Das ist es immer um die Mittagszeit.«
»Komm, wir gehen.«
»Und der Schlips? Du brauchst doch einen passenden zu deinem grauen Anzug. Das hast du selbst gesagt.«
Thomas zuckte mit den Schultern. »Ich war wohl mit

meinen Gedanken ganz woanders, als ich den Koffer packte.«

Gail gab es einen Stich, als sie den Ausdruck in seinen Augen sah. Mit erzwungener Fröhlichkeit sagte sie: »Wie wäre es mit diesem hier? Der würde passen.«

Desinteressiert blickte Thomas den Schlips in ihrer Hand an. »Ja. Der ist schön.« Er griff in die Innentasche seines Jacketts und wollte seine Brieftasche ziehen, doch Gail hinderte ihn daran.

»Den schenke ich dir«, sagte sie fröhlich.

Thomas schenkte ihr ein kurzes Lächeln.

»Du wartest draußen auf mich«, sagte sie.

»Vielen Dank«, antwortete er. »Ich warte vor St. Patrick's.«

Mühsam bahnte er sich einen Weg durch die drängelnde Menge und ging nach draußen, auf die Fifth Avenue.

Das Gedränge auf dem Bürgersteig war fast ebenso groß wie im Kaufhaus, aber er stieß einen Seufzer der Erleichterung aus, weil er nicht mehr drinnen war. Die Luft war schwül und voll vom Gestank der Abgase.

Thomas überquerte die Straße und setzte sich auf die Stufen vor der Kirche. Hinter ihm hatte sich eine Familie aus Puerto Rico stolz vor dem Portal zu einem Gruppenfoto aufgestellt. Thomas beobachtete den Vater, der seine Kinder in die richtige Position dirigierte. Die Mutter hatte ihre Hände beschützend auf die Schultern eines der kleinen Jungen gelegt.

Thomas drehte sich um und starrte über die Straße auf die besetzte Telefonzelle. Wahrscheinlich sind die beiden jetzt vom Arzt zurück, dachte er. Den ganzen Morgen hatte er – nicht ohne eine gewisse Verwunderung – an Paul denken müssen und sich gefragt, wie das Ergebnis der Untersuchungen ausfiele. Sein Weggehen gestern abend hatte Anna wohl eine schlaflose Nacht beschert, dachte er plötzlich voller Schuldgefühle. Sie mußte völlig erschöpft sein. Er konnte sich die Müdigkeit in ihren Augen vorstellen. Du wolltest sie bestrafen, rief er sich ins Gedächtnis zurück. Und gestern abend hatte er auch geglaubt, daß sie es verdiente. Doch jetzt war er seiner Sache gar nicht mehr sicher. Er wünschte, er wäre bei ihr.

Die Telefonzelle war jetzt leer. Thomas stand auf und klapperte gedankenverloren mit dem Kleingeld in seiner Tasche. Da sah er aus den Augenwinkeln Gail auf sich zukommen. Unter dem Arm trug sie ein flaches Päckchen, das sie ihm gab.

»Wir gehen besser ins Büro zurück«, sagte er.

Gail nickte, und sie gingen gemeinsam die Stufen hinunter. Er fühlte mehr, als er sah, daß sie ihn prüfend betrachtete. Er wollte sie nicht verletzen, aber er konnte einfach die melancholische Stimmung, die ihn überfallen hatte, nicht abschütteln. Ich gebe wohl kaum das glückliche Bild eines Mannes ab, der mit seiner Geliebten zusammen ist, dachte er mit einem Anflug von Selbstironie.

»Ganz in meiner Nähe ist ein nettes mexikanisches Lokal«, sagte Gail fröhlich. »Wie wäre es, wenn wir da zum Dinner hingingen?«

»Das hört sich fabelhaft an«, entgegnete er mit gezwungenem Enthusiasmus.

Gail lächelte und hakte ihn unter.

Gus de Blakey winkte und strahlte das Neugeborene an, das eine Säuglingsschwester ihm hinter der Glasscheibe hinhielt.

»Entschuldigung, Mr. de Blakey?« sagte da plötzlich eine Stimme neben ihm.

Gus wandte sich um und stand einem gutaussehenden, korrekt gekleideten Mann gegenüber. »Ja. Der bin ich.«

»Es tut mir leid, Mr. de Blakey, aber ich muß mit Ihnen reden«, sagte Buddy Ferraro.

Gus spitzte die Lippen. »Schon wieder ein Cop«, sagte er resigniert.

»Ich habe eine Weile im Motel auf Sie gewartet, aber das Zimmermädchen sagte mir, ich könnte Sie hier finden.«

»Geht's immer noch um diesen Rambo? Ich habe nichts als Ärger mit ihm gehabt«, sagte Gus und biß die Spitze einer Zigarre ab.

»Ich fürchte, ja«, stimmte Buddy zu.

»Na, gut«, murmelte Gus. »Gehen wir nach draußen. Hier drin darf ich nicht rauchen. Ich dachte, ich hätte Ihren Jungs alles erzählt.«

»Ich komme nicht aus Kingsburgh, sondern aus Stanwich, wo die Langes leben«, erklärte Buddy.

»Nun, dann schießen Sie los. Was wollen Sie wissen?«

Jetzt, wo Buddy die Aufmerksamkeit des Mannes hatte, wußte er nicht mehr, wo er anfangen sollte. Ihn plagten Zweifel. Aus zwei Gründen konnte er nicht an Rambos Selbstmord glauben. Einmal rein intuitiv. Der zweite Grund war präziser. Der Polizeiarzt hatte ihm mitgeteilt, daß sich Rambo kurz vor seinem Tod die Haare gefärbt hatte. Und diese Tatsache weckte Zweifel in ihm. Warum sollte sich ein Mann – selbst ein Verrückter wie Rambo – kurz vor seinem Selbstmord die Haare färben? Aus diesem Grund wollte er den Besitzer des Motels noch einmal selbst befragen.

»Hatte Rambo, während er bei Ihnen wohnte, noch andere Besucher?«
»Nein«, antwortete Gus. »Nur Mrs. Lange. Das kann ich mit Bestimmtheit sagen.«
»Fiel Ihnen im Zimmer etwas auf?«
»Nichts«, sagte Gus. »Außerdem hat die Polizei alles mitgenommen und eine Liste davon gemacht. Sicherlich haben Sie die Sachen gesehen.«
»Das habe ich«, sagte Buddy mit einem Seufzer.
»Ich wünschte, ich könnte Ihnen helfen«, meinte Gus.
»Ich weiß«, entgegnete Buddy. »Sehen Sie, ich muß für ein paar Tage verreisen, aber ich lasse Ihnen meine Visitenkarte da. Falls Ihnen noch irgend etwas einfällt, sollte es Ihnen auch noch so unbedeutend erscheinen, rufen Sie mich bitte an?«
»Natürlich«, sagte Gus, »obwohl mir schleierhaft ist, warum Sie sich so viele Gedanken um diesen Burschen machen. Zum Glück sind wir ihn los.«
Buddy verzog das Gesicht zu einer Grimasse. »Ich war so lange hinter ihm her, daß ich nicht einfach aufgeben kann. Also, noch einmal vielen Dank, Mr. de Blakey«, sagte er und ging.

14.

Ein halb aufgegessenes Thunfischsandwich lag auf dem Teller. Anna nahm den Teller und stellte ihn auf die Arbeitsplatte neben dem Spülbecken. Zuerst, als sie vom Arzt nach Hause gekommen waren, hatte Paul gesagt, er wäre nicht hungrig, aber als sie das Sandwich vor ihn

hinstellte, hatte er doch davon gegessen. Dann war er nach oben gegangen, um sich auszuruhen.
Ich werde dich schon noch dick machen, dachte Anna, jetzt, wo ich weiß, daß du gesund bist. Gesund. Eine Welle des Glücks überlief sie, als sie an die Diagnose des Arztes dachte, die ihr erst allmählich bewußt wurde. Er würde groß und stark werden, ihr Sohn. Und jetzt, da Rambo tot war, hatten sie nichts mehr zu befürchten. Erschöpft lehnte sich Anna einen Augenblick gegen das Spülbecken. Sie würde aufhören, sich Sorgen zu machen, Thomas' Worten zum Trotz. Die Sorgen vergessen und alles daransetzen, ihr Leben wieder in Ordnung zu bringen.
Ein leises Geräusch von der Eingangstür weckte ihre Aufmerksamkeit. Auf Zehenspitzen schlich sie durch das Eß- und Wohnzimmer zum Fuß der Treppe und legte den Kopf auf das Geländer. Angestrengt lauschte sie nach oben, aber in den Zimmern war es still. Er ist in Ordnung, versicherte sie sich wieder. Kurz huschte ihr der Gedanke durch den Kopf, was Thomas empfinden würde, wenn er es wüßte. Eine plötzliche Schwäche überkam sie, das dringende Bedürfnis, die Neuigkeit mit ihm zu teilen. Neben dem Telefon im Flur blieb sie stehen, ihre Hand hing über dem Hörer. Es wäre eine Gelegenheit, den Kontakt mit ihm wieder herzustellen und ihn wissen zu lassen, daß sie noch immer ihr Leben mit ihm teilen wollte. Dann erinnerte sie sich, was er über Paul gesagt hatte: daß er ein Fremder war. Kopfschüttelnd wandte sich Anna vom Telefon ab und marschierte resolut in die Küche. Sie ging zum Spülbecken und kratzte mit einer Gabel die Überreste des Sandwichs in den Mülleimer. Sie drehte den Wasserhahn auf und ließ den Strahl über den Teller laufen. Plötzlich legte sich eine Hand

auf ihre Schulter. Sie schrie auf, preßte sich gegen das Spülbecken.
Schuldbewußt zog Edward Stewart seine Hand zurück. Noch völlig verstört beugte sich Anna vor und drehte den Wasserhahn zu.
»Edward!« rief Anna, drückte eine Hand gegen ihre Brust, so als wollte sie ihr heftig klopfendes Herz beruhigen. »Ich habe dich nicht hereinkommen hören.«
»Die Eingangstür war offen.«
»Oh«, sagte sie und holte tief Luft. »Ich hing Tagträumen nach. Hier, setz dich. Setz dich.« Sie nahm einen Stapel sauber gefalteter Geschirrtücher von einem der Küchenstühle. Sie warf ihrem Besucher, der einen Straßenanzug und Krawatte trug, einen flüchtigen Blick zu. Sein Gesicht über dem weißen Hemdkragen war blaß. Ihn hier in ihrer Küche sitzen zu sehen, machte sie irgendwie nervös. Es war das erste Mal in ihrer langjährigen Bekanntschaft, daß Edward sie allein besuchte.
»Arbeitest du heute nicht?« fragte sie.
»Es lag nichts Wichtiges vor. Also beschloß ich, nach Hause zu fahren.«
Anna nickte, obwohl sie überrascht war. Sie wußte sehr gut, daß Edward ein besessener Geschäftsmann war, der soviel Zeit wie nur irgend möglich im Büro verbrachte. Sie und Tom hatten sich manchmal gefragt, wann er und Iris sich je sahen.
»Anna«, sagte er, »ich bin gekommen, um mich zu vergewissern, ob bei euch auch wirklich alles in Ordnung ist. Ich habe die gräßliche Neuigkeit heute morgen in der Zeitung gelesen.«
Also das war es, dachte Anna, gleichzeitig überrascht und

gerührt über seine Anteilnahme. Selbst den gefühllosen Edward hatten die jüngsten Ereignisse anscheinend schokkiert. Vielleicht hatte er gelegentlich doch so etwas wie menschliche Regungen. »Es war schrecklich«, gab sie zu. »Wie nett von dir, mich zu besuchen.«

»Ich ... wir hatten keine Ahnung, daß dieses Scheusal Verbindung mit dir aufgenommen hatte«, sagte Edward. »Was in aller Welt hat er zu dir gesagt?«

Anna rieb sich mit dem Handrücken die Augen. »Oh ... diese ganze Geschichte. Er hat mich auf dem Parkplatz des Einkaufszentrums abgepaßt. Am Sonntag, glaube ich, war es.«

»Sonntag«, murmelte Edward und rechnete im Geist nach, »als wir unsere Party gaben.«

»Er sagte, er hätte mir etwas über Paul zu sagen und daß Paul in Gefahr wäre. Und er wollte Geld für die Information.«

»Großer Gott!« sagte Edward.

»Ich weiß«, entgegnete Anna. »Kann ich dir etwas anbieten? Ein Bier oder ein Sodawasser oder etwas anderes?«

»Nein, nichts«, lehnte Edward rasch ab. »War das alles, was er dir erzählte?«

»Ich flehte ihn an, mir mehr zu sagen, aber er weigerte sich.«

Edward hätte vor Erleichterung auflachen können, doch er blieb ernst. »Aber warum bist du dorthin gegangen? Warum hast du nicht einfach die Polizei gerufen?«

»Nun, um ehrlich zu sein, ich hatte einen Argwohn, daß etwas nicht stimmte.«

Edward rutschte auf die Stuhlkante vor. Hektisch massierte er den Rücken seiner linken Hand mit den Fingern der rechten. »Das verstehe ich nicht«, sagte er.

»Es geht um Paul. Er war nicht ... nun, er war krank, wie du ja weißt. Dieser Vorfall in deinem Haus, das war nicht der erste dieser Art. Er hat immer diese rasenden Kopfschmerzen, Alpträume. Seit er ... nach Hause zurückkam. Ich fürchtete ... das Schlimmste. Du kannst dir vorstellen ...«
»Wie schrecklich. Aber der Mann war schon tot, als du hinkamst. Er konnte dir nichts mehr sagen.«
»Nein«, gestand Anna. »Es war ein ziemlicher Schock. Aber heute morgen brachte ich Paul zum Arzt, und Dr. Derwent untersuchte ihn gründlich. Er hat noch nicht alle Ergebnisse, aber er ist der Meinung, daß Paul gesund ist. Es gäbe keinen Grund zur Beunruhigung, meinte er.«
»Das muß eine Erleichterung für dich gewesen sein.«
»Ja«, sagte Anna, »das war's. Ich bin sehr erleichtert.«
»Nun«, meinte Edward, »dann ist es wohl das Beste, das alles so schnell wie möglich zu vergessen. Ein normales Leben anzufangen.« Er stand auf.
»Du hast recht«, stimmte sie zu.
»Bitte, sag dem Jungen, daß ich mich nach ihm erkundigt habe.«
»Das werde ich«, versicherte Anna ihm. Sein Interesse an Paul kam ihr seltsam vor. Er zeigte sich von einer gewinnenden Seite, die sie nie in ihm vermutet hatte. Sie war immer der Ansicht gewesen, daß die Stewarts aus eigener Wahl kinderlos geblieben waren. Weil es Edwards Wunsch war. Aber jetzt wunderte sie sich einen Moment darüber. Edward ging durch das Haus auf die Eingangstür zu, und Anna folgte ihm.
»Und denk daran«, sagte er, »wenn du etwas brauchst, du kannst immer zu uns kommen. Iris und ich sind stets ...«

Ein kläglicher Schrei unterbrach seine Worte. Anna lief zur Treppe. »Das ist Paul«, rief sie.
»Was fehlt ihm?« fragte Edward.
Anna sprang bereits die Stufen, zwei auf einmal nehmend, hinauf. Edward folgte ihr schwer atmend.
Anna lief den Korridor entlang und riß die Tür zum Zimmer ihres Sohnes auf. Paul lag, vollständig angekleidet, auf der Bettdecke. Er wimmerte und stöhnte. Anna setzte sich zu ihm auf die Bettkante und nahm seine feuchten Hände in ihre. Mit der freien Hand strich sie ihm das verschwitzte Haar aus der Stirn. Die Augen des Jungen waren geöffnet, starrten aber glasig und blicklos zur Decke. Anna begann besänftigend auf ihn einzureden.
Edward trat auf Zehenspitzen hinter sie. »Ist er wach?« fragte er flüsternd.
Beim Klang von Edwards Stimme warf Paul wie ein Blinder den Kopf herum.
»Was ist los?« murmelte Anna. »Hast du geträumt?«
Pauls geistesabwesender Blick ruhte einen Augenblick auf Edwards Gesicht. Dann, plötzlich, begann er wie ein Tier in der Falle zu schreien, befreite sich aus Annas Händen und kroch weg von ihr zur anderen Seite des Bettes. »Hilf mir!« rief er. »Hilfe!« Die Worte waren kaum zu verstehen, seine Stimme war nur ein verzerrtes Krächzen.
»Es ist ja gut«, sagte Anna besänftigend. »Es ist alles gut.«
Der Junge kroch noch weiter zurück und umklammerte den Bettpfosten. Sein verstörter Blick ließ Edwards Gesicht nicht los, als er aufschrie: »Hilf mir! Verlaß mich nicht!«
»Paul«, sagte Anna, ergriff seine Handgelenke und schüttelte ihn. »Wach auf! Komm zu dir.« Ganz mit ihrem Sohn beschäftigt, merkte Anna nicht, wie ihr Besucher erstarrt

hinter ihr stand. Schweißtropfen liefen ihm über das aschfahle Gesicht, mit hervorquellenden Augen starrte er Paul an. Schritt für Schritt wich er rückwärtsgehend wie vor einer Klapperschlange zurück, den Blick wie hypnotisiert auf das gefährliche Reptil vor sich gerichtet.

»Bitte, Paul«, flehte Anna.

Der Kopf des Jungen fiel zurück, und er erschlaffte unter ihrem Griff. Er schien aufzuwachen. Blinzelnd sah er Anna an und lehnte sich entspannt gegen den Kopfteil des Bettes.

»Was ist los?« fragte er.

»Du hast geträumt ... wieder einmal.«

»Oh«, stöhnte Paul. Langsam kroch er vom Bett. »Oh. O ja«, sagte er. »Ich erinnere mich.«

»Wovon träumst du, daß du solche Angst hast?« fragte Anna.

Paul ging zur Kommode und betrachtete sich im Spiegel. Er glättete mit den Händen sein widerborstiges Haar, preßte dann die Handflächen gegen die Stirn, das Gesicht zu einer Grimasse verzogen. »Es ist immer dasselbe«, sagte er.

»Kannst du dich daran erinnern?«

»Nur teilweise. Ich weiß, daß ich auf dem Boden liege. Und da kommt ein großes schwarzes Ding auf mich zu, und ein großer goldener Vogel fliegt über mir, stößt auf mich herab. Er hat seine Krallen ausgestreckt, weißt du. Es ist wirklich erschreckend.«

»Ist das der Alptraum?«

»Nein, da ist noch etwas. Ein Mann kommt auf mich zu. Er beugt sich über mich. Manchmal denke ich, das ist wirklich passiert!« rief er aus, überrascht über seine eigenen Worte.

»Was tut der Mann?«

»Das weiß ich nicht. Aber er wird mich verletzen. Das weiß

ich. Und ich kann beinahe sein Gesicht sehen, aber nicht richtig.«
Paul erschauderte und schüttelte dann den Kopf. »Jedesmal, wenn ich einschlafe ...«
»Es muß etwas Bedrohliches sein«, meinte Anna, »wenn es dich derart quält.«
Paul zuckte die Schultern.
»Du hast uns wirklich Angst eingejagt«, sagte Anna.
Der Junge sah sie an. »Wen meinst du mit uns?«
»Mr. Stewart und mich ...« antwortete Anna und drehte sich um. Mitten in der Bewegung verharrte sie, sah, daß Edward nicht mehr im Zimmer war. »Vermutlich ist er gegangen. Er hat wahrscheinlich gesehen, wie aufgeregt du warst, und wollte nicht stören. Er ist sehr besorgt um dich, Paul.«
»Ja.« Der Junge nickte.
Auf dem Korridor konnte Edward die Stimmen der beiden deutlich hören, aber er war unfähig, sich zu bewegen. Seine Arme fühlten sich klebrig vom Schweiß an, und sein Herz pochte so heftig in seiner Brust, daß er kaum atmen konnte. Ein Krampf in seinem Magen verursachte ihm Übelkeit.
Er fragte sich, warum er nicht früher darauf gekommen war. Er war so mit Rambo beschäftigt gewesen, daß er an Paul gar nicht mehr gedacht hatte. Daß der Junge sich im Augenblick noch nicht an ihn erinnern konnte, hieß nicht, daß er es nie tun würde. Und wenn die Erinnerung wiederkehrte und er damit herausplatzte ... Bei diesem Gedanken spürte Edward einen unerträglichen Druck auf der Brust. Anna war eine Fanatikerin in allem, was den Jungen betraf. Jeder in der Stadt wußte das. Falls dieser Bengel ihn beschuldigte, würde sie der Sache nachgehen. Sie würde sie

bis zum bitteren Ende verfolgen und erst zufriedengestellt sein, wenn sie ihn ruiniert hatte.
Auf diese Geschichte würden die Zeitungen sich mit Wonne stürzen. Ein wichtiger Mann wie er, durch die Anschuldigungen eines Kindes zu Fall gebracht. Ein Ende war da nicht abzusehen. Alle, die auf ihn neidisch waren, würden seinen Untergang mit Hohngelächter begrüßen. Jetzt war ihm alles klar. Rambo zum Schweigen gebracht zu haben, bot nicht Schutz genug.
Edward wurde schwindlig. Er mußte dringend an die Luft, raus aus diesem Haus. Niemand durfte ihn in dem Zustand sehen. Er zwang sich, einen Fuß vor den anderen zu setzen, und ging leise die Treppe hinunter. Welch ein Glück, dachte er, daß er gekommen und Zeuge der Szene geworden war. Dieses Erlebnis hatte ihn endlich zur Besinnung gebracht, ehe es zu spät war.
Als er so leise wie möglich die Stufen hinabschlich, gestand er sich ein, daß er es immer gewußt hatte. Seit er erfahren hatte, daß der Junge zurückkommen würde, hatte er gewußt, daß er ihn zum Schweigen bringen mußte. Wenigstens das war ihm jetzt klargeworden. Es blieb ihm gar keine andere Wahl.

Ein stetiger Strom von Menschen flutete an den Glastüren der Telefonkabine im Foyer des Wolkenkratzers vorbei. Thomas saß in der mittleren Kabine, die Geräusche drangen nur gedämpft durch die geschlossenen Glastüren herein. Es war stickig darin, und Thomas wußte, er konnte die Entscheidung nicht länger hinauszögern. Gail würde bald herunterkommen, und wenn er erst einmal mit ihr zusammen war, würde er wahrscheinlich nicht mehr anrufen.

Er wünschte sich, er hätte nicht zugestimmt, noch eine Nacht in ihrem Apartment zu verbringen. Gleich nach dem Aufwachen heute morgen war ihm klargeworden, daß er durch die Annahme ihrer Einladung etwas vorgegeben hatte, was er nicht wirklich fühlte. Morgen mußte er sich ein Hotelzimmer suchen.

Er hatte nicht das Gefühl, daß Gail ihn unter Druck setzte – eine ihrer anziehendsten Eigenschaften in seinen Augen –, aber er wußte, es würde ihr nicht gefallen, wenn er Anna anrief.

Er wollte nur mit seiner Frau reden. Das war alles. Er wollte wissen, wie Pauls Untersuchung beim Arzt verlaufen war. Und wie es Tracy ging. Er war gegangen, ohne sich von ihr zu verabschieden. Nur diese Dinge will ich wissen, dachte Thomas, dann hänge ich wieder auf.

Thomas wählte die Nummer. Er hörte das Telefon klingeln. Ein seltsames Gefühl der Übelkeit stieg in ihm auf, und er hoffte beinahe, daß Anna nicht abnehmen würde, und als es wieder klingelte, überfiel ihn Panik bei dem Gedanken, daß er sie nicht sprechen könnte.

»Hallo.«

Thomas zuckte zusammen und wollte auflegen. Dann räusperte er sich.

»Anna?«

»Oh«, sagte sie matt. »Hallo.«

Ihre Stimme klang zurückhaltend, aber nicht ärgerlich. Thomas holte tief Luft und sprach weiter. »Habe ich dich gestört?«

»Nein, eigentlich nicht«, antwortete sie. »Ich putze gerade Gemüse.«

Er sah sie vor sich, wie sie in der Küche saß und durchs Fenster auf den Garten hinausblickte.

»Was willst du?« fragte sie mit flacher Stimme.
»Nun, ich ... ich frage mich schon den ganzen Tag. Bist du mit Paul heute morgen zum Arzt gegangen?«
»Paul?« Thomas konnte das Mißtrauen in ihrer Stimme hören. »Ja. Wir waren dort.«
»Ich war nur neugierig. Was hat er gesagt?«
»Er sagte ... wir gingen zu Dr. Derwent, und er meint, daß Paul gesund ist. Er hat keinen Tumor oder sonst etwas Besorgniserregendes feststellen können.«
»Das ist eine gute Nachricht.« Er war überrascht über die echte Erleichterung, die er bei ihren Worten fühlte.
Anna zögerte. »Ja, ein sehr positiver Bescheid. Aber heute nachmittag hatte er wieder einen Alptraum. Er wachte schreiend und in Schweiß gebadet auf. Nun«, fügte sie hinzu, »das wolltest du gewiß nicht hören.«
Sein Protest, daß es ihn sehr wohl interessiere, blieb ihm in der Kehle stecken. Die Kälte in ihrer Stimme entmutigte ihn. Für einige Sekunden herrschte Schweigen in der Leitung.
»Wie geht es Tracy?« fragte er schließlich.
»Sie ist in Ordnung. Ich habe ihr erklärt, daß wir eine Meinungsverschiedenheit haben, und sie scheint es zu verstehen.«
»Kann ich mit ihr sprechen?«
»Sie ist nicht zu Hause. Sie ißt bei Mary Ellen zu Abend und geht von da aus direkt ins Tierheim.«
»Oh, stimmt ja«, murmelte Thomas. »Sie arbeitet heute abend.«
»Wie geht es dir?« fragte Anna nach einer Pause.
»Ich bin in Ordnung.«
»Das ist schön«, sagte sie. Ihm wurde bewußt, wie wenig

ähnlich es ihr sah, ihn nicht weiter zu fragen. Er fühlte, in einem Anflug von Panik, daß ihre Unterhaltung zu Ende ging.

»Anna«, platzte er heraus, »ich glaube, wir sollten miteinander reden.«

Sie zögerte, und er zuckte unter dem Schweigen zusammen. Dann antwortete sie vorsichtig: »Das denke ich auch.«

Erleichterung durchströmte ihn, und er hätte am liebsten den Hörer geküßt. »Gut«, sagte er. »Wann?«

»Ich spreche darüber nicht gern am Telefon«, sagte Anna.

»Nein, nicht am Telefon«, stimmte er hastig zu. »Wir sollten uns treffen.«

»Einverstanden«, stimmte sie zu. Er glaubte, auch in ihrer Stimme Erleichterung zu hören.

»Wie wär's mit heute abend? Könntest du mit dem Zug in die Stadt kommen? Ich reserviere einen Tisch in dem italienischen Restaurant, das wir beide so gern mögen.«

»Heute abend?«

»Ja. Wir könnten dort essen und reden.«

»Ich weiß nicht recht«, sagte sie.

»Warum nicht?« Er zog sich zurück, fühlte sich durch ihr Zögern verletzt.

Am anderen Ende der Leitung dachte Anna an Paul, der nach der Untersuchung und den wiederholten Alpträumen teilnahmslos und bedrückt war. Sie wollte ihn nicht gern allein lassen. Für einen Augenblick war sie im Zwiespalt, aber ihr war bewußt, daß sie Paul nicht als Ausrede gebrauchen durfte, um ein Treffen mit Tom zu verschieben. Das würde sie nur noch weiter voneinander entfernen. Das mußte sie vermeiden.

»Einverstanden«, sagte sie. »Ich treffe dich in dem Restaurant. In der Siebenundvierzigsten Straße liegt es, nicht wahr? Um halb acht kann ich dort sein.«

»Schön«, antwortete er. Es trat eine verlegene Pause ein.

»Auf Wiedersehen«, sagte sie.

»Bis später.« Thomas hängte ein und sank gegen die Wand der Telefonkabine. Er schwitzte unter den Armen und fühlte sich schwach, aber die Übelkeit war einer ängstlichen Erregung gewichen. Er sah durch die Glastür Gail an der gegenüberliegenden Wand lehnen. Sie las das *Wall Street Journal*. Sie blickte von der Zeitung auf, und ihre Blicke begegneten sich. Er versuchte sie anzulächeln, aber sie starrte ihn nur ernst an. Ihre Mundwinkel waren nach unten gebogen, und eine ungewöhnliche Röte überzog ihr Gesicht. Dann senkte sie den Blick wieder auf die Zeitung. Thomas sah, wie sich ihre Schultern versteiften, so als wollte sie alles abwehren, was er zu sagen hatte. Seine Erleichterung über das Telefongespräch wurde von Schuldgefühlen durchdrungen, als er aufstand und die Tür der Kabine öffnete. Es würde nicht leicht sein, ihr zu erzählen, dachte er, daß er sich eine Nacht, nachdem ihre Affäre begonnen hatte, mit seiner Frau zum Dinner traf.

15.

»Bitte, packen Sie alles ein, was auf dieser Liste steht«, bat Iris das Hausmädchen und reichte ihm ein cremefarbenes Blatt Papier. Lorraine warf einen Blick auf den Zettel und nickte. »Und dann können Sie gehen«, fügte Iris hinzu. »Wir brauchen Sie erst wieder, wenn ich zurück bin.

Mr. Stewart wird außerhalb essen und einige Nächte in der Stadt bleiben.«

Iris zog sich die Badehaube übers Haar, rückte das Oberteil ihres schlichten Badeanzugs zurecht und sprang kopfüber in den Pool. Edward, der noch immer seinen Straßenanzug und Krawatte trug, saß in einem Sessel am Rande des Pools und beobachtete sie, wie sie pflichtbewußt ihre Runden drehte.

Einen besseren Zeitpunkt hätte sie nicht wählen können, dachte er. Ich werde Zeit und Gelegenheit haben, die Sache mit dem Jungen zu regeln, ohne daß sie mir dabei im Wege ist. Wenn sie aus dem Kurort zurückkommt, ist alles vorbei. Diese Überlegung entspannte ihn ein wenig.

Wenigstens würde sie ihn nicht ausfragen, was er während ihrer Abwesenheit getan hatte, dachte er. Es war eine unausgesprochene Abmachung zwischen ihnen, daß er ihr praktisch nichts über sein Leben erzählte, und sie hatte dieses Arrangement stets widerspruchslos akzeptiert. Nur unter dieser Voraussetzung war für ihn das Zusammensein mit ihr erträglich, überlegte er und betrachtete sie mit kaltem Blick. Iris schwang sich keuchend vor ihm aus dem Pool und zerrte ihre Badehaube vom Kopf.

Lorraine erschien in der Tür, und Edward sah sie fragend an. »Mrs. Lange ist hier«, sagte sie gleichmütig.

Anna war dem Hausmädchen auf die Terrasse gefolgt, und Edward starrte sie überrascht an.

»Hallo, ihr beiden«, sagte Anna und ging zu Edwards Sessel hinüber.

»Bitte, setz dich«, sagte er und stand auf.

»Hallo, Anna«, grüßte Iris. Beim Anblick ihrer Freundin hellte sich ihr Gesicht auf.

»Ich kann nicht bleiben«, entgegnete Anna. »Ich wollte euch um einen Gefallen bitten.«

»Natürlich«, stimmte Iris sofort zu. »Worum geht es?«

Edward drängte sie, Platz zu nehmen, und Anna setzte sich auf die Kante des Sessels. »Tom hat angerufen«, sagte sie, »und er möchte sich zum Dinner mit mir in der Stadt treffen.«

»Das klingt romantisch«, sagte Iris, nahm ein Handtuch und trocknete sich damit ab.

»Nicht wirklich«, antwortete Anna und verzog das Gesicht. »Wir hatten gestern abend einen ziemlich bösen Streit.«

»Habt ihr euch wieder versöhnt?« fragte Iris.

Anna rutschte unbehaglich auf ihrem Sessel herum. Sie war daran gewöhnt, sich Iris anzuvertrauen, fühlte sich aber unwohl dabei, ihre ehelichen Probleme vor Edward auszubreiten. »Nun«, gestand sie schließlich, »er übernachtete in der Stadt.«

»O Anna, nein!« rief Iris aus.

»Deswegen ist es wichtig«, fuhr Anna hastig fort, »daß ich mich mit ihm treffe. Wir müssen unbedingt einige Dinge klären.«

»Natürlich muß das sein«, stimmte Iris zu. »Aber wie kann ich dir dabei helfen?«

»Es ist wegen Paul«, sagte Anna. »Ich war heute mit ihm beim Arzt.«

»O nein«, sagte Iris. »Ist er in Ordnung?«

»Anscheinend«, antwortete Anna. »Hat Edward es dir nicht erzählt?«

Iris war überrascht. »Ich hatte keine Möglichkeit dazu«, warf Edward rasch ein.

»Jedenfalls«, sprach Anna weiter, »haben ihn die ganzen

Untersuchungen sehr erschöpft, und ich mache mir Sorgen, wenn ich ihn heute abend allein lasse.«

Iris biß sich auf die Unterlippe und sagte bedauernd: »Ich hatte geplant, heute abend zur Kur zu fahren. Aber ich kann die Abreise auf morgen verschieben.«

»Nein, tu das nicht«, widersprach Anna. »Ich wollte nur wissen, ob Lorraine oder sonst jemand hier sein wird; nur für den Fall, daß er etwas braucht. Dann könnte er anrufen.«

»Nun, Edward wird zu Hause sein, glaube ich«, meinte Iris und sah ihren Mann unsicher an.

Edward setzte sich in seinem Sessel kerzengerade auf. »Was ist mit deiner Tochter?« fragte er.

»Sie ist bis gegen zehn im Tierheim«, erklärte Anna.

»Nun, ich bleibe zu Hause«, sagte Edward. »Sag ihm, er kann mich anrufen, wenn er etwas braucht.«

»Vielen Dank«, sagte Anna. »Ich möchte Tom nicht gern wegen Paul absagen. Das würde er nicht gut aufnehmen.«

Iris' Augen blickten traurig und besorgt. »Anna, ich wußte nicht, daß ihr eheliche Probleme habt. Das finde ich schrecklich.«

Anna tat das Thema mit einem Kopfschütteln ab. »Wann kommst du von der Kur zurück?« fragte sie statt dessen ihre Freundin.

»Am Sonntag«, antwortete Iris.

»Nur noch Joghurt und Massagen, wie?« zog Anna sie auf.

Über Iris' Gesicht huschte ein gequälter Ausdruck. »Ganz so schlimm ist es nicht.«

»Ich mache ja nur Spaß«, lenkte Anna ein. »Ich hoffe, es gefällt dir. Natürlich werden wir dich alle vermissen«, fügte sie hinzu und warf Edward einen Zustimmung heischenden Blick zu.

Edward verzog die Lippen zu einem schmalen Lächeln.
»Jedenfalls bin ich jetzt beruhigt«, sagte Anna. »Ich gehe und ziehe mich um.« Sie beugte sich vor und gab Iris einen freundschaftlichen Klaps auf die Schulter. »Ruf mich an, sobald du zurück bist«, bat sie, richtete sich auf und lächelte Edward an. »Danke für alles. Es tut mir leid wegen heute nachmittag«, sagte sie. »Wirklich, Paul war so nervös und außer sich. Ich wollte dich nicht so gehen lassen.«
Edward winkte ab. »Mach dir keine Sorgen«, beruhigte er sie.
Anna lächelte den beiden zu und ging.
»Warte!« rief Iris. »Ich begleite dich bis zum Solarium. Ich will eine Dusche nehmen.«
Edwards Augen flackerten unruhig, als er den beiden Frauen nachsah. Der Junge würde heute abend allein im Haus sein. Das war mehr, als er zu erhoffen gewagt hatte. Die Gelegenheit war ihm praktisch in den Schoß gefallen. Er mußte rasch und ohne Zögern handeln. Edwards Augenlider zuckten nervös, und er begann, sich einen einfachen, brutalen Plan für die bevorstehende Nacht zurechtzulegen.

Lichtpunkte tanzten über die geschliffene Oberfläche der Topasohrringe, als Anna den Kopf von einer Seite zur anderen drehte und sich im Spiegel betrachtete. Die Ohrringe waren ihr liebster Schmuck, ein Geschenk von Tom zu ihrem dritten Hochzeitstag, und sie hatte gezögert, sie heute abend anzulegen. Sie schienen eine zu deutliche Erinnerung an glücklichere Zeiten zu sein. Sei zuversichtlich, dachte sie. Vielleicht stehen uns bessere Tage bevor. Dann tupfte sie noch einige Tropfen Parfüm, das sie gemeinsam gewählt hatten, auf ihre Handgelenke und fühlte

sich dabei wie eine Kurtisane. Sie strich ihr Kleid glatt und ging die Treppe hinunter.
Sie hörte den Fernseher im Wohnzimmer und ging hinein. Paul lag zusammengerollt auf der Couch.
»Ich gehe jetzt, Paul«, sagte sie. »Kommst du auch bestimmt allein zurecht?«
Der Junge nickte nur und starrte weiter auf den Fernseher. »Tracy wird gegen zehn zurück sein«, fügte Anna hinzu. »Falls du etwas brauchst, Mr. Stewart ist zu Hause. Ruf ihn an. Seine Nummer liegt neben dem Telefon.«
Der Junge ließ die flackernden Bilder nicht aus den Augen. »Ja, gut«, sagte er geistesabwesend. Dann drehte er sich um und sah sie an. »Du siehst hübsch aus«, bemerkte er.
Annas besorgtes Gesicht erhellte bei diesem unerwarteten Kompliment ein strahlendes Lächeln. »Danke«, sagte sie. »Ich habe mir Mühe gegeben.«
»Es war meinetwegen, nicht wahr?« sagte der Junge.
»Was?« fragte Anna verblüfft.
»Daß er ging.«
»Nein«, widersprach Anna rasch. »Es ging dabei nur um uns beide.«
Paul blickte wieder auf den Fernseher. »Er haßt mich«, sagte er lakonisch.
Anna war schockiert. Dann ging sie zum Fernseher und schaltete ihn aus. Im Raum war es plötzlich sehr still. Sie stellte sich vor den Jungen.
»Das ist nicht wahr«, widersprach sie vehement. »Er haßt dich nicht.«
Paul schüttelte den Kopf. »Er wünscht, ich wäre nie zurückgekommen«, sagte er spontan. »Deswegen hat er uns verlassen.« Trotzig bot er ihr die Stirn, bereit, jeden Widerspruch abzuwehren.

Ausdruckslos starrte Anna ihn an, erinnerte sich an Toms wütende Worte über Paul und wollte ihre Gedanken vor ihm verbergen.

Befriedigt nickte der Junge.

»Einen Moment, Paul«, sagte sie. »Dein Vater ... Du weißt nicht, wie es für ihn gewesen ist. Für uns alle. Diese Jahre des Wartens und der Sorge ... nachdem du verschwunden warst.«

Das Gesicht des Jungen war wie versteinert.

»Es war schrecklich«, fuhr sie fort. »Ein Martyrium. Wir lebten nur von einem Tag auf den anderen.«

»Vielleicht hat er angenommen, er wäre mich endgültig los«, sagte Paul beiläufig.

»Dich los?« empörte sich Anna. »Wie kannst du das von deinem Vater denken?«

Paul sah sie nicht an.

Anna schüttelte den Kopf. »Das tut mir leid. Du kennst ihn nicht. Er sagt nicht immer das, was er fühlt. Aber du ... du hast ihm die Welt bedeutet. Als du geboren wurdest ... oh, er war im siebten Himmel«, sagte sie und klammerte sich an diese Erinnerung. »Es gab nie einen glücklicheren Mann.«

»Aber jetzt ist er nicht glücklich«, widersprach Paul. »Ich glaube nicht, daß er wollte, daß ich zurückkomme.«

»Nein«, protestierte Anna, »ich glaube nicht, daß er ...« Verzweifelt suchte sie nach den richtigen Worten, um die Gefühle ihres Mannes zu beschreiben. Der Junge schwieg, aber sein Körper war angespannt, während er darauf wartete, daß sie weitersprach.

»Siehst du, ich habe immer daran geglaubt, daß du eines Tages zu uns zurückkommen wirst. Und er ...« Wieder fehlten ihr die passenden Worte. »Er konnte es nicht.«

Neugierig sah Paul sie an.
»Ich erinnere mich noch daran«, sagte Anna, »ich weiß nicht genau, wann es war, da fing er an zu zweifeln und riet mir, mich auf das Schlimmste gefaßt zu machen. Aber ich ließ mich nicht in meinem Glauben beirren, daß du zurückkommen würdest. Er konnte nicht verstehen, woher ich diese Gewißheit nahm.« Anna schüttelte den Kopf, den Blick nach innen gerichtet. »Eines Tages stritten wir über dein Zimmer. Er wollte es ausräumen, aber ich war dagegen. Er sagte, es wäre unnatürlich, so weiterzuleben, und wir könnten den Raum anderweitig gebrauchen.« Anna preßte die Lippen zusammen und schwieg einen Augenblick.
»Gott, was war ich wütend auf ihn. Wir hatten seit einiger Zeit nicht mehr von dir gesprochen, aber ich ahnte, was er fühlte. Bis er eines Tages, kurz nach einem deiner Geburtstage, plötzlich anfing, das Zimmer auszuräumen. Ich wehrte mich dagegen. Ich haßte ihn deswegen. Daran kann ich mich sehr gut erinnern. Er ging nach oben, warf alle deine Sachen in Schachteln, und ich saß hier im Wohnzimmer, wie versteinert. Er trug die Kisten in den Keller, andere Dinge warf er in den Müll, und ich sah ihm dabei zu. Damals dachte ich, daß ich ihm das nie verzeihen könnte.« Anna warf Paul einen flüchtigen Blick zu, der sie gespannt anstarrte.
»Und dann kam er die Treppe herunter, eine Schachtel unter dem einen Arm und in der anderen Hand diesen Elefanten. Es war ein zerfranster blauer Elefant, den er gekauft hatte, als du geboren wurdest. Er hat ihn dir sofort mit in die Klinik gebracht. Er konnte es nicht erwarten, bis du heimkamst. Also, er kam die Treppe herunter, dieses

Ding in der Hand, und er weinte«, sagte sie leise. »Tränen strömten über seine Wangen.« Annas Blick umflorte sich bei der Erinnerung daran. »Er sprach kein Wort zu mir, und ich war so wütend, es war mir egal. Ich dachte nur eins: Das geschieht dir recht. Du hast es nicht verdient, daß dein Sohn zurückkommt.«
Paul beobachtete ihr Gesicht genau, als sie darüber sprach. In ihren Augen war ein Ausdruck, als suche sie nach einem längst vergessenen Gefühl. Traurig schüttelte sie den Kopf.
»Und warum hat er uns jetzt verlassen?« fragte Paul sanft.
Anna blinzelte, zögerte einen Augenblick und sagte dann: »Ich glaube, er hat Angst.«
»Wovor?«
Anna sah ihren Sohn nachdenklich an. »Ich weiß es nicht«, sagte sie. »Ich glaube, er hat nie damit gerechnet, daß alles wieder gut werden würde.«
Paul und Anna sahen einander ernst an. Dann nickte Paul.
»Nun«, sagte sie, »es ist Zeit für mich, zu gehen.«
»Viel Glück«, rief Paul.
Anna unterdrückte den Impuls, ihn in die Arme zu nehmen. Sein argwöhnischer Blick hielt sie davor zurück. Sie begnügte sich damit, ihn flüchtig aufs Haar zu küssen. Mit einem Winken und einem etwas schiefen Lächeln ging sie zur Tür.

»Mit jedem Tag wird es früher dunkel«, sagte Iris wehmütig, als sie durch die Fenster der Bibliothek hinaussah. »Ich hasse es, wenn der Sommer zu Ende geht.«
Edward sah auf seine Uhr. »Ist es nicht an der Zeit, daß du fährst?« Er griff nach einem Brieföffner und klopfte damit ungeduldig auf die Schreibtischplatte.

»Sobald Lorraine meine Koffer im Wagen verstaut hat.« Iris runzelte die Stirn und musterte ihren Mann prüfend.

Edward wand sich etwas unter diesem Blick. »Stimmt etwas nicht?« fragte er kühl.

»Ich habe nur ...« Sie verstummte und fügte dann hastig hinzu: »Ich hoffe, du kommst hier zurecht, solange ich fort bin.«

Edward unterdrückte den Impuls, ihr ins Gesicht zu lachen. »Keine Sorge«, sagte er. »Du solltest dich nur darum kümmern, davon etwas loszuwerden.« Er deutete mit dem Brieföffner auf Iris' Bauch.

Iris seufzte. »Na gut«, sagte sie. »Was wirst du heute abend tun?«

»Wahrscheinlich arbeite ich an meinen Booten«, sagte er gleichgültig.

»Alles fertig, Ma'am«, verkündete Lorraine und kam in die Bibliothek.

»Danke, Lorraine.« Iris wandte sich an ihren Mann. »Also, dann fahre ich jetzt. Auf Wiedersehen, bis Sonntag.«

Edward nickte und lächelte ihr zu.

»Denk an Paul«, sagte Iris noch.

»Was?« fragte er scharf.

»Du weißt doch, ich sagte Anna, er kann anrufen, falls er etwas braucht. Erinnerst du dich nicht?«

»O ja«, antwortete er. »Ich werd's nicht vergessen. Sieh mich nicht so besorgt an.«

Iris zögerte noch einen Augenblick, als wollte sie noch etwas hinzufügen, drehte sich dann aber um und ging aus der Bibliothek. Edward wartete, bis er ihre Wagentür zuschlagen und das Geräusch des davonfahrenden Autos hörte. Dann blickte er aus dem Fenster zur Windmühle hinüber.

Den Brieföffner in der Hand überlegte er, welches Werkzeug er verwenden sollte. Ein Gerät, das ein Einbrecher benützen würde. Er hatte vor, wie ein Dieb im Haus einzusteigen, den Jungen zu erledigen, das Haus zu verwüsten, ein paar Wertsachen mitzunehmen, damit es so aussah, als wäre der Junge von einem Einbrecher getötet worden. Ein simpler und sinnvoller Plan. Die Häuser lagen einsam und verhießen eine reiche Beute. Es bestand immer die Gefahr, daß eingebrochen wurde. Ein Brecheisen wäre eine gute Waffe, dachte er, aber zu unhandlich. Am besten eignete sich wohl ein Messer. In der Windmühle hatte er einen Satz großer Jagdmesser, die er manchmal benutzte. Er konnte es gut unter seinem Jackett verbergen.
Ganz in seine mörderischen Gedanken versunken, hörte er nicht, wie Lorraine in die Bibliothek kam. Wie ein dunkler Geist stand sie plötzlich neben ihm. Er fuhr zusammen, als sie ihn ansprach.
»Was ist?« sagte er schroff.
»Mein Bruder ist gekommen, um mich abzuholen«, sagte sie entschuldigend.
»Schön«, antwortete Edward. »Bis nächste Woche dann.«
Er ging mit ihr zur Eingangstür und wartete, bis die Rücklichter des Autos in der Finsternis verschwunden waren. Der Schweiß brach ihm aus, als er dort so vor dem stillen Haus stand. Das Blut rauschte in seinen Ohren. Ohne Licht zu machen, ging er durch die dunklen Korridore zur Hintertür und hinaus in die Nacht.

16.

Als das Motorengeräusch von Annas Auto sich in der Ferne verlor, blätterte Paul lustlos das Fernsehprogramm durch. Dann stand er auf, schaltete das Gerät aus. Es gab keine Sendung, die ihn interessiert hätte. Ziellos wanderte er durch das Haus, setzte sich dann im Wohnzimmer in einen Sessel, griff nach einer Zeitschrift, legte sie wieder beiseite und nahm seine ruhelose Wanderung erneut auf.

Das Haus kam ihm sehr still und fremd vor, und einen Augenblick wünschte er sich nichts sehnlicher, als mit jemandem reden zu können. Er dachte an Sam und verdrängte den Gedanken an seinen verschwundenen Kater rasch wieder.

Müßig ging er von einem Zimmer ins nächste, betrachtete die Möbel, die Pflanzen und die Bilder. Ich komme mir vor wie in einer Zeitschrift, dachte er, oder wie in einer Szene im Fernsehen. Wenn mich jemand aus Hawley hier in diesem Haus sehen könnte, würde er mich wohl für den glücklichsten Menschen auf der Welt halten.

Paul ging zum Wohnzimmerfenster und zog die Vorhänge zurück. Er starrte in die Dunkelheit. Jeden Tag dachte er daran, wegzulaufen. Seine wenigen Habseligkeiten in seinen Beutel zu packen und einfach fortzugehen. Vielleicht würden seine Kopfschmerzen aufhören, wenn er von hier wegging. Und niemand würde ihn vermissen. Nun, die Mutter vielleicht.

Er seufzte, erkannte, daß er nicht wußte, wohin er gehen konnte. Und weil er kein Geld hatte, würde er auch nicht weit kommen. Wahrscheinlich war hier irgendwo Geld, aber er wollte sie nicht bestehlen. Sosehr er es auch haßte,

es sich einzugestehen, aber er hatte Angst davor, wegzulaufen. Doch auch vor dem Gedanken, zu bleiben, schreckte er zurück. Ich gehöre nicht hierher, dachte er verzweifelt.
Mit einer ungeduldigen Bewegung zog er die Vorhänge wieder zu, ging ins Zimmer zurück und suchte nach einer Beschäftigung.

Gegen das Fenster gepreßt, schien das Gesicht des Jungen mit dem Glas zu verschmelzen. Edwards kalte Augen starrten auf das traurige Antlitz, während er reglos unterhalb der Veranda kauerte. Er war ums Haus geschlichen, auf der Suche nach einer Möglichkeit, unbemerkt einzubrechen, als das Gesicht des Jungen am Fenster erschien. Einen Augenblick hatte er befürchtet, daß der Junge ihn im Garten gehört hatte, aber als er mit wild pochendem Herzen im Gras kauerte und zu ihm hinaufsah, merkte er, daß Paul nur gedankenverloren in die Dunkelheit starrte.
Edwards Knie schmerzten, als er dort verkrampft hockte. Die unwürdige Position machte ihn wütend und ungeduldig. Er wünschte, das Kind würde vom Fenster verschwinden. Er hatte keine Lust, noch länger im feuchten Gras zu kauern. Er wollte es hinter sich bringen und schleunigst in die Geborgenheit seiner Windmühle zurückkehren.
Die Vorhänge wurden wieder geschlossen. Erleichtert stand Edward auf. Er wußte jetzt, wie er in das Haus gelangen konnte. In Kniehöhe lagen die Kellerfenster. Er hatte sie von innen gesehen und wußte, daß nur ein einfacher Schnappriegel sie sicherte. Es war ein leichtes, eines davon zu öffnen und hindurchzuschlüpfen. Vom Keller würde er in das Spielzimmer gelangen und über die Treppe hinauf ins Haus. Edward kniete vor dem Fenster, schob die Messer-

klinge am Rahmen hindurch und schob den Riegel nach oben.

Paul blieb an der Treppe, die zum Spielzimmer hinunterführte, stehen und erinnerte sich daran, daß dort unten ein Plattenspieler stand. Die Stille in dem leeren Haus bedrückte ihn, und er dachte, daß etwas Musik ihn vielleicht zerstreuen würde. Er öffnete die Tür und ging einige Stufen hinunter, als ein ungewohntes Geräusch ihn verharren ließ. Er lauschte. Alles war ruhig. Du hörst Gespenster, dachte er.

Während er die restlichen Stufen hinunterlief, fragte er sich, wie die große Versöhnung wohl verlief. Die Geschichte, wie sein Vater den Elefanten heruntergetragen hatte, verursachte ihm ein Kribbeln im Nacken. Er glaubte sich an diesen Elefanten erinnern zu können. Vielleicht war sein Vater doch nicht so schlecht. Seine Mutter war nett, und sie mochte ihn.

Die Gefühle der Menschen zueinander ließen sich so schwer erklären. Es war ihm nie gelungen, seine Eltern – die Rambos – zu verstehen. Sein Vater war verrückt, obwohl Dorothy Lee nie ein schlechtes Wort über ihn gesagt hatte. Und Paul war unendlich erleichtert gewesen, als er herausfand, daß Albert nicht sein Vater war. Kurz überkam ihn Mitleid, das sich aber rasch in Abscheu verwandelte, als er daran dachte, wie sein Vater sich in dem Hotelzimmer aufgehängt hatte. Was für ein schreckliches Ende!

Paul betrachtete die Plattenhüllen, griff dann eine Aufnahme der Beatles heraus. Er legte sie auf, nahm die Kopfhörer und wollte sich eben auf dem Teppich ausstrecken, als er in dem Regal über dem Plattenspieler zwei dicke braune Fotoalben entdeckte. Neugierig nahm er eins herunter, öffnete das unförmige Album, und ein Umschlag mit Schnappschüssen fiel heraus. Mit gekreuzten Beinen, wie ein Indianer, saß er da, stülpte den Hörer über den Kopf und begann, das vollgeklebte Album durchzublättern. Ganz versunken in Betrachtung der Bilder merkte er nicht, wie sich die Tür des Spielzimmers hinter ihm leise Millimeter um Millimeter öffnete.

Sorgsam wendete Paul die Seiten, sah Aufnahmen von Thomas und Anna bei ihrer Hochzeit, während der Flitterwochen in Florida, und dann auf der nächsten Seite, klebten Bilder von einem Baby. Erschrocken erkannte Paul, daß sie ihn darstellten. In allen nur erdenklichen Posen war das Baby fotografiert worden – auf den Armen seiner Eltern, im Haus, im Garten. Laut lachte er auf, als er das Bild, beschriftet »Pauls zweiter Geburtstag«, betrachtete, das ihn auf einem Stuhl thronend hinter einem Kuchen mit zwei brennenden Kerzen zeigte. Auf seinem Kopf saß schief ein bunter Hut. In Pauls Ohren dröhnte ein Lied der Beatles.

Ein Schatten fiel über das Album und verdunkelte die fröhlichen Gesichter. Pauls Kopf fuhr herum. Er riß sich den Kopfhörer herunter und starrte erschrocken auf die Gestalt, die sich über ihn beugte.

»Was tust du denn hier?« brachte er schließlich heraus.

Tracy warf einen Blick auf das Album und sagte dann: »Ich habe dir etwas mitgebracht.«

Verwirrt sah Paul zu ihr auf, als sie einen Rucksack vom Rücken nahm und ihn vorsichtig öffnete. Sie griff hinein und zog eine zappelnde, fauchende, grauschwarz getigerte Katze heraus.

»Sam!« rief Paul. »Wo hast du ihn gefunden?« Er nahm den

Kater aus ihren Händen und drückte ihn gegen seine Brust. Er wehrte sich wütend und sprang fort.

»Er ist heute abend im Tierheim aufgetaucht«, verkündete Tracy mit einem zufriedenen Lächeln. »Der Tierarzt hat mich früher gehen lassen, damit ich ihn heimbringen kann.«

Paul folgte mit den Blicken dem Kater, der sich unter dem Sofa verkroch.

»Danke«, sagte er leise und mit leicht zitternder Stimme.

»Keine Ursache«, wehrte Tracy ab und warf sich auf die Couch. »Du schaust dir die alten Fotos an?«

Paul nickte.

Hinter ihnen schloß sich die Tür des Spielzimmers unendlich langsam und leise.

»Wollen wir einen Spaziergang machen?« fragte Thomas, als sie aus dem Restaurant kamen.

»Ja. Warum nicht?« stimmte Anna zu.

»Ich habe zu viel gegessen«, meinte Tom. »Hier schmeckt es mir einfach gut.«

Anna murmelte zustimmend, obwohl sie bemerkt hatte, daß er die Speisen kaum angerührt hatte.

Sie schlenderten wie andere Spaziergänger die Columbus Avenue entlang, genossen die warme, aber nicht mehr schwüle Nachtluft. Einige Sterne funkelten hoch oben über der Stadt.

Ihre Unterhaltung während des Dinners war stockend, doch höflich verlaufen. Anna fühlte, während sie ihn über den Tisch hinweg ansah, was das Wort »entfremdet« eigentlich bedeutete. Aber jetzt, als sie so nebeneinander hergingen, spürte sie wieder eine gewisse Vertrautheit zwischen ihnen aufsteigen.

Als sie an der Ecke vor einer Fußgängerampel warteten, warf Anna einen verstohlenen Blick auf das Profil ihres Mannes. Es war ein ganz gewöhnliches, eher grob geschnittenes Gesicht, in dem nur die klaren ausdrucksvollen Augen bemerkenswert waren. Sein Blick war jetzt besorgt und traurig. Sie fühlte einen Impuls, sich bei ihm einzuhängen, ließ es aber bleiben.

»Wollen wir zum Lincoln Center gehen?« fragte er.

Anna nickte. »Ja, ich würde gern den Brunnen sehen.«

Verlegenes Schweigen herrschte wieder zwischen ihnen, als sie weitergingen und sich nur gelegentlich scheu ansahen.

»Ist das eine neue Krawatte?« fragte Anna.

Thomas befingerte nervös den Knoten an seinem Hals. »Ja.« Sanft umfaßte er mit der Hand ihren Ellbogen. Anna bemerkte einen schuldbewußten Ausdruck in seinem Gesicht.

»Ich habe nicht gut gepackt«, sagte er. »Ich muß morgen mit dem Zehn-Uhr-Flug nach Boston und habe nicht die nötige Kleidung für diese Reise.«

»Bleibst du lange?« fragte sie kühl.

»Nur eine Nacht.«

Die Frage, warum er sie nicht gebeten hatte, ihm die fehlenden Sachen mitzubringen, lag ihr auf der Zunge, aber sie schluckte sie hinunter. Er hat dich verlassen, erinnerte sie sich. Er ist einfach fortgegangen, denk daran. Aber sie war nicht auf ihn wütend. Er kam ihr so verletzlich vor. Seine Finger brannten durch den Stoff an ihrem Ellbogen.

»Wo wohnst du?« fragte sie.

»In Boston?«

»Nein, hier.«

Thomas wand sich förmlich unter ihrem fragenden Blick. »In einem Hotel nicht weit vom Büro entfernt.«

Anna nickte nur. Sie überquerten die Straße und stiegen die Stufen zum Platz vor dem Lincoln Center hinauf. In der Mitte schossen die prächtig erleuchteten Fontänen des runden Brunnens zum Nachthimmel empor. Bewundernd blieben sie einen Augenblick stehen und ergötzten sich an dem herrlichen Anblick.
Auf dem breiten Rand der Brunneneinfassung saß ein junges verliebtes Pärchen. Thomas lächelte Anna gequält an. Langsam schlenderten sie zum Brunnen und setzten sich ebenfalls.
Noch immer herrschte verlegenes Schweigen zwischen ihnen, und Anna hatte das Gefühl, daß die Zeit ungenutzt verstrich und sie einander keinen Schritt näherbrachte. Krampfhaft suchte sie nach Worten, um zu ihm durchzudringen, ohne einen Streit anzufangen.
Plötzlich sprach Tom. »Ich war wirklich so erleichtert, zu hören, daß es Paul gutgeht.«
Überrascht sah Anna ihn an. Es war das erste Mal an diesem Abend, daß der Junge erwähnt wurde. Erst wollte sie ihm einfach nur zustimmen, beschloß dann aber, alles auf eine Karte zu setzen. »Wir haben heute abend über dich gesprochen, ehe ich hierherfuhr.«
»Du und Paul?« fragte er.
»Ja. Er glaubt, du haßt ihn.«
Thomas schloß die Augen, und Anna konnte den schmerzlichen Zug um seinen Mund sehen. Er schluckte schwer, so als würde ihm eine bittere Medizin im Hals steckenbleiben.
»Ich habe ihm gesagt, daß das nicht wahr ist«, sagte sie.
Thomas schaute sie verblüfft an. »Wirklich?«
Anna nickte. »Ich habe versucht, es ihm zu erklären. Ich habe ihm von dir erzählt. Wie du dich gefreut hast, als er geboren wurde und dergleichen.«

Mit einem wehen Blick in den Augen wandte Thomas den Kopf ab. »Ich hasse ihn nicht«, sagte er leise. »Armer Junge.«
Dann schwieg er lange. Schließlich sagte er: »Ich glaube, ich hasse mich selbst.«
»Tom«, protestierte sie, »sag das nicht.«
Er schüttelte den Kopf. »Du weißt nicht, wie ich fühle«, entgegnete er. »Anders als du.«
»Wie anders?« fragte sie.
»Oh, du warst dir einfach immer so sicher, daß er nach Hause kommen würde. Du hast immer daran geglaubt, daß er noch lebt. Du warst immer voller Hoffnung.« Jetzt wandte er sich ihr zu und sah sie offen an. »Ich hatte keine Hoffnung mehr, Anna. Ich habe nie erwartet, den Jungen je wiederzusehen.«
»Aber das war auch nicht vorherzusehen. Niemand hat daran geglaubt.«
»Ich hatte ihn aufgegeben, Anna. Meinen eigenen Sohn.« Thomas seufzte, schlang die Arme um seine Mitte und krümmte sich nach vorn, als hätte er Schmerzen. »Wenn ich ihn ansehe, fühle ich mich so erbärmlich«, gestand er. »Ich fühle mich so schuldig ...«
»Schuldig! Tom!« rief Anna aus. »Du hast keinen Grund, dich schuldig zu fühlen.«
»Ich habe ihn geliebt«, sprach er weiter.
»Das weiß ich«, bestätigte sie. »Er weiß es auch. Ganz bestimmt. Oder er wird es wieder wissen. Es braucht nur ein wenig Zeit.«
»Es war mir unerträglich, wie du so geduldig hoffen konntest. Manchmal hätte ich dich deswegen anschreien können. Aber mit welchem Recht? Du warst die Edelmütige, die nicht aufgab.«

»Das hast du mir nie gesagt«, antwortete sie. »Wir haben nie darüber gesprochen.«
»Ich weiß.«
Sie suchte nach Worten, wollte es ihm erklären. »Ich wollte nicht edelmütig sein«, sagte sie. »Ich konnte einfach ohne Hoffnung nicht weiterleben.«
Thomas legte seine Hand auf ihre. Schweigend saßen sie am Brunnenrand. Ihre ineinander verflochtenen Finger schienen einen Kreis zu schließen. Das Geständnis, die Berührung seiner Hand, weckten in Anna ein plötzliches ungestümes Verlangen nach ihm – ihrem Mann. Sie schloß die Augen und fühlte Hitze durch ihren Körper strömen. Sie sehnte sich danach, ihr Gesicht an seinen Hals zu legen, seine Hände auf ihrem Körper zu spüren. Sie suchte nach einer Möglichkeit, ihm zu sagen: »Komm nach Hause zurück.« Und dann erkannte sie plötzlich, daß dies die einzigen Worte waren, die sie sagen mußte: »Komm nach Hause zurück.«
Aber da ließ Thomas plötzlich ihre Hand los. »Nicht nur deswegen fühle ich mich schuldig«, sagte er leise.
Der unheilvolle Klang seiner Stimme war wie eine eiskalte Dusche für sie. Sie richtete sich auf und sah ihn an. »Was soll das heißen?«
Das verliebte Pärchen stand auf und ging engumschlungen über den Platz davon. Tom sah ihnen nach.
»Tom?«
»Ich weiß nicht, wie ich es dir sagen soll. Aber ich muß es tun. Zwischen uns soll es kein Geheimnis geben. Ich hätte immer Angst, du würdest es zufällig herausfinden.« Mit der Zunge befeuchtete er seine Lippen. »Ich habe ... da war eine andere Frau«, stammelte er schließlich.

Anna fuhr zurück, als hätte er sie ins Gesicht geschlagen. Bei allen ihren Sorgen um ihn und die Kinder war ihr nie der Gedanke in den Sinn gekommen, daß es jemand anderen geben könnte.

»Ich weiß nicht, warum ich es getan habe«, sagte er. »Ich war einsam und wütend auf dich. Ich konnte nicht mehr mit dir reden. Das hört sich an wie eine Ausrede. Ich weiß.«

»Wer ist sie?« fragte Anna dumpf.

»Das spielt keine Rolle«, erwiderte Thomas. »Du kennst sie nicht.«

»Ich verstehe«, antwortete Anna. »Deswegen hast du uns also verlassen?« Anna rutschte vom Brunnenrand und stand auf.

Thomas, der sich mit einer Hand über die Augen gerieben hatte, sah bestürzt zu ihr auf. Anna betrachtete ihn mit kaltem Blick. An ihrem Hals pochte eine Vene. »Nein«, widersprach er.

»Es fällt mir schwer, das zu glauben, Tom«, sagte sie. »Aber ich will dir nicht im Weg stehen. Meinetwegen kannst du mit deiner Geliebten auf und davon gehen.«

»Na, hör mal. Warte doch«, protestierte Tom. »Was machst du?«

»Ich gehe nach Hause«, zischte sie ihn an. »Zu meinen Kindern.«

Tom stellte sich vor sie hin und blockierte ihren Weg. »Anna«, flehte er, »du verstehst mich nicht. Es ist passiert. Ja. Aber die Affäre ist vorbei. Ich wollte ehrlich zu dir sein. Ich möchte nach Hause kommen, zu dir und den Kindern.«

Anna schob ihn wütend beiseite. »Ich möchte nicht darüber sprechen«, murmelte sie erstickt, lief die Stufen hinab und winkte einem herannahenden Taxi. Durch einen Schleier aus Tränen sah sie das gelbe Zeichen auf sich zukommen.

Thomas trat neben sie. »Habe ich denn keine Chance mehr?« fragte er leise. »Nach all den Jahren? Ich bitte dich: Verzeih mir! Ach, hätte ich es dir doch nicht gesagt.«
Anna starrte ihn an, und er hob eigensinnig das Kinn. »Ich wollte ehrlich zu dir sein«, sagte er. »Ich dachte, du würdest mir verzeihen.«
Anna schloß kurz die Augen und sah ihn dann wieder an. »Im Moment kann ich nichts mehr vertragen«, sagte sie.
»Wir müssen miteinander reden, Anna. Morgen muß ich nach Boston. Vor lauter Sorgen werde ich keinen klaren Gedanken fassen können.«
»Das kann ich nicht ändern«, antwortete sie. »Ich brauche Zeit zum Nachdenken.« Sie kletterte ins Taxi und schlug die Tür hinter sich zu. Als das Taxi vom Randstein wegfuhr, streckte Thomas verzweifelt die Hand aus, als wollte er es festhalten, und dann verschwand der Wagen im Strom des stetig dahinrollenden Verkehrs.

17.

Verstohlen und leise zog Edward das Kellerfenster zu und lief gebückt über den Rasen auf sein Grundstück zu. Unterdrückt fluchte er vor sich hin. Mit einer Hand umklammerte er den Griff des Messers unter seinem Hemd.
Während er dort unter der Tür zum Spielzimmer gestanden hatte, war ihm kurz der Gedanke gekommen, beide zu töten. Aber diesen Plan hatte er rasch wieder verworfen: Es wäre zu gefährlich gewesen. Als er jedoch Tracy mit der Katze hereinkommen sah, drohte ihn maßlose Wut zu überwältigen, und er hätte sich beinahe im Blutrausch auf

die beiden gestürzt. Jeden Schritt hatte er sorgfältig geplant, und dann war ihm diese dumme Göre dazwischengekommen.

Mit geballter Faust und zusammengepreßten Zähnen versuchte er der rasenden Wut Herr zu werden, als er in einem weiten Bogen um sein Haus herum zur Windmühle lief. Noch habe ich Zeit, beruhigte er sich. Morgen würde er eine Möglichkeit finden, seinen Plan auszuführen.

Edward kam keuchend an der Tür zur Windmühle an und riß sie ungestüm auf. Den ganzen Tag hatte er sich vorgestellt, wie er hier erleichtert nach ausgeführter Tat ankommen, die Waffe verstecken und die Kleidung wechseln würde. Wäre es nur schon geschehen, dachte er.

In der Windmühle zog Edward das Messer unter seinem Hemd hervor und schleuderte es auf die Werkbank. Dann drehte er sich um, wollte die Tür hinter sich schließen.

»Edward.«

Edward schnellte herum, warf mit aschfahlem Gesicht die Tür ins Schloß. Dort, im Schatten, nervös die Hände ringend, stand Iris.

»Iris, was suchst du hier?« schrie er sie an. Er zitterte am ganzen Körper. Mit hervorquellenden Augen starrte er sie an.

»Es ... es tut mir leid«, stammelte Iris, wich vor seinem Wutausbruch zurück. »Ich wollte dich nicht erschrecken.«

In Edwards Kopf rasten die Gedanken. Die Vorstellung, daß er blutbedeckt hier hereingestolpert wäre und sie angetroffen hätte, verursachte ihm Übelkeit. Aber es ist nicht geschehen, sagte er sich. Sie hat nichts gesehen. Mühsam bewahrte er die Fassung, brachte aber kein Wort heraus.

»Es tut mir leid«, wiederholte Iris. »Ich hoffte, dich hier zu finden, als ich zurückkam. Und dann habe ich einfach gewartet.«

Edward schüttelte den Kopf, als wollte er seine Gedanken ordnen.

»Wo warst du?« fragte sie. »Warum hattest du das Messer bei dir?«

Die erste instinktive Reaktion drängte ihn dazu, sie aus der Windmühle fortzujagen. Aber das würde nur ihr Mißtrauen weiter schüren. Er mußte ruhig und überlegt handeln. Er brauchte eine Erklärung für sein Tun.

»Was, um Himmels willen, hast du da draußen mit einem Messer vorgehabt?« fragte Iris. »Hast du ein verdächtiges Geräusch gehört?«

Edward sah sie mit einem erleichterten Blick an. Das war es. Sie hatte ihm die Erklärung zugespielt. »Ja«, antwortete er. »Ich dachte, ich hätte etwas gehört – einen Landstreicher. Also bewaffnete ich mich mit dem Messer und ging nachsehen. Deswegen ... deswegen war ich auch so erschrocken, als ich dich plötzlich sah. Einen Augenblick dachte ich, er hätte sich hier hereingeschlichen.« Schweiß strömte über seine Stirn, aber er war gerettet. Mit besorgtem, mitfühlendem Blick sah sie ihn an.

»Hast du jemanden entdeckt?« fragte Iris.

»Nein, nein«, antwortete Edward und lehnte sich erschöpft gegen die Werkbank. »Nichts. Es war wohl nur der Wind. Oder meine Einbildung.«

»Ich weiß nicht, Edward. Vielleicht sollten wir die Polizei holen.«

»Das ist nicht nötig«, widersprach er. »Es war nichts.«

Iris kam ein anderer Gedanke. »Paul!« rief sie. »Er ist ganz allein dort drüben.«

»Aber ich habe dir doch gesagt, es ist niemand draußen.«
»Vielleicht sollten wir anrufen und uns vergewissern.«
»Iris«, fragte Edward nun scharf, »was tust du hier? Ich dachte, du wolltest in den Kurort fahren.«
Iris warf ihm einen unsicheren Blick zu und sagte dann zögernd: »Nun, ich war auf dem Weg dorthin. Und dann beschloß ich umzukehren. Ich wollte mit dir sprechen.«
»Warum hast du nicht einfach angerufen?« fragte er verständnislos. Er hatte sich nun wieder ganz in der Gewalt.
Iris biß sich nervös auf die Unterlippe. »Ich hielt es für besser, direkt mit dir zu reden, Edward. In letzter Zeit habe ich viel über uns ... über unsere Ehe nachgedacht.«
Edward unterdrückte den Abscheu, der in ihm hochstieg. Ausgerechnet jetzt will sie über unsere Ehe sprechen! Es war beinahe lächerlich. Anna hat Probleme mit ihrer Ehe, also steigert sich Iris ebenfalls in Probleme hinein. Sie ist wirklich eine äußerst dumme Frau, dachte er. Er setzte eine gleichgültige Miene auf und fragte: »Iris, wovon sprichst du überhaupt?«
»Es ist schwer auszudrücken«, fuhr Iris mit gequältem Gesicht und ängstlichem Blick fort. »Ich glaube nicht, daß ich dich glücklich mache. Dieses Gefühl wurde in letzter Zeit immer stärker. Du hast eine Frau verdient, die deinen Ansprüchen genügt.«
Edward traute seinen Ohren nicht. Die Widersinnigkeit ihres ernst gemeinten Eingeständnisses amüsierte ihn, aber er behielt seine ausdruckslose Miene bei. Er war jetzt wieder ganz ruhig, und aus Erleichterung über sein knappes Entrinnen aus dieser schrecklichen Situation konnte er sich nicht auf ihre Worte konzentrieren. Er wollte sie nur so rasch wie möglich loswerden, damit er in Ruhe einen neuen Plan ausarbeiten konnte.

»Iris«, sagte er geduldig, »hältst du es wirklich für den geeigneten Zeitpunkt und Ort, um darüber zu diskutieren? Kann es nicht warten, bis du von deiner Kur zurück bist?«

»Mag sein«, antwortete Iris kläglich. »Ich dachte nur ...«

»Ich bin müde«, sagte Edward. »Ich hatte mich auf einen geruhsamen Abend bei meiner Arbeit in der Mühle gefreut.«

»Aber ich habe manchmal das Gefühl, daß du ohne mich besser dran wärst«, platzte Iris heraus.

Edward sah sie mit einem Ausdruck angewiderter Verblüffung an, so als hätte sie sich völlig daneben benommen. »Ich habe mich nicht über unsere Ehe beklagt«, sagte er kühl. »Warum mußt du dieses Thema jetzt anschneiden? Muß ich dir denn mein Leben lang versichern, daß deine Position als meine Frau nicht gefährdet ist? Das zeigt einen sehr bedauerlichen Mangel an Selbstvertrauen. Ich bin mit unserer Ehe zufrieden. Ich sehe keinen Grund, warum du daran zweifeln solltest.«

Iris seufzte und ließ die Schultern hängen. »Wahrscheinlich hast du recht«, gab sie klein bei.

»Warum fährst du nicht los, damit du noch rechtzeitig in deinem Kurort ankommst? Zu spät in der Nacht unterwegs zu sein ist nicht ratsam. Mach dich auf den Weg, und zerbrich dir nicht länger den Kopf über eingebildete Probleme. Soweit es mich betrifft, ist alles zwischen uns so, wie es immer war.«

Iris seufzte, nickte bedrückt und ging zur Tür.

»Soll ich dich zum Wagen bringen?« fragte Edward.

»Das ist nicht nötig«, wehrte Iris ab.

»Ich halte es für besser«, sagte Edward ruhig. »Ich bin noch immer etwas beunruhigt, obwohl ich mir die Geräusche nur eingebildet habe.«

»Na gut«, gab Iris nach.
Edward umfaßte mit einem raschen Blick den Raum, ehe er die Tür schloß. Das Jagdmesser lag noch immer auf der Werkbank. Später würde er zurückkommen und einen neuen Plan ersinnen. Das Unternehmen duldete keinen Aufschub. Jetzt galt es nur, Iris aus dem Haus zu bringen.

Die Musik der Bee Gees begrüßte Anna, als sie die Haustür öffnete und hineinging. Sie sah Tracys Jacke auf einem Stuhl im Eßzimmer hängen. Sie ist aber früh zu Hause, dachte Anna. Als sie die Auffahrt heraufkam, hatte sie kein Licht im Haus gesehen. Sie ging durch die Küche zur Tür, die nach unten ins Spielzimmer führte.
»Ich bin wieder da«, rief sie.
»Hallo ...« Die Stimmen beider Kinder drangen zu ihr herauf. Überrascht hob Anna die Brauen und lächelte dann. Sie holte sich eine Flasche Sodawasser aus dem Kühlschrank, und während sie daran nippte, dachte sie über ihre Unterredung mit Tom nach. Er hat mit einer anderen Frau geschlafen. Sie fragte sich, ob ihr irgendwelche Anzeichen entgangen waren, weil sie so mit Paul beschäftigt gewesen war.
Die Vorstellung von Tom in den Armen einer anderen Frau, die wohl jünger, schöner und williger war, verursachte Anna Übelkeit und Beschämung.
Eine leichte Berührung an ihrer Wade ließ Anna zusammenfahren. Erschrocken schrie sie auf. Es war Pauls Kater, der sich an ihren Beinen rieb. Anna bückte sich und hob ihn auf.
»Sam!« rief sie. »Wo kommst du denn her?« Anna ging mit ihm auf den Armen ins Spielzimmer hinunter.

Überrascht blieb sie in der Tür stehen. Tracy und Paul hockten auf dem Teppich und spielten Karten.
»Hallo«, sagte Anna, »seht nur, wen ich gefunden habe.« Sie streckte ihnen den Kater entgegen.
Paul sah auf und lächelte so unerwartet liebenswürdig, daß Anna der Atem stockte. Für einen Augenblick sah sie ihr verlorenes Baby vor sich.
»Tracy hat ihn gebracht«, sagte Paul. »Er tauchte unvermutet im Tierheim auf.«
Anna lächelte in den Pelz des Katers. »Willkommen daheim, Sam.«
»Was hat Daddy gesagt?« erkundigte sich Tracy schüchtern.
»Nun«, Anna zögerte. »Er läßt euch grüßen. Beide«, fügte sie mit Nachdruck hinzu.
Paul streckte die Arme nach dem Kater aus, und Anna gab ihm Sam. Der Junge streichelte zärtlich das Fell des Tieres.
»Komm jetzt«, sagte Tracy. »Spiel weiter.«
Mit der Katze im Arm nahm Paul eine Karte auf und legte sie in die Mitte.
Anna umschlang ihre Taille mit beiden Armen und sah den beiden zu. Sie wünschte, Tom könnte die Kinder in diesem Augenblick sehen.
Sie setzte sich aufs Sofa, um näher bei ihnen zu sein. »War alles ruhig hier?« fragte sie.
»Ja«, antwortete Paul.
»Was hat Daddy sonst noch gesagt«, wollte Tracy wissen und spielte eine Karte aus. »Kommt er wieder nach Hause?«
»Das weiß ich nicht«, entgegnete Anna. Sie ließ den Kopf gegen die Sofalehne sinken und starrte zur Decke empor. Ich wünschte, ich könnte die Frage beantworten, dachte sie.

»Ich hoffe es«, fügte sie hinzu und war überrascht, daß es der Wahrheit entsprach. Um die Spannung in ihrem Nakken zu lockern, ließ sie ihren Kopf von einer Seite zur anderen pendeln und sah dabei, daß die Tür zum Keller nicht ganz geschlossen war. Mit einem Seufzer stand sie auf und ging hinüber, um sie zu schließen.
»Wer hat die Tür offengelassen?« fragte sie.
»Ich weiß nicht«, antwortete Tracy, ganz ins Spiel vertieft.
»Du, Paul?«
Der Junge sah auf. »Nein, ich war's nicht.«
Sie zögerte einen Augenblick, stieß dann die Tür weiter auf und ging langsam in den dunklen Kellerraum dahinter. An aufgestapelten Kisten und alten Möbeln vorbei ging sie zur Mitte des Raums und zog an der Schnur, die die Lampe anknipste. Das trübe Licht reichte nicht bis zu den dunklen Ecken, und Anna dachte eben, daß sie hier eines Tages aufräumen mußte, als ihr Blick auf das Fenster fiel.
Der kurze Vorhang war teilweise zwischen Fenster und Rahmen eingeklemmt. Anna trat näher. Mit den Fingern fuhr sie über den Stoff und berührte den Riegel, der hochgeschoben war.
Anna fühlte ihr Herz rasen, als sie daraufstarrte. In scharfem Ton rief sie: »Wer hat das Kellerfenster geöffnet?«
»Ich kann dich nicht verstehen«, antwortete Tracy über die laute Musik hinweg.
Die Augen noch immer auf den Riegel gerichtet, wich Anna zur Mitte des Raums zurück. Dort drehte sie sich um und eilte in das hell erleuchtete Spielzimmer zurück.
Paul blickte auf. »Was ist los?« fragte er. Tracy drehte sich nach ihrer Mutter um.
Starr stand Anna im Türrahmen und sah ihre Kinder an. »Hat einer von euch beiden das Kellerfenster geöffnet?«

Tracy und Paul schüttelten einmütig die Köpfe. »Warum?« fragte Tracy.
»Jemand hat es aufgemacht«, sagte Anna grimmig.
Tracy und Paul sahen sie verständnislos an.
»Habt ihr jemanden draußen gehört?« fragte Anna.
»Nein«, entgegnete Tracy unwirsch.
Paul überlegte einen Moment und zuckte dann die Schultern.
»Paul?« fragte Anna.
»Nein.«
Anna versuchte sich zu erinnern, wann sie das letzte Mal dieses Fenster überprüft hatte, und wußte, daß sie es bei Pauls Ankunft geschlossen und seitdem nicht mehr geöffnet hatte.
»Vielleicht hat Daddy es aufgemacht«, meinte Tracy.
Anna dachte darüber nach und sagte dann: »Vielleicht.« Sie wollte ihre Kinder nicht unnötig verängstigen. Ein eiskalter Schauder lief ihr über den Rücken. Sie klammerte sich an die Möglichkeit, daß Tom das Fenster geöffnet hatte.

Zaghaft klopfte Iris an die Tür, an der das Schild »Geschlossen« hing. Kurz darauf hörte sie Schritte, und die Tür wurde von einer Frau mit kurzem braunem Haar aufgerissen. Ihre Jeans waren mit Staub bedeckt, und die Ärmel ihrer Bluse am Ansatz abgeschnitten. Der unwillige Blick ihrer dunklen Augen wurde sanft, als sie Iris erkannte, und sie lächelte erfreut.
»Arbeitest du noch?« fragte Iris schüchtern.
»Ich brenne nur ein paar Töpfe. Komm herein.« Die Frau trat zurück, und Iris ging ins Studio. Lehmklumpen und kalkig aussehende Töpfe bedeckten die Regale an den Wän-

den. In der Mitte des Raums stand eine Töpferscheibe. Alles schien mit einer dünnen Schicht grauen Puders bedeckt zu sein.
»Wo sind deine Koffer?« fragte die Frau.
»Ich habe sie ins Schlafzimmer gebracht«, antwortete Iris. »Es tut mir leid, daß es so spät geworden ist, Angelica.«
Die Frau legte ihre kräftigen, lehmigen Hände auf Iris' Schultern. »Ich habe mir keine Sorgen um dich gemacht. Noch nicht.« Sie zog Iris an sich, und die beiden Frauen küßten sich zärtlich auf den Mund. Iris seufzte und entwand sich der liebevollen Umarmung.
Angelica gab sie frei und ging zu dem kleinen Ofen hinüber. Dann goß sie etwas Tee in einen Becher und gab ihn Iris. Diese setzte sich auf einen Stuhl und umschloß mit beiden Händen den Becher.
Wieder seufzte Iris, und Angelica sah sie lächelnd, mit schief geneigtem Kopf an. »Was ist los?«
Iris zuckte wie ein schuldbewußtes Kind die Schultern.
»Du hast es ihm also nicht gesagt«, stellte Angelica fest. Flehentlich sah Iris die andere Frau an. »Ich habe es versucht. Den ganzen Tag wollte ich mit ihm darüber sprechen. Aber es ergab sich keine Gelegenheit. Und heute abend bin ich noch einmal umgekehrt, als ich schon auf dem Weg hierher war. Schließlich habe ich ein Recht darauf, glücklich zu sein. Ich fing auch an, mit ihm zu reden – aber dann konnte ich es nicht.«
Angelica zündete sich eine Zigarette an, inhalierte tief und nahm dann einen großen Schluck Tee. »Vielleicht willst du es ihm nicht sagen«, meinte sie sanft. »Vielleicht willst du aus dieser Ehe nicht ausbrechen.« Mit kläglichem Blick sah Iris zu Angelica hoch und schüttelte dann langsam den

Kopf. »O nein«, widersprach sie. »Ich komme da raus. Das verspreche ich dir.«

»Versprich es nicht mir«, entgegnete Angelica. »Ich meine, tu es nicht meinetwillen. Wenn du den Druck und den Skandal nicht aushalten kannst, nun, das kann ich verstehen. Dann bleibe ich eben deine heimliche Liebe.«

Iris streckte ihre Hand aus und legte sie auf Angelicas Unterarm. »Nein«, sagte sie. »Ich will nicht, daß es so bleibt. Dies ist das erste Mal in meinem Leben, daß ich wirklich glücklich bin. Als ich dir begegnete, hatte ich das Gefühl, aus einem langen Schlaf aufzuwachen. Jetzt weiß ich, was mir gefehlt hat, und ich möchte mit dir leben. Es ist mir egal, was die Leute sagen.«

Die andere Frau zwinkerte ihr zu und zog wieder an ihrer Zigarette. »Es wird nicht erfreulich sein. Er wird es dir verleiden.«

»Natürlich wird er sich mächtig aufregen, wenn er es herausfindet«, sagte Iris. »Heute abend erzählte er mir, wie zufrieden er mit unserer Ehe ist.«

»Zufrieden«, schnaubte Angelica. »Also ehrlich, Iris, ich weiß nicht, wie du es so lange mit diesem Mann aushalten konntest. Er ist ein ekelhafter Snob, und für die Art, wie er dich behandelt, gibt es keine Entschuldigung. Weshalb solltest du dir also um seine Gefühle Sorgen machen.«

»Ich kann's nicht ändern«, sagte Iris bedauernd. »Ich fühle mich schuldig. Ich fürchte, mir ist nie etwas an ihm gelegen. Weißt du, ich war ihm nie eine richtige Frau. Er hat einen schlechten Charakter, zugegeben, aber er verlangt von anderen nicht mehr als von sich selbst. Und der Skandal wird ihm schwer zu schaffen machen.«

»Du mußt keine öffentliche Erklärung abgeben, weißt du«,

sagte Angelica. »Viele Leute lassen sich heutzutage scheiden. Es muß nicht die ganze Welt wissen, warum du ihn verläßt.«

Mit glänzenden Augen sah Iris zu ihrer Freundin auf. »Ich möchte aber, daß es die ganze Welt erfährt«, sagte sie. »Zum ersten Mal in meinem Leben liebe ich, und ich könnte es hinausschreien.«

»Du bist so süß, Iris«, sagte Angelica sanft. »Ein bißchen naiv, aber das liebe ich an dir.«

Iris errötete, und Tränen schossen ihr in die Augen. Rasch wischte sie sie weg. »Ich werde es ihm sagen«, versprach sie. »In ein paar Tagen. Vielleicht rufe ich ihn einfach an und sage ihm, daß ich nicht mehr zurückkomme. Ich möchte uns nur nicht die wenigen Tage verderben, die wir zusammen verbringen können.«

»Na gut«, stimmte Angelica zu. »Mach es dir nicht unnötig schwer. Ich sehe mal nach den Töpfen. Geh nicht weg.«

Iris schüttelte den Kopf und folgte ihr hingerissen mit den Augen.

Gus de Blakey aß die Reste des süß-sauren Schweinefleisches aus dem Pappkarton und schaute durch das Bürofenster auf das Neonzeichen seines Motels hinaus. »La-2-Pines« stand in greller Schrift über der Einfahrt.

Eine Gruppe Methodisten war bei ihm abgestiegen, die an der Tagung in der Stadt teilnahmen. Dann stand er auf und sah auf den Parkplatz hinaus. Diese Gäste neigten dazu, früh ins Bett zu gehen, und er hatte vielleicht eine ruhige Nacht vor sich. Er gestand es sich nicht gern ein, aber er war müde.

Eben wollte er das Rollo vor dem Bürofenster herablassen,

als er ein Ehepaar in offensichtlicher Empörung auf sein Büro zukommen sah. Womöglich eine verstopfte Toilette, dachte er mißmutig. Dann erkannte er die Gäste, sie wohnten in Nummer 17. Nun, das war mit Sicherheit das sauberste Zimmer. Es war gründlich gereinigt worden, nachdem man den Kerl dort erhängt aufgefunden hatte.
Gus glaubte zu wissen, weswegen die beiden so aufgebracht waren. Wahrscheinlich hatten sie erfahren, daß in Nummer 17 jemand Selbstmord begangen hatte, und wollten in ein anderes Zimmer umziehen. Resigniert hob er die Schultern.
Die Tür zum Büro wurde aufgerissen, und das Paar trat ein.
»Guten Abend«, grüßte Gus und zwang sich zu einem Lächeln. »Was kann ich für Sie tun?«
Der Ehemann, der eine in Stahl gefaßte Brille trug, räusperte sich. Mit einem entrüsteten Ausdruck im Gesicht stand seine Frau daneben.
»Nun, Sir«, begann der Mann, »meine Frau und ich bewohnen Zimmer Nummer 17. Wir sind Mitglieder der Methodisten-Kirche und nehmen hier an einer Tagung teil.« Wie zur Erklärung hielt er dabei die Gideon-Bibel hoch, die er mitgebracht hatte.
»Es ist mir ein Vergnügen, Sie bei mir zu haben«, sagte Gus. »Wie gefällt Ihnen Ihr Zimmer?«
»Das Zimmer ist in Ordnung«, entgegnete der Mann. »Aber darüber sind wir nicht sehr glücklich.« Der Mann hielt ihm vorwurfsvoll die Bibel hin.
»Es ist eine Schande«, fügte seine Frau hinzu und warf einen angewiderten Blick auf die Bibel.
»Wir legen in jedes Zimmer eine«, begann Gus zu erklären. »Es ist ein alter Brauch.«

»Das weiß ich, Sir, und es ist eine gute Sache. Aber diese Bibel in unserem Zimmer wurde verunstaltet.«

»Verunstaltet?« fragte Gus ungläubig.

»Meine Frau wollte heute abend darin lesen, und als sie die Bibel öffnete, fand sie das hier.« Der Mann schlug das Buch auf und hielt es Gus hin. Die Seiten waren mit Gekritzel verschmiert, und einige der Ausdrücke waren eindeutig obszön. Gus griff nach der Bibel und legte sie unter den Tresen.

»Das tut mir leid, Sir«, sagte er, öffnete eine Schublade und gab dem empörten Methodisten eine neue Bibel. »Man hat gelegentlich Gäste, die das Wort des Herrn nicht respektieren. Es tut mir schrecklich leid.«

Argwöhnisch öffnete die Frau die Bibel und blätterte sie durch. »Die ist in Ordnung«, verkündete sie dann.

»Kann ich sonst noch etwas für Sie tun?« fragte Gus.

»Nein, das war's«, entgegnete der Mann und umfaßte den Ellbogen seiner Frau. Mit knappem Gruß gingen die beiden hinaus.

Nachdem das Paar verschwunden war, nahm Gus die Bibel noch einmal zur Hand und betrachtete neugierig die verschmierten Seiten. Das war dieser Verrückte, dachte er und versuchte, Rambos fast unleserliche Handschrift zu entziffern. Das Geschmier ergab keinen Sinn. Nur in der Ecke einer Seite stand deutlich der Name Edward Stewart und darunter eine Telefonnummer. Gus dachte eine Weile darüber nach und versuchte sich schlüssig zu werden, ob dieser Name für den netten Detective, der ins Krankenhaus gekommen war, von Bedeutung sein könnte. Er überwand seine instinktive Abneigung, sich in anderer Leute Angelegenheiten einzumischen, und erinnerte sich an die Pflicht eines jeden Bürgers, der Polizei bei den Ermittlungen eines Verbrechens behilflich zu sein. Gus fischte die Karte des Detectives aus seiner Hemdtasche. Es wird wohl nichts schaden, wenn ich ihn anrufe, dachte er.

Er hob den Telefonhörer ab und wählte die Nummer der Stanwich-Polizeistation. Eine mürrische Stimme meldete sich, und Gus verlangte Detective Mario Ferraro.

»Er ist nicht hier«, sagte der Polizist am anderen Ende. »Kann ich Ihnen helfen?«

»Wann ist er wieder im Dienst?« wollte Gus wissen.

»In ein paar Tagen«, antwortete der Polizist. »Wer spricht da, bitte?«

Gus konnte sich jetzt wieder erinnern. Der Detective hatte ihm erzählt, daß er seinen Sohn ins College bringen wollte.

»Wann ist er wieder zurück?« fragte Gus und hatte keine Lust, jemand anderem eine längere Erklärung abzugeben.

»Am Freitag.«

»Ich verstehe«, antwortete Gus und betrachtete das Gekritzel in der Bibel. Er war neugierig, was der Detective damit anfangen würde.

»Kann Ihnen sonst jemand helfen?«

Gus schüttelte den Kopf. »Nein, das glaube ich nicht. Ich rufe ihn an, wenn er wieder da ist. Freitag, sagten Sie?«

»Wollen Sie ihm eine Nachricht hinterlassen?«

Gus zögerte. »Nein«, sagte er schließlich. »Es kann warten. Ich rufe an, wenn er zurück ist.« Er legte auf und schob die Bibel in die Schublade. Dann nahm er seine Schlüssel, machte das Licht im Büro aus und verschloß die Tür.

18.

Die Morgensonne fiel über Annas Schultern, als sie vor dem Wäschetrockner kniete, die Wäsche herausnahm und gefaltet in einen Korb legte. Sie hörte Tracys Schritte in der Küche und rief ihr zu, wo sie war. Tracy erschien im Türrahmen, kam dann zu Anna herüber und küßte sie leicht auf die Wange.

Anna überraschte und erfreute dieser Kuß. Es war die erste zärtliche Geste von ihrer Tochter seit Wochen, wie ihr schien. In munterem Ton sagte sie: »Du bist aber früh auf.«

»Mary Ellen hat mich zu einer Segelpartie auf ihrem Boot zusammen mit ihrem älteren Bruder und seiner Freundin eingeladen.«

»Das klingt nach viel Spaß.«

»Du riechst nach Parfüm«, stellte Tracy fest.

Anna stand auf und hob den Korb auf die Trockenmaschine.

»Du hast ja auch Lippenstift aufgelegt«, fügte Tracy erstaunt hinzu. »Wo gehst du hin?«

Anna atmete tief durch. »Zum Flughafen«, antwortete sie.

»Zum Flughafen?« rief Tracy überrascht.

»Dein Vater fliegt heute morgen nach Boston. Ich habe beschlossen, ihn vorher zu treffen.«

»Oh«, meinte Tracy und gab sich den Anschein, zu verstehen.

»Wir müssen Verschiedenes besprechen«, fügte Anna hinzu. »Könntest du die Sachen hier in dein Zimmer hinaufbringen, Liebling?«

Tracy nahm die Wäsche entgegen. »Ich hatte daran gedacht, Paul zu der Segelpartie einzuladen«, erwähnte sie beiläufig.

»Das ist aber nett von dir«, sagte Anna erfreut.

Tracy tat das Lob mit einem Schulterzucken ab.
»Aber ich muß ihn heute nachmittag für weitere Untersuchungen ins Krankenhaus bringen. Bis dahin sollten wir vom Flughafen zurück sein.«
»Dann wird er Daddy also auch sehen?« fragte das Mädchen leicht verdrießlich.
»Ich lasse ihn nicht allein im Haus«, sagte Anna. »Er muß mich begleiten.« Mutter und Tochter schwiegen einen Augenblick.
»Nun«, sagte Tracy schließlich. »Ich gehe nach oben und mache mich fertig. Kannst du mich bei Mary Ellen absetzen?«
»Natürlich«, antwortete Anna. »Weck Paul, ja? Wir müssen bald losfahren.«
»Okay«, sagte Tracy. Sie sah den kleinen Haufen Socken und Unterwäsche und fragte: »Sind das Pauls Sachen? Ich bringe sie ihm.«
Anna streichelte rasch Tracys Rücken. Sie gab vor, es nicht zu merken. Vollbepackt mit Wäsche verschwand sie im Haus.
Anna ging in die Küche und setzte sich an den Tisch neben dem Telefon. Sie hatte fast die ganze Nacht wachgelegen, aber sie war nicht müde. Im Gegenteil, ihr ganzer Organismus schien vor Energie zu pulsieren, und sie freute sich darauf, loszufahren.
Die lange Nacht allein in ihrem Bett hatte ihr Zeit gegeben, gründlich über das nachzudenken, was Thomas ihr gesagt hatte. Er hatte mit einer anderen Frau geschlafen, erwartete jetzt, daß sie ihm verzieh, und wollte sich wieder mit ihr versöhnen. Die ganze Nacht hatte sie mit ihren widerstreitenden Gefühlen gekämpft, unfähig, eine Entscheidung zu

treffen. Gegen Morgen war sie eingeschlafen, und als sie aufwachte, wußte sie, was sie zu tun hatte.
Jetzt, da ihr Entschluß feststand, konnte sie es kaum erwarten, ihn in die Tat umzusetzen. Sie schloß die Augen und stellte sich Toms Gesicht vor, wenn er sie so unerwartet am Flughafen sehen würde. Bei dem Gedanken an ihn durchströmte sie eine warme Woge der Zuneigung. Es war die einzig richtige Entscheidung. Wegen eines Fehlers gab man das Zusammenleben mit jemandem nicht auf. Auch sie hatte einen Teil der Schuld daran zu tragen. Reumütig dachte sie an Tracy, die sie jahrelang wegen Pauls Verschwinden vernachlässigt hatte. Aber Tracy schien ihr verziehen zu haben. Jetzt war es an Anna, zu verzeihen.
Sie öffnete die Augen und sah auf die Küchenuhr. Ehe sie losfuhr, mußte sie einen Telefonanruf erledigen. Es war noch ziemlich früh. Höchstwahrscheinlich war Edward noch nicht in sein Büro gefahren. Anna wählte die Nummer der Stewarts und hörte das Telefon mehrmals klingeln.

Die Glastür des Apartmenthauses wurde von einem Portier in blauer Livree geöffnet. »Guten Morgen, Sir«, grüßte er höflich. »Herrlicher Tag heute, nicht wahr?«
»Ja, tatsächlich«, murmelte Thomas und trat in das elegante Foyer.
»Wen möchten Sie sprechen, Sir?« fragte der Portier.
»Miss Kelleher, bitte.«
»Und wie ist Ihr Name?«
»Mr. Lange.«
Der Portier rief von seiner Loge aus an und nickte Thomas dann zu. »Sie können hinaufgehen, Sir.«
In eineinhalb Stunden mußte er am Flughafen sein, aber er

wollte nicht fliegen, ehe er mit Gail gesprochen hatte, sosehr er sich vor dieser Unterredung auch fürchtete. Nachdem Anna in der Nacht zuvor davongefahren war, hatte er sich ein Hotelzimmer genommen und die langen Stunden mit Nachdenken und einer Flasche Bourbon verbracht. Heute morgen fühlte er sich erschöpft; sein Kopf schmerzte, aber wenigstens hatte er nicht mehr die Schuldgefühle wie am Morgen zuvor.

Gail würde wohl nicht sehr über das überrascht sein, was er ihr zu sagen hatte. Nachdem er ihr erklärt hatte, daß er sich mit Anna zum Dinner treffen würde, waren sie fast wortlos auseinandergegangen. Er hatte seine Tasche aus ihrem Apartment geholt und ihr gesagt, daß er in einem Hotel übernachten würde, weil er allein sein mußte, um Ordnung in seine Gedanken zu bringen.

Er hatte in Erwägung gezogen, ohne jede weitere Erklärung die Affäre zu beenden. Er wußte jetzt, daß er sich nichts sehnlicher wünschte, als zu Anna und den Kindern zurückzukehren. Aber er wollte sich nicht feige davonstehlen; er war Gail zumindest eine Erklärung schuldig. Wie auch immer ihre Hoffnungen in bezug auf ihre Affäre gewesen waren, als er sie brauchte, hatte sie ihm geholfen. Wenigstens dafür mußte er jetzt bezahlen.

Langsam ging er den Korridor zu ihrem Apartment entlang und drückte auf die Klingel. Gleich darauf stand sie vor ihm, fertig angezogen und bereit, ins Büro zu gehen. Ihre Blicke begegneten sich kurz, dann senkte er die Augen.

Gail betrachtete ihn flüchtig und lachte dann freudlos. »Ziehst du ein?« fragte sie.

Thomas erwiderte ihr Lächeln nicht. »Ich fliege heute nach Boston«, antwortete er.

»Ich weiß«, entgegnete sie, trat beiseite, um ihn einzulassen.
Er vermied es, sie anzusehen, fühlte sich unbehaglich unter ihrem forschenden Blick.
»Es tut mir leid wegen gestern nacht«, sagte er. »Ich hätte dich vom Hotel aus anrufen sollen, aber ich konnte keinen klaren Gedanken fassen.«
»Ich hatte auch nicht erwartet, von dir zu hören«, sagte sie. Dann ging sie zum Fenster hinüber und blickte hinaus auf die im morgendlichen Dunstschleier liegende Skyline. Im grellen Tageslicht sah er die dunklen Ringe unter ihren Augen, die sie vergeblich versucht hatte, mit Make-up zu verdecken.
»Wie verlief deine Unterhaltung mit Anna?« fragte sie.
Er wollte es ihr erklären, aber er wußte nicht, wo er beginnen sollte. Er verstand es ja selbst nicht einmal. »Ich habe die ganze Sache vermasselt, Gail. Ich habe völlig kopflos gehandelt. Ich fürchte, ich muß dir sehr weh tun, und das war nie meine Absicht.«
Gail nickte mit einem abwesenden Blick in ihren Augen. Sie schien meilenweit entfernt zu sein. Thomas ahnte, daß sie sich während der langen Nacht darauf vorbereitet hatte.
»Nein«, sagte sie sanft. »Das war bestimmt nicht deine Absicht.«

Edward legte den Hörer auf und ging ins Eßzimmer zurück. Welch ein glücklicher Zufall, dachte er. Welch ein unglaublich glücklicher Zufall.
Anna hatte ihn angerufen und ihn gefragt, ob er in der vergangenen Nacht ein verdächtiges Geräusch gehört oder einen Landstreicher ums Haus hatte schleichen sehen. Erst

hatte ihn Panik befallen, als sie von dem geöffneten Fenster erzählte, aber er konnte ihr versichern, daß bestimmt kein Grund zur Besorgnis bestand. Alles war ruhig gewesen.
Und dann hatte sie ihm erzählt, daß sie mit Paul zum Flughafen fahren würde. Gab es einen geeigneteren Ort, um einen Jungen zu entführen, als den unübersichtlichen, betriebsamen Flughafen? Es würde ein Leichtes sein, den Jungen unter irgendeinem Vorwand wegzulocken, ohne daß seine Eltern etwas merkten. Wenn er den Jungen erst einmal in seiner Gewalt hatte, konnte er ihn, ohne Aufsehen zu erregen, in seinem Haus verstecken, bis Einbruch der Dunkelheit warten und sich dann der Leiche entledigen. Es war so einfach. So einfach. Hätte er davon nur schon letzte Nacht gewußt, dann wären ihm schlaflose Stunden erspart geblieben.
Er sah auf seine Armbanduhr. Es war Zeit, aufzubrechen. Er würde ihnen in sicherem Abstand zum Flughafen folgen. Heute abend, dachte er, ist alles vorbei. Ein ungeheures Gefühl der Erleichterung durchströmte ihn. Er würde in Ruhe im Club zu Abend essen, mit der beruhigenden Gewißheit, daß sein potentieller Ankläger tot und irgendwo weit weg begraben war und mit ihm alle seine Sorgen.

19.

Anna hielt neben der Verkehrsinsel vor dem Eastern Airline Terminal. Sie warf Paul einen Blick zu, der von dem geschäftigen Treiben am Flughafen fasziniert zu sein schien.
»Ich bin froh, daß du mitgekommen bist«, sagte sie. »Ich

verstehe gar nicht, wie sich jemand in diesem Dschungel von Hinweisschildern zurechtfindet. Ohne dich wäre ich sicher auf der Rollbahn gelandet.«

Paul zuckte die Schultern. Während der ganzen Fahrt hatte er geschmollt, weil sie darauf bestanden hatte, daß er sie begleitete. »Du hättest es schon gefunden«, murrte er.

»Nun, vielleicht. Aber mit einem Kopiloten war es leichter.« Sie wollte nicht, daß er das Gefühl hatte, bevormundet zu werden. Aber der Gedanke an das geöffnete Fenster ließ ihr keine Ruhe, und Rambos Warnung ging ihr nicht aus dem Kopf.

Anna war sich bewußt, daß Thomas ihre Vorsichtsmaßnahmen nicht gutheißen würde. Aber sie fühlte sich sicherer, wenn der Junge bei ihr war. Wenn Thomas erst wieder nach Hause kam ...

»Kommst du mit hinein?« fragte sie Paul.

Der Junge schüttelte den Kopf.

Anna sah zum Eingang des Terminals hinüber. Polizisten regelten den Verkehr, uniformierte Flughafenangestellte gingen ein und aus. »Ich nehme an, du bist hier gut aufgehoben«, sagte sie. »Laß nur die Türen verschlossen.«

»Warum?« fragte er.

»Wir sind in New York, Liebling. Die Kriminalität hier ist erschreckend hoch. Man kann nicht vorsichtig genug sein. Willst du dir wirklich nicht den Terminal anschauen? Es könnte langweilig werden, hier herumzusitzen.«

»Nein«, sagte der Junge lustlos.

»Na gut«, erwiderte sie forsch. »Ich bin bald zurück.« Sie stieg aus und verschloß die Tür. Mit einem letzten Winken eilte sie über die Zufahrt und verschwand im Eingang.

Paul beugte sich vor und schaltete das Radio ein. Er hörte

eine Sendung über den bevorstehenden Schulbeginn, und der Gedanke daran machte ihn mutlos. In der neuen Schule würden ihn alle anstarren. Er hatte dort keine Freunde. Er klammerte sich an die leise Hoffnung, daß Tracy ihn unter ihre Fittiche nehmen würde. Schließlich hatte sie ihn zu der Segelpartie eingeladen. Von seiner kleinen Schwester abhängig zu sein war zwar nicht sehr ehrenvoll, aber besser als gar nichts.

Plötzlich klopfte es an die Scheibe, und Paul sah Edward Stewarts besorgtes Gesicht.

Paul starrte ihn verständnislos an, als Edward ihm bedeutete, das Fenster herunterzukurbeln. Paul schaltete das Radio ab und drehte die Scheibe herunter.

»Paul«, stieß Edward hervor, »wo ist deine Mutter?«

Paul deutete zum Terminal hinüber. »Sie bringt meinen Vater ans Flugzeug«, antwortete er.

»O nein«, stöhnte Edward und richtete sich auf.

»Was ist los?« fragte der Junge.

Edward beugte sich wieder herab. »Paul, dein Vater ist nicht im Terminal. Da war ... Nun, er hatte heute morgen einen Unfall in New York. Er wurde von einem Ganoven niedergestochen. Er liegt im Krankenhaus.«

»Oh«, brachte der Junge nur heraus.

»Als sie bei euch zu Hause niemanden erreichten, riefen sie bei mir an. Deine Mutter wird in Panik geraten, wenn sie ihn nirgends findet.«

»Ich kann sie ja suchen«, schlug Paul vor.

Edward schien darüber nachzudenken, winkte dann aber ab. »Nein, es ist besser, ich gehe. Ich bringe euch beide zum Krankenhaus. Mein Wagen steht dort drüben in der Parkgarage. Auf Platz H dreizehn. Kannst du ihn alleine finden?«

»Sicher«, antwortete Paul.
»Dann warte dort auf mich. Ich hole deine Mutter.«
»Was wird aus unserem Auto?« fragte Paul, als er ausstieg.
»Das bleibt hier stehen«, sagte Edward.
»Na gut«, meinte der Junge.
»Warte in meinem Wagen auf mich«, mahnte Edward noch einmal eindringlich.
Paul lief über die Straße auf die Parkgarage zu. In dem Gebäude war es dunkel und sehr still. Angst überfiel ihn, und er rannte, so schnell er konnte, von einer Parkebene zur nächsten, bis er endlich neben dem Aufzug unter der Nummer H-13 ein schwarzes Auto entdeckte. Als er näher kam, erkannte er, daß es ein Cadillac war. Er streckte die Hand nach dem Türgriff aus und blieb mitten in der Bewegung wie erstarrt stehen. Vorne auf der langgezogenen schwarzschimmernden Kühlerhaube sah er eine Figur, wie er sie nie zuvor gesehen hatte. Sie war golden und hatte die Gestalt eines Adlers mit ausgebreiteten Flügeln, vorgestreckten Krallen und aufgerissenem Schnabel.
Paul spürte einen schmerzhaften Stich im Kopf und schrie auf. Seine Hand lag noch immer auf dem Türgriff. Übelkeit stieg in ihm auf, und er fühlte, wie seine Beine unter ihm nachgaben. Die Augen noch immer auf den Adler gerichtet, wich er mit letzter Kraft von dem Wagen zurück.
Plötzlich fühlte er einen Schlag in den Rücken, ein Arm umschlang ihn von hinten, und die Wagentür wurde aufgerissen. Paul stürzte nach vorn ins Wageninnere, fiel auf den Vordersitz und prallte mit dem Kinn hart gegen das Lenkrad. Einen Augenblick war er wie gelähmt, dann warf er sich mit einem Schrei herum und starrte seinem Angreifer ins Gesicht.

Edward Stewarts kalte Augen sahen ihn an. Mit haßverzerrter Miene beugte er sich über den Jungen. Paul stieß mit der Faust nach ihm, aber Edward packte sein Handgelenk, bog den Arm auf den Sitz und kniete sich mit einem Bein darauf. Pauls Angstschrei wurde mit einem feuchten Tuch erstickt, das Edward ihm aufs Gesicht drückte und dem ein ekelhafter Geruch entströmte.
In den wenigen Sekunden, ehe Paul ohnmächtig wurde, fühlte er sich in seine Kindheit zurückversetzt: Er lag hilflos auf dem Grasstreifen der Ausfahrt, unfähig, sich zu bewegen, und diese kalten Augen starrten auf ihn herab. Flehentlich rief er um Hilfe, aber diese riesigen Hände ergriffen ihn, und er wußte jetzt, so wie er es damals gewußt hatte, daß von diesen Händen Gefahr drohte.

Anna blickte suchend die Reihe der Passagiere entlang, die vor der Sicherheitskontrolle darauf warteten, daß ihr Gepäck überprüft wurde, ehe sie an Bord der Maschine gingen. Sie erkannte Thomas sofort an den leicht abfallenden Schultern.
Jetzt zögerte sie wieder, zweifelte an der Richtigkeit ihrer Entscheidung. Vielleicht hatte sie Thomas mißverstanden, und er wollte doch lieber mit dieser anderen Frau zusammenleben. Thomas war nun bald an der Reihe. In wenigen Sekunden würde er hinter dem Durchgang verschwunden sein und zum Flugzeug gehen.
Es ist Thomas, dein Mann, dachte sie. Obwohl sie nicht verstehen konnte, was er getan hatte, war er ihr doch vertraut. Sie konnte sich nicht jahrelang in seinen Gefühlen getäuscht haben. Du hast Angst, gestand sie sich ein. Das ist alles. Kämpfe um ihn. Du mußt es tun.

Sie rief seinen Namen. Thomas drehte sich überrascht um. Als er sie sah, erhellte ein Lächeln sein besorgtes Gesicht.
»Anna!« rief er freudig.
Er trat aus der Reihe und ging rasch auf sie zu. Alles wird wieder gut, dachte sie.
»Was machst du hier?«
Plötzlich überkam sie eine unerklärliche Scheu, sein warmes Lächeln verunsicherte sie. »Ich ... ich wollte dich zum Flugzeug bringen«, stammelte sie.
Er sah sie mit müdem, abwägendem Blick an, aber in seinen Augen stieg ein Hoffnungsschimmer auf. Er stellte seine Reisetasche zu Boden und rieb sich die Handflächen verlegen an den Hosen ab.
Anna merkte, daß er nicht wußte, was er antworten sollte. Sie hatte ihm immer alle Schwierigkeiten aus dem Weg geräumt. Auch jetzt brauchte er ihre Hilfe.
»Letzte Nacht habe ich kaum geschlafen«, begann sie. »Ich habe darüber nachgedacht, was du mir gesagt hast. Es war ein fürchterlicher Schlag für mich.«
»Ich weiß«, stimmte er rasch zu.
»Aber ich wollte dich heute nicht abreisen lassen, ohne dieses Mißverständnis zwischen uns auszuräumen.«
Thomas nickte kläglich.
»Ich weiß, wir können die ganze Sache jetzt nicht durchsprechen«, fuhr sie fort. »Aber je länger ich darüber nachdenke, desto bewußter wird mir, daß wir beide daran schuld sind. Ich war so mit Paul beschäftigt, daß ich mich um deine Gefühle nicht mehr gekümmert habe. Nun, wie auch immer, du hast mich gebeten, dir zu verzeihen, und ich möchte dir sagen, daß ich es tue. Das ist das wenigste, was ich dazu beitragen kann.«

Verlegen standen sie sich gegenüber. Thomas nahm Annas Hand in seine beiden Hände. Mit Tränen in den Augen streichelte er sie zärtlich.

Anna schluckte ihre Tränen hinunter. Ein unendliches Gefühl der Erleichterung, daß sie die richtige Entscheidung getroffen hatte, durchströmte sie. Alles andere hatte Zeit. Wir sind wieder vereint, dachte sie und blickte auf ihre ineinander verschlungenen Hände hinab.

Aus dem Lautsprecher kam der Aufruf für die Maschine nach Boston.

Tief durchatmend sagte Tom: »Das gilt mir.«

»Ja, du mußt gehen«, antwortete sie lächelnd.

»Ich rufe dich heute abend an«, sagte er mit einem fragenden Unterton in der Stimme.

Anna nickte. »In welchem Hotel bist du?«

»Dem *Copley Plaza.*«

»Ja. Ruf an. Ich möchte mit dir sprechen.«

Er nahm seine Reisetasche und seinen Aktenkoffer auf. »Wie geht's zu Hause?« erkundigte er sich. »Alles in Ordnung?«

Anna zögerte, dachte an das offene Kellerfenster, aber dafür blieb jetzt keine Zeit. Außerdem würde er bald nach Hause kommen, und dann hatte sie nichts mehr zu befürchten. Lächelnd sagte sie: »Ja, es geht uns gut.«

»Wo sind die Kinder?«

»Tracy ist mit Mary Ellen beim Segeln. Paul wartet draußen im Auto.«

Anna sah, wie ein Schatten über sein Gesicht glitt, und wußte, daß es ihm weh tat, daß der Junge ihn nicht hatte sehen wollen. »Er wollte mit hereinkommen«, erklärte sie rasch, »aber ich bat ihn, auf das Auto aufzupassen. Ich habe direkt vor dem Terminaleingang geparkt.«

»Grüß die beiden von mir, ja? Ich schicke ihnen alle meine Liebe.«

Anna nickte.

Spontan ließ er Reisetasche und Aktenkoffer fallen und umarmte sie. Anna preßte sich ganz fest an ihn, und er barg sein Gesicht in ihrem Haar. Sie fühlte, wie er zitterte. Die Knie wurden ihr weich.

Mit einem leichten Klaps auf den Rücken sagte sie: »Du mußt jetzt gehen.«

Er küßte sie hart auf den Mund und gab sie widerstrebend frei. Mit einem letzten Winken verschwand er im Durchgang.

Morgen kommt er nach Hause, dachte Anna. Dann drehte sie sich um und ging zum Ausgang.

Rasch lief sie über die Zufahrt, reckte dabei den Hals, um Pauls Kopf hinter den Rückenlehnen zu sehen. Sie konnte ihn nicht entdecken.

Wahrscheinlich macht er ein Nickerchen, dachte sie. Sie wollte ihn deswegen aufziehen, aber als sie beim Wagen ankam, sah sie, daß Paul nicht drin saß.

Fassungslos stand sie einen Augenblick vor dem Auto, öffnete dann die Tür und stieg ein.

Kein Zeichen von ihm. Hoffnungsvoll blickte sie durch die Windschutzscheibe, erwartete, ihn herbeieilen zu sehen. Nichts. Er ist mich wohl suchen gegangen, dachte sie. Oder er wollte sich Süßigkeiten kaufen. Anna stieg aus und lief in den Terminal zurück. Ihre Augen suchten verzweifelt in der Menschenmenge nach dem blauen Jackett, aber sie entdeckte Paul nirgends.

Beim Kiosk fragte sie den Verkäufer: »Hat ein Junge in einer blauen Jacke mit braunem Haar bei Ihnen Süßigkeiten gekauft?« Verneinend schüttelte der Mann den Kopf und wandte sich dem nächsten Kunden zu.

Dann lief sie zum Abfertigungsschalter. Vielleicht war er dort gewesen. Aber die Flughafenangestellte versicherte ihr, daß ihr kein Junge aufgefallen war, zumindest konnte sie sich nicht daran erinnern.

Verdammter Kerl, dachte Anna, als sie zum Warteraum weiterging. Warum ist er nicht im Wagen geblieben? Vor der Herrentoilette zögerte sie einen Augenblick und bat dann einen Mann im grauen Straßenanzug. »Entschuldigen Sie, ich suche meinen Sohn. Würden Sie so freundlich sein, für mich nachzusehen, ob er da drin ist? Er ist ungefähr so groß und trägt ein blaues Jackett.« Nachdem der Mann sie kurz verblüfft angesehen hatte, schüttelte er den Kopf und sagte schroff: »Nein, so jemanden habe ich nicht gesehen.«

Langsam drehte sich Anna um und ging durch die Halle zum Ausgang. Sie begann jetzt zu zittern. Wahrscheinlich ist er längst wieder im Auto, sagte sie sich. Das will ich ihm aber auch geraten haben. Warte nur, bis du mir unter die Finger kommst.

Als sie die Zufahrt überquerte, wagte sie nicht, zu ihrem Wagen hinüberzusehen. Dann stand sie davor und fand ihre böse Vorahnung bestätigt. Nirgends ein Zeichen von Paul. Langsam schloß sie die Tür auf und setzte sich hinein. Ich werde einfach hier warten, bis er kommt, dachte sie. Er muß jeden Augenblick wieder auftauchen.

Sie saß einige Minuten im Auto, starrte wie betäubt durch die Windschutzscheibe.

Lautes Klopfen am Seitenfenster riß sie aus ihrer Benommenheit. Eine Politesse mit gezücktem Notizblock und Kugelschreiber starrte sie verwundert an.

»Sie müssen Ihren Wagen wegfahren. Hier darf nur fünfzehn Minuten geparkt werden.«
Anna sah die Polizistin an und öffnete den Mund.
Das Gesicht der Frau verlor seine Härte, und sie fragte besorgt: »Was ist mit Ihnen?« Anna war aschfahl. »Sind Sie krank?«
»Helfen Sie mir«, flüsterte Anna. »Mein Sohn. Er ist nicht da. Es ist etwas passiert. Er ist verschwunden.«

20.

Edward kroch auf allen vieren über den Dachboden, stieß Stapel von Zeitungen und Pappkartons beiseite. Es war nur ein kleiner Speicher, vollgestopft mit zerbrochenen Schiffsteilen und allem möglichen Kram. In einer Ecke fand Edward, was er suchte. Einen Stützpfeiler, der genau für seine Zwecke geeignet war. Als er sich umdrehte, stieß er gegen einen Pappkarton, der durch das Einstiegsloch, an dem die Leiter lehnte, hinabfiel und mit einem dumpfen Aufprall auf dem Steinfußboden darunter landete.
Edward spähte durch die Luke hinab. Der Karton war aufgeplatzt; leere Farbtuben, alte Pinsel und eine zerbrochene Flasche mit Terpentin lagen daneben. Das Terpentin floß über den Boden und wurde dann vom Stoff der Jacke aufgesogen, die der Junge trug, der dort auf dem Rücken ausgestreckt lag. Pauls Mund stand offen, unter den halbgesenkten Lidern schimmerte das Weiß seiner Augäpfel im trüben Licht der stickigen Windmühle.
Edward seufzte, als er auf den Körper hinuntersah. Er war nicht von dem Gedanken begeistert, ihn die schmale Leiter

in den Speicher hinaufschleppen zu müssen. Aber nur dort oben war Paul sicher versteckt, falls jemand zufällig vor Einbruch der Dunkelheit in die Windmühle kommen sollte. Es war zwar unwahrscheinlich, aber möglich. Im Dunkeln konnte er dann den Leichnam aus dem Haus bringen und weit weg auf einem Schuttabladeplatz oder in der Kiesgrube bei Kingsburgh vergraben. Es würde Monate dauern, bis man ihn fände.

Ein leises Wimmern drang aus Pauls Mund. Edward spähte durch die Luke hinab und sah die Lider des Jungen zucken. Ein Arm bewegte sich. Edward raffte einige Stoffetzen und eine Schnur zusammen und stieg rasch die Leiter hinab.

»Hilf mir«, krächzte der Junge.

Edward stopfte Paul einen Lappen in den Mund. Paul öffnete die Augen und starrte Edward mit einem Ausdruck des Erkennens und Entsetzens an. Diesen Blick hatte Edward schon einmal gesehen. Er fesselte Hände und Füße des Jungen und rollte ihn auf den Rücken. Paul warf in panischer Angst den Kopf von einer Seite zur anderen, die Augen quollen ihm vor Grauen und Todesangst fast aus den Höhlen.

Edward sah Paul nicht an. Er kam stolpernd auf die Beine und ging zum Fenster hinüber. Glasig lastete die Nachmittagshitze über dem Stewart-Besitz. Niemand war weit und breit zu sehen. Beruhigt kehrte Edward zu dem Jungen zurück und warf einen mißbilligenden Blick auf die Leiter, die zum Dachboden hinaufführte.

Er holte tief Luft, kniete nieder und schob seine Arme unter die Schulterblätter und Kniekehlen des Jungen.

Edward stemmte sich keuchend hoch und schleppte sich dann wankend unter dem Gewicht zur Leiter.

Dabei überfiel ihn plötzlich die Erinnerung daran, wie er Paul das letzte Mal getragen hatte. Damals war er leichter gewesen. Ein Kleinkind. Im Gras neben der Auffahrt hatte er gelegen, nachdem das Auto ihn gestreift hatte. Edward verschnaufte kurz am Fuß der Leiter und dachte an den flehenden, ängstlichen Ausdruck in den Augen des Kindes, als er sich über die kleine blutende Gestalt gebeugt und den Sohn seines Nachbarn erkannt hatte. Ja, damals war er leichter gewesen. Glücklicherweise, denn Edward hatte rasch handeln müssen. In Sekundenschnelle war der Entschluß gefaßt und ausgeführt worden.
Edward seufzte. Dieser verwegene Plan hätte geklappt, wenn Rambo ihn nicht dabei beobachtet und das Kind gerettet hätte. Aber für lange Zeit war er in Sicherheit gewesen, erinnerte sich Edward. Und er hätte unter denselben Umständen heute genauso gehandelt.
Edward umfaßte den Jungen mit festem Griff und begann langsam die Leiter hinaufzusteigen. Paul lag reglos und steif in seinen Armen. Sein Kopf, mit dem Knebel im Mund, fiel zurück. Sprosse für Sprosse hievte sich Edward zum Speicher hinauf.

Anna schloß die Augen und ließ den Kopf erschöpft gegen die Lehne des Stuhls sinken. Sie preßte die Hände gegen die Schläfen und versuchte sich zu entspannen.
Dann sah sie sich blinzelnd im Polizeirevier von Stanwich um. Uniformierte Polizisten eilten geschäftig umher, trugen Akten von einem Raum in den nächsten.
Anna wandte sich an die Frau in blauer Bluse mit schwarzer Krawatte, die hinter dem Schreibtisch vor ihr saß. Auf ihrem Namensschild stand: M. Hammerfelt.

»Darf ich Ihr Telefon benutzen?« bat Anna.
Mit einem mitfühlenden Lächeln antwortete sie: »Aber natürlich.«
»Es ist ein Ferngespräch«, erklärte Anna.
»Wählen Sie zuerst die Neun«, instruierte die Polizistin sie.
Anna meldete ihr Gespräch nach Boston an und sah sich nach dem jungen Officer um, dem ihr Fall übertragen worden war. Von der Polizeistation am Flughafen La Guardia hatte man sie auf ihr Verlangen hin zum Polizeirevier von Stanwich gefahren, wo sie nun bereits seit einer halben Stunde wartete.
»*Copley Plaza.*«
Anna bat die Telefonistin, sie mit Thomas' Zimmer zu verbinden. Er meldete sich nicht.
»Möchten Sie eine Nachricht hinterlassen?« fragte die Telefonistin.
»Ja, bitte«, antwortete Anna leise. Sie überlegte kurz und sagte dann: »Bitte sagen Sie ihm, daß seine Frau angerufen hat. Sagen Sie ihm: ›Bitte komm sofort nach Hause. Paul ist verschwunden.‹«
Die Telefonistin wiederholte die Nachricht und versprach, sie ihm auszuhändigen. Anna legte auf. Dann lehnte sie sich wieder im Stuhl zurück und schloß die Augen.
Lange hatte sie gezögert, Thomas anzurufen. Ihre Versöhnung hatte gerade erst begonnen. Alles in ihr hatte sich dagegen gesträubt, dieses schwache Band erneut durch ihre Sorgen um Paul zu gefährden. Aber sie brauchte Tom jetzt. Ohne ihn konnte sie die Situation nicht durchstehen. Etwas Entsetzliches war mit Paul geschehen. Jede Faser ihres Seins sagte ihr das, ganz gleich, wie die Polizei darüber dachte.
»Mrs. Lange?«

Anna öffnete die Augen, als ein junger Officer auf sie zutrat.
»Ich glaube, wir haben nun alle nötigen Informationen.«
»Was werden Sie unternehmen?« fragte sie ängstlich.
Mit einem geduldigen Lächeln steckte der Polizist sein Notizbuch in die Gesäßtasche. »Nun, im Augenblick können wir nicht viel tun. Wir müssen ein paar Tage warten und können nur hoffen, daß er wieder auftaucht.«
Anna starrte den Polizisten ungläubig an. »Was soll das heißen? Werden Sie nicht sofort nach ihm suchen?«
Bedauernd hob der Polizist die Schultern. »Wir wissen ja nicht einmal, ob er einfach nur davongelaufen ist. Jungs tun das dauernd.«
Anna fühlte Wut in sich aufsteigen, ihre Wangen röteten sich, aber sie bemühte sich um einen gefaßten Ton. »Mein Sohn ist nicht weggelaufen, Officer Parker. Ihm ist etwas zugestoßen. Wir können nicht einfach tatenlos hier herumsitzen und warten, ob etwas passiert.«
Der junge Polizist verschränkte abwehrend die Arme vor der Brust. »Mrs. Lange, offiziell gilt der Junge noch nicht als vermißt. Und wir haben keinen Beweis dafür, daß er gewaltsam entführt wurde.«
»Aber er saß in meinem Wagen, und als ich zurückkam, war er ...« Anna hörte, wie ihre Stimme schrill wurde.
»Das weiß ich«, versuchte der Polizist sie zu beruhigen. »Aber im Moment können wir nichts unternehmen.«
Wie in Trance starrte Anna den Officer an. Dann sagte sie: »Sie wissen doch, daß mein Sohn erst vor kurzem nach einer Entführung gefunden wurde und zu uns zurückkehrte.«
»Ja, Ma'am, das ist mir bekannt«, antwortete der Polizist.

»Ich bin davon überzeugt«, fuhr Anna fort, »daß mein Junge in Gefahr ist. Es ist durchaus möglich, daß jemand ihn wieder gekidnappt hat.«
Mitfühlend lächelte der Polizist sie an. »Ich kann Ihre Befürchtungen verstehen, Ma'am. Aber ich würde Ihnen raten, erst einmal nach Hause zu gehen. Ruhen Sie sich aus. Jeden Tag laufen junge Burschen ohne ersichtlichen Grund fort. Er wird sicher wieder auftauchen. Vielleicht ist er sogar schon zu Hause.«
Anna warf der Polizistin einen hilfesuchenden Blick zu, aber diese senkte rasch die Augen.
Fassungslos schüttelte Anna den Kopf. »Nun gut«, meinte sie schließlich resigniert. »Ich werde jemanden mit der Suche nach ihm beauftragen, wenn Sie mir nicht helfen wollen.«
Der Officer trat unbehaglich von einem Fuß auf den anderen, antwortete aber mit einem schmalen Lächeln: »Machen Sie sich keine Sorgen, Mrs. Lange. Wenn er in achtundvierzig Stunden noch immer nicht zurück ist, werden wir nach ihm suchen. Das verspreche ich Ihnen.«
Ohne ihn eines weiteren Blickes zu würdigen, nahm Anna ihre Handtasche und ging schweren Schrittes aus der Polizeistation. Ihr Gesicht war müde und eingefallen, ihr Blick weit entfernt; aber ein Schimmer resoluter Entschlossenheit funkelte in ihren Augen.
»Sie tut mir leid«, sagte die Polizistin am Schreibtisch.
»Ja, mir auch«, entgegnete der Officer. »Nun, Arbeit wartet auf mich.« Damit ging er zielstrebig in sein Büro zurück.
Marian Hammerfelt lehnte sich in ihrem Stuhl zurück und klopfte nachdenklich mit dem Kugelschreiber auf die Schreibtischplatte. Officer Parker hielt Mrs. Lange offen-

sichtlich nicht für ganz zurechnungsfähig. Aber sie hatte sich oft mit Buddy Ferraro über diesen Fall unterhalten. Er hatte ihr einmal anvertraut, daß er eine Menge Respekt vor dem mütterlichen Instinkt habe, und Marian hatte ihm zugestimmt.

Sie öffnete eine Schublade und nahm einen Ordner heraus. Die Adresse, wo Buddy sich im Moment aufhielt, stand neben seinem Namen, zusammen mit der Telefonnummer, unter der er in Notfällen zu erreichen war. Sie zögerte noch einen Augenblick und griff dann entschlossen nach dem Telefonhörer. Es war sein Fall, dachte sie. Und er würde wissen wollen, was geschehen war.

So war es all die Jahre, dachte Anna, als sie erschöpft im Ohrensessel saß und sich im Wohnzimmer umsah. Eine Menge Arbeit wartete im Haushalt auf sie, aber sie war unfähig, etwas zu unternehmen.

Noch Monate, nachdem Paul damals verschwunden war und sie das Baby verloren hatte, war das Haus ihr wie ein Gefängnis vorgekommen, und die einfachsten Hausarbeiten hatten sie überfordert. Das unerträgliche Warten hatte sie jedes Quentchen Kraft gekostet. Darauf zu warten, daß das Telefon läutete, daß der Tag zu Ende ging. Das Warten in diesem gelähmten Zustand, innerlich erstarrt vor Angst, jeglicher Energie beraubt. Es war genau wie damals, aber diesmal bezweifelte sie, daß sie den Willen aufbringen konnte, sich dagegen zu wehren.

Plötzlich läutete das Telefon. Sie fuhr erschrocken in ihrem Sessel hoch, raste hin und hatte den Hörer abgenommen, noch ehe es ein zweites Mal klingeln konnte. »Ja, hallo«, schrie sie in den Hörer.

Es dauerte einige Sekunden, ehe Iris' besorgte Stimme erklang. »Anna, ich bin es, Iris.«
Anna schloß die Augen und sank gegen die Wand. »O Iris. Hallo.«
Iris zögerte einen Augenblick, ehe sie weitersprach. »Störe ich dich? Kann ich mit dir reden?«
Beim Klang der vertrauten Stimme stiegen Anna die Tränen in die Augen, die sie den ganzen Tag über mühsam zurückgehalten hatte. »O Iris. Es tut mir leid. Ich bin so verstört.«
»Was ist los?« fragte Iris und verdrängte in dem Bedürfnis, helfen zu wollen, ihre eigenen Probleme. »Was ist passiert? Ist was mit Tom?«
»Nein«, antwortete Anna mit tränenerstickter Stimme. »Es ist Paul. Er ist verschwunden.«
»Verschwunden? Wie meinst du das?«
»O Gott, es ist ein Alptraum. Ich habe ihn heute morgen mit zum Flughafen genommen, um Tom noch zu treffen, ehe er nach Boston flog. Und als ich zum Wagen zurückkam, war Paul weg. Verschwunden. Einfach so.«
»Hast du die Polizei verständigt?« fragte Iris.
»Ja. Ich war auf dem Revier. Leider waren sie keine große Hilfe. Als das Telefon eben klingelte, dachte ich, sie würden anrufen.«
»Das tut mir leid«, sagte Iris schuldbewußt. »Ich will dich nicht länger aufhalten. Ich weiß, wie besorgt du bist.«
»Es macht nichts«, sagte Anna erschöpft. »Es tut gut, deine Stimme zu hören. Ich glaube sowieso nicht, daß sie anrufen werden. Sie halten mich für eine Hysterikerin. Ich hatte die Polizei über den Einbruch hier letzte Nacht informiert. Und heute passiert das. Ich glaube einfach nicht an einen Zufall.«

»Bei dir ist eingebrochen worden?« erkundigte sich Iris.
»Ich weiß es nicht mit Sicherheit.«
»Na so was«, sagte Iris mehr zu sich selbst. »Edward hatte also recht.«
»Womit?« fragte Anna halbherzig.
»Letzte Nacht glaubte er einen Landstreicher gehört zu haben. Er ging hinaus, um nachzusehen, konnte aber niemanden entdecken.«
»Was?« schrie Anna und umklammerte den Telefonhörer fester.
»Ja, das hat er mir gesagt. Aber er schien sich getäuscht zu haben.«
»Aber als ich ihn heute morgen anrief und ihn fragte, ob ihm etwas aufgefallen sei, sagte er mir, er wisse nichts darüber.«
Iris Stimme klang jetzt skeptisch. »Dann muß er dich mißverstanden haben, Anna.«
Annas Herz begann schmerzhaft zu klopfen. Laut und nachdrücklich sagte sie: »Ich habe ihn extra danach gefragt. Er konnte mich nicht mißverstehen.«
»Es tut mir leid«, antwortete Iris kleinlaut. »Das ist die einzige Erklärung, die ich dafür habe.«
»Nein, es ist nicht deine Schuld. Ich ... ich muß ihn eben noch einmal anrufen.«
»Willst du, daß ich komme und bei dir bleibe?« fragte Iris.
»Nein, das ist nicht nötig. Ich komme schon zurecht.«
Annas Gedanken rasten. Warum hatte Edward geleugnet, verdächtige Geräusche gehört zu haben? Er *hatte* es geleugnet.
»Vielleicht wollte er dich nur nicht beunruhigen«, meinte Iris.

Anna war dankbar für diese Erklärung. »Natürlich, das wird es gewesen sein.« Aber sie fühlte, wie ihr eine Gänsehaut über den Rücken lief. Jetzt hatte sie Gewißheit. Jemand war in ihr Haus eingebrochen. Und Edward konnte ihren Verdacht bestätigen.

»Soll ich wirklich nicht zu dir kommen?« fragte Iris.

»Nein«, lehnte Anna ab. Dann kam ihr ein anderer Gedanke. »Wo bist du denn, Iris? Ich dachte, du bist in diesem Kurort?«

Iris verließ der Mut. Dies war nicht der Moment, um über ihre eigenen Sorgen zu sprechen. »Da bin ich auch«, antwortete sie. »Ich wollte nur mit dir sprechen.«

»Oh«, erwiderte Anna geistesabwesend. Tatsache war doch, erkannte sie in einem Anflug von Wut, daß jemand ums Haus herumgeschlichen war, der etwas mit Pauls Verschwinden zu tun haben konnte. Was bildete Edward sich eigentlich ein, ihr diese Information vorzuenthalten, selbst wenn er es gutgemeint hatte?

»Nun«, sagte Iris abschließend. »Ich will dein Telefon nicht länger blockieren. Ich rufe morgen wieder an, ob es Neuigkeiten gibt.«

»Vielen Dank für deinen Anruf, Iris«, sagte Anna bedrückt.

»Mach dir keine Sorgen, Anna. Es wird alles gut werden.«

»Ja. Auf Wiedersehen.«

»Auf Wiedersehen.«

Noch ehe sie den Hörer auf die Gabel zurückgelegt hatte, wußte Anna, was zu tun war. Sie würde zu den Stewarts hinübergehen und nachsehen, ob Edward zu Hause war. Falls ja, würde sie ihn zur Rede stellen. Wenn er sich bereit erklärte, ihren Verdacht wegen des Landstreichers vor der Polizei zu bestätigen, würden sie vielleicht die Suche nach

Paul sofort einleiten. Edwards Worten würden sie wohl eher Glauben schenken als den Hirngespinsten einer Hysterikerin, dachte sie. Wenigstens konnte sie jetzt etwas unternehmen. Das war besser, als hier zu sitzen und darüber nachzugrübeln, ob sie ihren Sohn wohl je wiedersehen würde.

21.

Am Ende der Auffahrt zeichnete sich das Herrenhaus der Stewarts irgendwie bedrohlich gegen den Nachmittagshimmel ab. Langsam ging Anna die Auffahrt hinauf. Der Kies knirschte unter ihren Füßen. Sie fragte sich, ob Edward zu Hause war. Normalerweise blieb er jeden Tag bis zum Abend in seinem Büro in der Stadt. Aber gestern kam er auch früher zurück, dachte sie hoffnungsvoll. Sie beschloß, erst in der Garage nachzusehen, ob sein Wagen da war.

Anna preßte ihr Gesicht gegen die Fensterscheibe und starrte hinein. Es dauerte eine Weile, bis sich ihre Augen an die Dunkelheit drinnen gewöhnt hatten, und dann erkannte sie die lange, schwarzglänzende Form von Edwards Cadillac.

Vorne am Kühler schimmerte matt der goldene Adler, die Kühlerfigur, die Edward seit Jahren auf jedes neu erworbene Modell seiner Cadillacs montieren ließ. Thomas und sie hatten sich oft darüber amüsiert, denn Edwards wichtigtuerische Art paßte so gar nicht zu diesem majestätischen Vogel. Aber als sie ihn jetzt betrachtete, stieg ein Gefühl des Unbehagens in ihr auf. Eine unbewußte Ahnung quälte sie. Damit würde sie sich später beschäftigen, entschied Anna dann. Hauptsache, Edward war zu Hause.

Entschlossen marschierte Anna zur Eingangstür und drückte auf den Klingelknopf. Sie hörte den Widerhall der Glocke im Haus, aber niemand reagierte darauf. Ungeduldig wartete sie eine Weile. Vielleicht macht er ein Nickerchen, überlegte sie. Oder er war in der Windmühle. Dort verbrachte er laut Iris den größten Teil seiner Freizeit.
Sie folgte dem Steinpfad um das Haus herum und gelangte auf die Terrasse. Die Spitze der Windmühle war zwischen den Baumwipfeln kaum zu erkennen. Einen Moment zögerte Anna, denn sie wußte, daß Edward in seinem Refugium nicht gern gestört wurde. Aber sie hatte etwas Wichtiges mit ihm zu besprechen, und Edwards Verärgerung würde sie nicht weiter belasten. Nicht wenn er etwas dazu beitragen konnte, damit Paul gefunden wurde.
Plötzlich glitt hinter ihr die gläserne Schiebetür zur Seite. Anna drehte sich bei dem Geräusch abrupt um und stieß sich das Schienbein an einem Gartenstuhl.
Edward Stewart fixierte sie mit eiskaltem Blick, als er auf sie zukam. »Was suchst du hier?« fragte er barsch.
»Edward«, antwortete Anna atemlos. »Ich dachte, du wärst nicht im Haus. Ich habe geklingelt und geklingelt.«
»Die Dienstboten sind nicht hier«, entgegnete er, als würde diese Tatsache erklären, warum niemand die Tür geöffnet hatte. Anna ging nicht näher darauf ein, vielleicht hatte er einfach nicht gestört werden wollen.
»Hoffentlich habe ich dich nicht aufgeweckt oder bei irgendeiner Arbeit gestört.«
»Nein«, antwortete er knapp. »Komm herein.« Er deutete auf die Glastür, und Anna ging vor ihm her in die Bibliothek.
»Ich wollte eben in der Windmühle nach dir suchen.«

Sie merkte, wie seine Schultern sich versteiften. Von dieser Mühle ist er wirklich besessen, dachte sie.

»Setz dich«, sagte er und deutete auf einen braunen Ledersessel.

Anna ließ sich auf der Kante nieder, und Edward nahm ihr gegenüber Platz.

»Ich kann nicht bleiben ...«, begann sie. »Ich wollte dich nur etwas fragen.«

»Oh. Und was?«

Anna atmete tief durch. »Iris hat mich eben angerufen.«

Edward richtete sich auf. »Iris?«

»Ja.«

»Was wollte sie von dir?« fragte er mit schmalen Augen.

»Sie hatte gar keine Gelegenheit, es mir zu sagen«, gestand Anna schuldbewußt.

Edward glaubte es zu wissen. Wahrscheinlich wollte sie ihre ehelichen Probleme mit Anna diskutieren. Von Frau zu Frau. Beinahe hätte er bei dem Gedanken laut aufgelacht, aber Annas Anwesenheit verursachte ihm Unbehagen.

»Ich habe ihr von Paul erzählt. Aber du weißt wohl noch nicht, was passiert ist.«

Edward schüttelte mit einem unschuldig fragenden Ausdruck den Kopf.

»Heute morgen nahm ich ihn mit zum Flughafen, wie ich dir ja am Telefon erzählte. Ich habe Tom zum Flugzeug gebracht, und als ich zum Wagen zurückkam, war Paul verschwunden. Seitdem habe ich nichts mehr von ihm gesehen oder gehört.«

»Verschwunden?« sagte Edward. »Das ist unglaublich.«

»Er ist nicht verschwunden«, widersprach Anna scharf. »Ihm ist etwas passiert.«

Edward schwieg einen Augenblick. Dann räusperte er sich und fragte: »Nun, wie kann ich dir helfen?«
»Deswegen bin ich ja hier«, sagte Anna. »Erinnerst du dich daran, heute morgen erzählte ich dir am Telefon, daß jemand letzte Nacht versucht hat, in unser Haus einzubrechen?«
Edward sah sie ausdruckslos an. Dann gab er vor, sich zu erinnern. »Ach ja. In den Keller, nicht wahr?« Er wußte sofort, daß Iris ihr erzählt hatte, daß er vergangene Nacht einem verdächtigen Geräusch draußen nachgegangen war. Er behielt eine verwirrte Miene bei, während er hastig nach einer Lüge suchte.
»Ja«, antwortete Anna. »Edward, warum hast du mir nicht gesagt, daß du letzte Nacht einen Landstreicher draußen herumschleichen hörtest?«
»Was?« fragte er scheinbar verblüfft. Er wollte Zeit gewinnen.
»Heute, als ich dir erzählte, daß ich die Polizei wegen des offenen Kellerfensters angerufen habe, hast du keinen Ton davon gesagt. Aber Iris erzählte mir, daß du ein verdächtiges Geräusch gehört hattest.«
Nervös rieb Edward die Hände aneinander und sah sie schuldbewußt an. »Ich hielt es nicht für wichtig. Ich meine, ich wollte dich nicht unnötig beunruhigen. Schließlich habe ich niemanden gesehen.«
Jetzt machte die unterdrückte Wut in Anna sich Luft, und sie fuhr ihn an: »Um Himmels willen, Edward. Ich bin kein Kind, das man beschützen muß! Warum hast du mir das nicht einfach erzählt, als ich dich danach fragte? Es hätte meinen Verdacht bestätigt, und die Polizei wäre vielleicht eher geneigt, mir zu helfen.«

»Deswegen brauchst du mich nicht anzuschreien«, sagte Edward. Der eisige Unterton in seiner Stimme brachte Anna zum Schweigen. »Ich habe getan, was ich für das Beste hielt.«

Anna holte tief Luft und nickte. »Ja, ich weiß. Es tut mir leid. Aber du mußt es mir sagen. Was hast du gesehen oder gehört?«

Edward nahm Iris' Dunhill-Feuerzeug vom Tisch und spielte damit. »Ich war in der Mühle und habe gearbeitet, als ich glaubte, ein Geräusch draußen zu hören. Also ging ich nachsehen. Aber niemand war da. Alles war absolut still.«

»Würdest du das der Polizei sagen?« fragte Anna.

»Wozu?« Edward ließ das Feuerzeug in den Aschenbecher fallen. »Was könnte das ändern?«

»Es könnte ganz entscheidend sein«, beharrte Anna. »Im Moment nimmt die Polizei mich nicht ernst. Sie behandelt mich wie eine Verrückte und glaubt mir nicht. Wenn du meinen Verdacht bestätigen würdest, läßt sie sich vielleicht dazu herab, mir zu helfen.«

Edward verzog den Mund zu einem schmalen, kalten Lächeln, während er angestrengt über Annas Vorschlag nachdachte. Falls er sich weigerte, ihrer Bitte nachzukommen, würde er vielleicht ihr Mißtrauen wecken, und er wollte nicht unkooperativ erscheinen. Er haßte den Gedanken, in irgendwelche polizeilichen Ermittlungen in bezug auf den Jungen verwickelt zu werden. Aber falls er sich weigerte, würde Anna zur Polizei gehen, und die würde bei ihm nachfragen. Widerstrebend, mit verkrampftem Magen, sagte er schließlich aalglatt: »Natürlich rufe ich die Polizei an, wenn es dir irgendwie hilft.«

»O Edward, danke«, sagte Anna, atmete erleichtert auf und ließ sich in den Sessel zurücksinken.

»Das erledige ich sofort«, entschied er. Langsam, mit gezwungener Gelassenheit, stand er auf und ging zum Telefon. Während er wählte, legte er sich die Worte zurecht. Er würde die ganze Sache beiläufig schildern, ohne viel Aufhebens darum zu machen. Als er die Nummer wählte, kam ihm der Gedanke, daß dieser Anruf sich zu seinen Gunsten auswirken konnte. Nachbarschaftliche Hilfe für eine besorgte Mutter war in diesem Fall durchaus angebracht. Und Anna würde ihm dankbar sein.

Anna hörte mit geschlossenen Augen zu, wie Edward kühl und sachlich die Situation schilderte, was keineswegs die Dringlichkeit, die sie empfand, widergab. Nun, so war Edward eben, sagte sie sich. Wenigstens rief er an. Sie sah sich in der Bibliothek um, betrachtete die schweren Ledermöbel, die antiken Schränke und Tische. An der gegenüberliegenden Wand hingen Radierungen verschiedener Raubvogelarten. Sie erkannte Eulen, Adler, Habichte, Falken und andere ihr unbekannte Raubvögel. Ihr fiel auf, daß die Augen mancher Vögel sie an Edwards Augen erinnerten. Vielleicht mag er sie deswegen, dachte sie.

Dann, ganz plötzlich, durchströmte sie eine merkwürdige Erregung, und sie starrte auf ein Bild, das einen goldenen Adler darstellte, der Kühlerfigur auf Edwards Wagen unverwechselbar ähnlich. Und Anna erinnerte sich plötzlich, wer erst kürzlich von einem goldenen Adler gesprochen hatte.

»Erledigt«, sagte Edward und trat vor sie hin. »Ich habe die Polizei unterrichtet.«

»Danke«, murmelte Anna und riß ihren Blick von dem Bild los.

»Wäre es nicht besser«, meinte Edward fürsorglich, »du

würdest jetzt nach Hause gehen und deine Sorgen vergessen? Wahrscheinlich wird der Junge früher auftauchen, als du dir vorstellen kannst.«
Anna erhob sich bedächtig aus dem Sessel, mied dabei sorgfältig seinen Blick. »Hoffentlich hast du recht«, sagte sie. »Jedenfalls glaubt die Polizei das auch.«
»Nun«, meinte Edward forsch, »wir wollen unseren Männern in der blauen Uniform doch vertrauen.«
»Ja«, sagte sie und zwang sich zu einem Lachen, das sehr hohl klang. »Ich mache mir eben Sorgen.«
»Das würde die Polizei auch an deiner Stelle«, entgegnete Edward und war erleichtert, daß der junge Officer, mit dem er gesprochen hatte, es für unnötig gehalten hatte, sich auf seinem Besitz umzusehen.
Anna holte tief Luft und ging zur Tür. Mit einem warmen Lächeln verabschiedete sie sich von ihrem Nachbarn. »Ich bin dir wirklich sehr dankbar, daß du angerufen hast«, sagte sie. »Und es tut mir leid, daß ich dich gestört habe.«
»Keine Ursache«, antwortete er großzügig, erleichtert darüber, daß sie endlich ging. »Ich hab's gern getan. Ich hoffe nur, der Junge wird bald gefunden.«
Er brachte sie zur Tür und sah ihr nach, wie sie die Auffahrt hinunterging. Dann schloß er die Haustür.

Während Anna sich langsam vom Haus entfernte, ließ sie der Gedanke an das Bild in der Bibliothek nicht los. Der Adler, der auf einem schwarzen Ungetüm auf ihn zukam, war Teil des Alptraums, der Paul quälte. Natürlich mußte er nichts mit der Kühlerfigur auf Edwards Wagen zu tun haben.
Dann blieb sie abrupt stehen. Sie wußte, sie sollte besser

nach Hause gehen, aber ihre Augen hingen wie festgeklebt an der Garage. Sie glaubte förmlich durch die Tür hindurchsehen zu können. Sie verspürte den unerklärlichen, unwiderstehlichen Drang, sich vor den Wagen zu stellen, die Hand auf die Figur zu legen, und hatte das Gefühl, dadurch würde sie Paul erreichen oder zumindest zu einer Erkenntnis gelangen, die ihr bei der Suche nach ihm helfen würde. Wie in Trance folgte sie diesem Impuls, ging zur Garage, öffnete die Tür und schlüpfte hinein.

Eigentlich hätte sie Edward fragen müssen, ob sie einen Blick auf den Wagen werfen durfte. Aber schon in der Bibliothek, als ihr der Zusammenhang bewußt wurde, hatte sie ihm diese Erkenntnis instinktiv verschwiegen. Und sie vertraute ihrem Instinkt. In bezug auf Paul hatte er sie noch nie getrogen.

Die finstere Garage war leer bis auf den Cadillac. Anna legte die Hand auf das kühle glatte Blech und ging zum Kühler. Der Adler hatte die Flügel ausgebreitet, die Krallen vorgestreckt, und seine Augen blickten zu Boden, genau wie der Junge es beschrieben hatte.

Vielleicht hatte er die Kühlerfigur einmal gesehen, und sie hatte einen unauslöschlichen Eindruck auf ihn gemacht, überlegte Anna. Aber das erklärte nicht, warum dieses Bild ihn so erschreckte und der Traum immer wiederkehrte. Während sie den Adler anstarrte, fiel ihr das Atmen schwer. Sie wollte raus aus der Garage, ehe Edward sie hier entdeckte. Vor einer weiteren Begegnung mit ihm hatte sie eine unerklärliche Angst. Sie mußte nach Hause und über die Eindrücke nachdenken, die sich in ihrem Kopf überstürzten.

Da entdeckte sie unter dem Scheibenwischer ein Stück

Papier. Die Buchstaben LaG sprangen ihr förmlich ins Auge. Wie hypnotisiert griff sie nach dem Zettel.
Es war ein Parkschein, mit dem Aufdruck einer Garage am La-Guardia-Flughafen und dem heutigen Datum und der Uhrzeit darauf.
Anna fühlte, wie ihre Knie unter ihr nachgaben, als sie den Zettel anstarrte. Unter Aufbietung ihrer letzten Willenskraft zwang sie sich weiterzugehen, während sie den Schein in ihrer Hand zerknüllte. Sie stopfte das Knäuel in ihre Tasche und lief auf die Seitentür der Garage zu.
Sie drehte den Türknauf, und im selben Augenblick wurde die Tür von der anderen Seite aufgerissen, und Anna fiel nach vorn. Über sich sah sie die starren, kalten Augen Edward Stewarts.
Sein aschfahles Gesicht war zu einer Grimasse der Wut verzerrt. Sie stammelte: »Ich habe nur etwas gesucht...«
Seine Hand schoß vor und umklammerte mit eisernem Griff ihr Kinn. Mit aller Wucht stieß er sie zurück. Sie landete auf Händen und Knien, rutschte über den Zementboden und prallte gegen den Cadillac. Die Haut an ihren Handflächen und Knien schürfte sich ab; Edwards Fuß traf sie in den Rücken. Anna hob den Kopf und schrie.
Über sich hörte sie Edward knurren wie ein Tier, dann traf sie etwas Kantiges und Schweres an der Schläfe, und sie versank in Dunkelheit.

22.

Buddy Ferraro nahm einen Schluck Punch aus seinem Plastikbecher, der mit einer Scheibe Grapefruit garniert war, und stupste seine Frau mit dem Ellbogen an. »Da sieh nur, dein Sohn. Er scheint beliebt zu sein.« Inmitten einer Gruppe Schüler mit ihren Eltern unterhielt sich Mark angeregt.

Wehmütig blickte Sandy zu ihrem ältesten Sohn hinüber und seufzte. »Es gefällt ihm wohl hier«, meinte sie.

»Das möchte ich ihm aber auch geraten haben«, antwortete Buddy grimmig. »Bei den Preisen.«

Sandy preßte die Lippen zusammen und sagte mit leicht zitternder Stimme: »Er wird mir fehlen.«

Rasch blickte Buddy sich um und küßte sie dann auf die Stirn. »Komm«, schlug er vor. »Laß uns ins Hotel zurückgehen und ein Nickerchen machen, ehe wir zum offiziellen Begrüßungsdinner antreten. Er braucht uns hier nicht.«

»Hallo, Mark!« rief Buddy seinem Sohn zu. »Deine Mutter und ich verschwinden für eine Weile. Wir sehen uns heute abend beim Dinner.«

Mark war ganz fasziniert von einem hübschen blonden Mädchen, das sich eben zur Gruppe gesellte, und antwortete nur: »Ja, okay, Dad.«

Schweigend gingen Sandy und Buddy über den Campus zu ihrem Hotel auf der anderen Straßenseite.

»Mr. Ferraro«, rief der Hotelportier, als sie durch das Foyer zum Aufzug gingen.

Überrascht sah Buddy zu ihm hinüber. Der Portier hielt einen Zettel hoch. »Ich habe eine Nachricht für Sie.«

Sandy setzte sich in einen Sessel im Foyer und blätterte in

einer Studentenzeitung. Als sie aufblickte, sah sie Buddy mit grimmigem Gesichtsausdruck an der Rezeption stehen.
»Was ist los?« fragte sie und ging zu ihm.
Buddy schüttelte den Kopf. »Die Nachricht ist von Marian, vom Polizeirevier. Sie hat angerufen, um mir mitzuteilen, daß Paul Lange vermißt wird.«
»O nein!« rief Sandy aus. »Wie ist das denn möglich?«
»Hör zu, Liebling«, sagte er. »Wir müssen sofort zurückfahren. Es tut mir leid.«
»Aber was ist passiert?« fragte sie.
»Das weiß ich nicht«, entgegnete Buddy. »Ich habe geahnt, daß etwas faul an der Sache ist.« Er zerdrückte den Zettel in der Hand. »Ich habe Angst um diesen Jungen, Sandy.« Leicht berührte er den Arm seiner Frau. »Komm. Laß uns gehen.«

Anna erwachte aus ihrer Ohnmacht. Es war dunkel, ihr Kopf pochte schmerzhaft, ihre Glieder waren steif und taten bei jeder Bewegung weh. Sie versuchte ihren Arm zu heben und merkte benommen, daß ihre Hände auf dem Rücken gefesselt und ihre Knöchel zusammengebunden waren. Ihr schmerzender Kopf lag auf einem kalten Steinfußboden. Ihr Mund war trocken und die Lippen spröde. Einen Augenblick sehnte sie sich zurück in die Gefühllosigkeit der alles auslöschenden Ohnmacht. Unzusammenhängende Gedankenfetzen wirbelten ihr durch den Kopf, und sie hatte nur den Wunsch, zu schlafen, vor den Schmerzen zu fliehen.
Sie zwang sich, die Augen offenzuhalten, mit den Blicken die Düsternis ihres Gefängnisses zu durchdringen. Der kalte Fußboden ließ sie glauben, daß sie noch immer in der Garage war, und als sie feststellte, daß das nicht stimmte,

wurde sie noch verwirrter. Die verschwommenen Umrisse von Holzstücken und Bootsteilen verrieten ihr schließlich, daß sie in der Windmühle war.
Panik schnürte ihr die Kehle zu, als sie an Edwards Überfall in der Garage dachte. Knirschend biß sie die Zähne zusammen und versuchte sich zurechtzufinden. Edward hatte sie hierher gebracht. Und dann erinnerte sie sich an den Parkschein.
Ein leises Stöhnen vom Speicher oben durchdrang ihre benebelten Sinne und schreckte sie aus ihrer Benommenheit auf.
»Paul!« rief sie. Ihre Stimme war nur ein krächzendes Flüstern. Sie hätte nicht gewagt, laut zu schreien, selbst wenn sie es gekonnt hätte, aus Angst, damit Edward herbeizurufen. »Paul, bist du das?«
»Ich bin hier oben«, antwortete er mit schwacher Stimme. Sie hörte ihn um sich schlagen, und ein Pappkarton und zwei Platten Furnierholz fielen krachend vor ihr zu Boden. Bei dem Getöse verzog Anna ihr Gesicht. »Nicht«, rief sie. »Bleib ruhig. Bleib weg von der Kante, sonst fällst du herunter.«
Anna hörte ein Stöhnen, das sie alle ihre Schmerzen vergessen ließ. »Bist du in Ordnung?« rief sie ängstlich. »Hat er dich verletzt?«
Paul stöhnte wieder, antwortete mit schwacher, aber gefaßter Stimme: »Ich glaube, mir fehlt nichts.«
»Gott sei Dank«, entfuhr es Anna erleichtert.
»Er hat mir einen Knebel in den Mund gestopft, aber ich konnte ihn ausspucken.« Stolz klang aus Pauls Stimme.
»Gut. Sehr gut.«
»Er hat mich gefesselt. Ich kann mich kaum bewegen.«

»Ja, ich weiß.«

»Laß uns schreien«, meinte er. »Vielleicht hört uns jemand.«

»Ich fürchte, der einzige, der kommen wird, ist ... ist er. Niemand sonst hält sich in der Nähe auf. Paul«, fragte sie, »wie hat er dich hierhergebracht?«

»Er ist uns zum Flughafen gefolgt«, antwortete der Junge. »Er hat mich in sein Auto gelockt. Er sagte ... er sagte ... Vater sei im Krankenhaus. Dann hat er mich hierher geschleppt.«

Anna fand dafür nur eine Erklärung. »Er ist verrückt geworden.«

»Nein«, antwortete der Junge ruhig. »Er hatte Angst, ich würde mich an ihn erinnern. Was auch geschehen ist.« Paul versuchte zu lachen, aber es wurde nur ein Schluchzen daraus. »Etwas zu spät, fürchte ich.«

Anna bewegte ihren schmerzenden Körper und starrte zu den Fußbodenbrettern des Speichers hoch. »An ihn erinnern?«

»Ja, an den Tag damals.«

»Was meinst du, Liebling? Ich verstehe nicht.«

»Heute ist es mir endlich eingefallen. Als ich seinen Wagen sah, kurz bevor er mich niederschlug. Seitdem ich hierher zurückgekommen bin, träume ich davon. Und heute ist es mir wieder eingefallen.«

»Was?«

»Ich wurde von einem Auto angefahren. Ich habe wohl neben der Straße gespielt. Und ich wurde von diesem schwarzen Wagen mit einem Adler darauf angefahren.«

»Der Adler«, murmelte Anna und wußte, daß ihre Ahnung sie nicht getrogen hatte.

»Und dann hat er sich über mich gebeugt.«
»Edward?« fragte Anna.
»Ja. Ich war noch sehr klein. Ich hatte wohl Schmerzen, aber daran kann ich mich nicht erinnern. Ich lag im Gras neben der Straße. Und er war da. Ich hatte Angst. Ich streckte ihm die Arme entgegen. Ich kannte ihn und dachte, er wollte mir helfen. Und dann hob er mich auf und trug mich weg.«
»Paul, ist das wirklich geschehen? Du wurdest nie von einem Auto angefahren. Nie. Das hätte ich gewußt. Hat er dich nach Hause gebracht? Hat Edward dich mit seinem Wagen angefahren? Das ist unmöglich.«
»Ja. Er hat mich angefahren, dann stieg er aus und hob mich auf.«
»Aber das müßte ich doch wissen. Wenn du verletzt worden wärst, hätte ich es doch gemerkt. Und du hast nie neben der Straße gespielt.«
»Er hob mich auf und trug mich ein Stück, dann legte er mich wieder hin.« Pauls Stimme war dumpf und sachlich. »Auf den Highway. Und dort ließ er mich liegen. Heute weiß ich es wieder.«
Anna lag stocksteif auf dem Boden, stellte sich die Szene vor, die ihr Sohn beschrieb. Ihr hatte es die Sprache verschlagen. Nur ein Flüstern kam dann über ihre Lippen. »Er hat dich ... auf dem Highway liegengelassen?«
»Jemand kam und hob mich auf. Jemand, den ich nicht kannte. Ich glaube, es war mein ... du weißt schon ... er ... Rambo. Mein Vater. Nur war er damals ein Fremder für mich. Er hob mich auf und trug mich vom Highway runter.«
Lähmende Stille herrschte eine Weile in der Windmühle,

nur Annas keuchendes Atmen war zu hören. Der Junge schwieg.
Anna brauchte ein paar Minuten, um die ungeheuerliche Geschichte, die sie eben gehört hatte, zu verdauen. Plötzlich begann ihr Körper heftig zu zittern.
»Das hat er dir angetan«, flüsterte sie entsetzt. Jetzt verstand sie alles. Dieser Mann, ihr Nachbar, hatte ihren Sohn angefahren und auf den Highway gelegt, damit er überfahren wurde. Sorgte dafür, daß er nicht überleben konnte. Für einige Augenblicke hatte Anna den starken Wunsch zu töten. Ohne zu zögern hätte sie Edward ein Messer in die Brust stoßen können. Während die Woge mörderischer Rachsucht sie durchströmte, schloß Anna die Augen und atmete tief durch. Allmählich verebbte die rasende Wut und wandelte sich zu grenzenlosem Mitleid, als sie ihr armes Kind hilflos auf dem Highway liegen sah. Aus tiefstem Herzen dankte sie Albert Rambo, daß er ihren Sohn vor dem sicheren Tod bewahrt hatte.
Sie zwang ihre Emotionen nieder. Sie mußte jetzt klar denken und einen Weg hier heraus finden. Es galt, den Schock zu überwinden und ihren Sohn zu retten. Nur das zählte jetzt. Sie durfte keine Energie an ihren Haß verschwenden. Danach würde sie dafür sorgen, daß Edward Stewart für seine Tat bestraft wurde.
Sie hörte Paul wieder oben auf dem Speicher stöhnen. Was mußte er für eine Angst ausgestanden haben. »Fürchte dich nicht, Liebling. Wir kommen hier heraus. Ich werde es nicht zulassen, daß er dir wieder weh tut.«
Paul schwieg. Dann sagte er etwas zuversichtlicher: »Okay. Was sollen wir tun?«
In seiner Stimme lag das grenzenlose Vertrauen eines

Kindes zu seiner Mutter. Und obwohl Anna nicht wußte, was sie ihm antworten sollte, gab ihr dieses Vertrauen Kraft und die Gewißheit, daß es ihr gelingen würde, sie beide zu retten. »Wir werden hier rauskommen«, wiederholte sie.

Aber ihr trotziges Versprechen hing noch in der Luft, als die Tür der Windmühle aufging und Edward hereinkam. Er trug einen großen Koffer. Anna hob den Kopf und starrte ihn mit so haßerfüllten Augen an, daß der Abscheu wie Schweiß aus ihrem Körper brach. Wortlos knipste Edward eine der kleinen Wandlampen an und setzte den Koffer ab. Er begann die eingebauten Schränke zu durchsuchen. Er nahm eine elektrische Heizplatte heraus und stellte sie auf die Werkbank.

Edwards Anblick verursachte Anna Übelkeit, aber sie wußte, daß sie ihm hilflos ausgeliefert war. Deswegen zwang sie sich, möglichst gelassen zu sprechen.

»Edward, löse diese Fesseln, und laß uns gehen. Treib es nicht auf die Spitze.«

»Sprich nicht mit mir, Anna.«

»Sei doch vernünftig«, entgegnete sie kalt, »man wird nach uns suchen. In deinem Haus werden sie zuerst nachsehen.«

Wortlos zog Edward Schubladen aus den Schränken und verstreute Papier und Holzteile auf dem Boden. Dann nahm er aus einem Beutel, der auf der Werkbank lag, Stofflappen, die mit Lack und Terpentin getränkt waren. »Bis sie euch gefunden haben«, sagte er, »spielt das keine Rolle mehr.«

»Sobald Tracy und Thomas nach Hause kommen, werden sie sofort hier nach uns suchen. Was hast du mit uns vor? Willst du uns irgendwohin bringen?«

»Nein«, antwortete er, »ihr geht nirgends mehr hin.« Er öffnete den Koffer und legte behutsam einige der Schiffsmodelle hinein. Dann ließ er ihn zuschnappen.

Fasziniert beobachtete Anna sein Tun. Sie glaubte zu verstehen, was er vorhatte, und war einen Moment erleichtert. Er wollte fliehen. »Was hat es für einen Sinn, davonzulaufen?« fragte sie. »Man wird dich doch erwischen.«

Jetzt starrte Edward sie verständnislos an. Dann begann er zu lachen. Es war ein kurzes, hohles Lachen. »O Himmel«, sagte er. »Ich gehe nirgends hin. Nur zum Dinner in den Club. Nein, nein. Ich möchte nur einige Modelle vor dem Feuer bewahren.«

Annas und Edwards Blicke begegneten sich. Zuerst verstand sie nicht, was er meinte. Und dann sah sie in seinen Augen die unbeirrbare Entschlossenheit, seinen Plan um jeden Preis auszuführen. »Das Feuer«, wiederholte Anna tonlos.

Edward nickte und häufte Papier aufeinander. »Ich wollte den Jungen irgendwie anders loswerden. Aber dann hast du dich eingemischt und alles kompliziert. Also kam ich zu dem Entschluß, daß die beste Lösung ein tragischer Unfall ist, der hier passiert, während ich außer Haus bin, natürlich.«

»Das wirst du nicht tun«, sagte Anna.

»Es ist niemand hier, der die Feuerwehr alarmieren könnte. Wenigstens nicht, bis es zu spät ist. Vermutlich hast du recht, daß dein Mann und deine Tochter nach euch suchen werden, und sie werden euch finden ... was von euch übrig ist. Verzeih, das war grausam.«

Edward ging zur Werkbank und holte die Heizplatte. Dann sah er Anna an. »Du hättest meinen Plan nicht stören dürfen.« Er stellte die Heizplatte auf einen niedrigen Hokker und schob den Stecker in die Steckdose. Dann verteilte er die Stofflappen und alte Zeitungen sorgfältig um die

Platte herum, einen Zipfel legte er auf die Heizspirale. »So«, sagte er. »Das wird sich erhitzen und Feuer fangen.«
Annas Herz hämmerte vor Furcht, und ihr unterdrückter Zorn machte sich Luft. »Du abscheulicher, widerlicher Kerl!« schrie sie. »Du ekelhaftes Schwein ...«
»Sprich nicht so zu mir, Anna«, sagte er tonlos.
»Hat es nicht gereicht, daß du meinen Sohn auf die Straße gelegt hast, damit er stirbt?« schrie sie. »Du verdammter Feigling! Du Abschaum ...«
Edward wirbelte herum, seine Augen funkelten wild. Er kam auf sie zu und trat sie mit aller Kraft in die Seite. Anna schnappte nach Luft und schrie auf.
»Schrei, soviel du willst«, höhnte er. »Niemand kann dich hören.«
Edward nahm seinen Koffer und warf einen Blick zum Speicher hinauf. »Leb wohl«, sagte er gelassen. Paul spuckte herunter und traf Edwards Ärmel. Sorgfältig wischte Edward den Speichel mit einem Papiertuch ab und warf es auf den Haufen neben der Heizplatte. Ohne ein weiteres Wort ging er aus der Windmühle.
Anna lag auf der Seite und starrte die Heizplatte an. Die Spirale begann zu glühen. Der Stoffzipfel begann sich schwarz zu färben.
Pauls zitternde Stimme kam von oben. »Hat er dich verletzt?«
Anna holte Luft, um ihm zu antworten, und ein stechender Schmerz fuhr durch ihre Brust. Aber ihre Stimme war fest, als sie sprach. »Ich bin in Ordnung«, sagte sie.
Langsam schob sie ihren schmerzenden Körper Zentimeter um Zentimeter zu der todbringenden Heizplatte. Eine winzige Flamme züngelte von der Spirale empor. Der Stoff hatte Feuer gefangen.

»Fürchte dich nicht«, rief sie zu Paul hinauf. »Hab keine Angst.«

23.

Thomas nahm seinen Koffer und die Aktentasche vom Rücksitz und bezahlte den Taxifahrer.

»Danke, Mac«, sagte der Fahrer. »Und gute Nacht.«

Thomas nickte und sah zum Haus hoch. Irgendwie hatte er erwartet, daß Anna ihm entgegengelaufen kam, aber alle Fenster waren dunkel, und nur ihr Wagen stand in der Auffahrt. Er ging zur Garage und sah, daß auch sein Auto da war. Langsam ging er zur Haustür und schloß auf.

Lauschend stand er eine Weile in der Diele. So hatte er sich seine Heimkehr nicht vorgestellt, überlegte er, aber er hatte wohl nichts anderes verdient. »Anna«, rief er, aber seine Stimme verhallte in den leeren Räumen.

Dann ging er ins Wohnzimmer und machte Licht. Er stellte sein Gepäck auf einen Stuhl und wanderte durchs Haus.

Ein glücklicher Zufall hatte ihn nach dem Mittagessen in sein Hotel gehen lassen, um einige Geschäftspapiere zu holen. Dort hatte er Annas Nachricht wegen Paul erhalten. Seine erste Reaktion war Ablehnung gewesen. Aber sie brauchte ihn und rief ihn nach Hause. Kurz entschlossen hatte er telefonisch alle seine Termine abgesagt und war zum Flughafen gefahren.

In der Küche ging er schnurstracks zu dem Regal, wo sie für gewöhnlich Nachrichten für ihn hinterließ. Nichts. Kein Hinweis, wo sie hingegangen war.

Wütend schlug Thomas mit der Faust auf den Tisch. »Tracy«, rief er dann, wußte aber, daß keine Antwort kommen würde. Anna hatte ihm ja erzählt, daß sie mit Mary Ellen beim Segeln war. Er ging zum Telefon und rief bei Mary Ellen an. Ihre Mutter sagte ihm, daß das Boot noch immer draußen war und sie Tracy ausrichten würde, sofort zu Hause anzurufen, wenn sie zurückkam.

Tom lockerte seine Krawatte und holte sich ein Bier aus dem Kühlschrank. Wahrscheinlich ist Anna auf dem Polizeirevier, überlegte er. Wenn Paul vermißt wurde, ist sie sicher sofort zu Buddy gegangen. Sie und Buddy würden nach ihm suchen. Während des Fluges von Boston hatte Thomas sich wiederholt gefragt, ob der Junge weggelaufen war. Und dieser Gedanke verursachte ihm Schuldgefühle, weil sein eigenes egoistisches Verhalten Paul vielleicht dazu getrieben hatte. Er schickte ein kurzes Stoßgebet zum Himmel, daß seine Frau und sein Sohn endlich zur Tür hereinkommen möchten. Aber gleichzeitig wählte er die Telefonnummer des Polizeireviers in Stanwich.

Als endlich jemand den Hörer abnahm, verlangte er schroff, Buddy Ferraro zu sprechen.

Die Frau erklärte ihm, daß Buddy nicht im Dienst war.

»Hier spricht Thomas Lange«, sagte er. »Mein Sohn wird vermißt, und ich glaubte, meine Frau würde zusammen mit Detective Ferraro nach ihm suchen. Ich bin eben erst aus Boston zurückgekommen.«

Die Frau am anderen Ende schwieg einen Moment. »Ach, Mr. Lange«, sagte sie schließlich. »Das mit Ihrem Sohn tut mir leid.«

»Können Sie mir sagen, was passiert ist?« erkundigte er sich.

»Nun, ich bin Marian Hammerfelt. Ich war hier, als Ihre Frau heute morgen ins Revier kam. Ihr Junge ist am Flughafen verschwunden.«

»Wurde Buddy Ferraro unterrichtet?«

»Detective Ferraro war nicht in der Stadt, als es passierte. Ich habe ihn benachrichtigt, und er rief mich vor ein paar Minuten von zu Hause an. Er ist auf dem Weg zum Revier. Aber Ihre Frau ist nicht bei ihm. Seit heute morgen habe ich sie nicht gesehen.«

Tom bat die Polizistin, daß Buddy Ferraro ihn sofort anrufen möge, sobald er im Revier eintraf. Dann legte er auf.

Um die Wartezeit zu verkürzen, beschloß Thomas, sich umzuziehen. Er ging hinauf ins Schlafzimmer. Es sah Anna gar nicht ähnlich, ihm keine Nachricht zu hinterlassen, dachte er besorgt. Vielleicht hatte sie nicht damit gerechnet, daß er auf ihren Hilferuf hin sofort nach Hause kommen würde. Ihm wurde bewußt, wieviel Schaden er in ihrer Ehe angerichtet hatte, und er verspürte nur den einen Wunsch, alles wieder gutzumachen.

Als er seine Schuhe zuschnürte, fiel ihm plötzlich ein, wo Anna sein könnte. Sie hätte sich nicht die Mühe gemacht, eine Nachricht für ihn zu hinterlassen, wenn sie zu Iris gegangen war. Das konnte nur bedeuten, daß sie jeden Augenblick zurückkommen würde. Ein Gefühl der Erleichterung durchströmte ihn. Er griff nach dem Telefon auf dem Nachttisch. Ungeduldig wählte er die Nummer der Stewarts, wartete auf Iris' Stimme, um ihr zu sagen, daß er zu Hause war. Das Telefon klingelte unaufhörlich, niemand nahm ab.

Also konnte Anna auch nicht dort sein. Er knallte den Hörer auf die Gabel und ließ sich resigniert aufs Bett fallen. Vielleicht war sie mit Iris losgezogen, um den Jungen zu suchen. Müde rieb sich Thomas die Augen. Er dachte daran, zu den Stewarts hinüberzugehen. Er trat ans Schlafzim-

merfenster und sah in die Dunkelheit hinaus. Dann schüttelte er den Kopf. Eine Begegnung mit Edward war jetzt das letzte, was er ertragen konnte.
Thomas schloß die Augen. Es blieb ihm nichts anderes übrig, als auf Tracys und Buddys Anruf zu warten. Versuch, dich auszuruhen, sagte er sich. Entspann dich. Eine Vene an seiner Schläfe pochte. Entspann dich, wiederholte er. Jeden Moment wird das Telefon klingeln.

Mit ihren gefesselten Händen und Füßen stieß Anna sich Zentimeter um Zentimeter über den kalten Steinboden zur Heizplatte hin. Sie schlängelte sich durch die Holzspäne und den leicht brennbaren Abfall, den Edward überall verstreut hatte. Splitter bohrten sich in ihre Haut. Ein Stuhl kippte um, und aus dem Pappkarton, der darauf gestanden hatte, ergossen sich bunte Stoffreste über die glühende Spirale der Heizplatte. Flammen züngelten hoch, warfen ein gespenstisches Licht und zerfielen dann zu Asche.
Der Stoffetzen, den Edward auf die Spirale gelegt hatte, begann zu brennen. Anna zögerte. Sollte sie versuchen, die Flammen zu löschen oder das Kabel herauszuziehen? Sie war näher an der Schnur, und falls es ihr gelänge, den Kopf so weit zu heben, daß sie mit den Zähnen das Kabel erreichte, könnte sie den Stecker herausziehen. Der Stoff brannte jetzt lichterloh. Sie mußte die Heizplatte ausschalten.
»Was tust du?« rief Paul von oben.
»Wart's ab, Liebling«, antwortete sie. »Ich werde diese verdammte Heizplatte ausschalten.«
»Sei vorsichtig«, flehte Paul.
Anna stützte sich auf einen aufgeschürften Ellbogen, er-

wischte mit den Zähnen das Kabel, legte den Kopf zur Seite und klemmte eine Schlinge zwischen Kinn und Schulter. Dann warf sie sich mit einem Ruck zurück. Der Stecker glitt aus der Wand. Die heftige Bewegung riß die Heizplatte vom Hocker. Sie kippte um und fiel vor die Nähmaschine.

Anna ließ die Schnur aus ihrem Mund gleiten. »Es hat funktioniert«, rief sie. »Der Stecker ist raus.«

»Bravo, Mama«, schrie Paul.

Anna wurde leicht schwindlig vor Freude. Er hatte sie Mama genannt. »Jetzt halte ich die Fesseln an meinen Handgelenken an die glühende Spirale und versuche, sie zu versengen.«

»Paß auf!«

»Aber zuerst«, sagte sie, »muß ich den brennenden Stofffetzen ausdrücken.«

Die winzigen Flammen züngelten vom Zipfel aus allmählich zur Mitte des Lappens. Anna fürchtete sich vor dem, was sie tun mußte. Aber es blieb ihr keine Wahl. Es würde eine Weile dauern, bis sie ihre Fesseln versengt hatte, und sie waren beide nicht außer Gefahr, solange der Lappen brannte. Sie schob sich näher heran, spannte jeden Muskel in ihrem Körper, wollte sich flach auf den Fetzen werfen und hoffte, das Feuer beim ersten Versuch zu ersticken.

Die Flammen umzüngelten jetzt einen braunen Fleck in der Mitte des Lappens, und plötzlich explodierte der Fetzen. Brennende Stoffteile schossen durch den Raum.

Mitten im Schwung warf Anna sich zurück; die Hitzewelle hätte beinahe ihr Gesicht verbrannt. Paul schrie: »Was ist passiert?«

»Der Lappen«, keuchte sie. »Er ist explodiert.«

Überall im Raum flackerte Feuer auf. Ein brennender Stoffteil war auf einen Besen gefallen, der an der Wand lehnte. Knisternd fingen die Borsten Feuer. Rauchschwaden durchzogen die Windmühle.

Edwards Finger zitterten, als er seine Krawatte band, aber sonst fühlte er sich relativ ruhig. Das Klingeln des Telefons vorhin hatte ihn entnervt, aber er war nicht an den Apparat gegangen. Das war gut so. Wer auch versucht hatte, ihn telefonisch zu erreichen, würde bestätigen können, daß er nicht zu Hause gewesen war. Er schlüpfte in sein Jackett und prüfte sein Aussehen im Spiegel. Ein Dinner im Club bot ihm das perfekte Alibi. Er würde in Gesellschaft vieler Menschen essen und trinken, und bei seiner Rückkehr nach Hause würden sich alle seine Probleme buchstäblich in Rauch aufgelöst haben. Die Windmühle würde ein flammendes Inferno oder bereits eine schwelende Ruine sein. Bei den Aufräumungsarbeiten würde man die verkohlten Leichen von Mutter und Sohn finden, Opfer eines tragischen Unfalls.

Es war ein gewagtes Unternehmen, sich der beiden hier auf seinem eigenen Besitz zu entledigen. Zunächst war er außer sich gewesen vor Zorn, daß Anna seinen perfekten Plan gestört hatte. Als er sie in der Garage niederschlug, wollte er noch an seinem ursprünglichen Vorhaben festhalten und beide Leichen irgendwo verscharren. Aber je länger er darüber nachgedacht hatte, desto plausibler erschien es ihm, Mutter und Sohn hier zu töten. Abgesehen von der Tatsache, daß ihm jegliches Motiv für eine derartige Tat fehlte, würde niemand vermuten, daß er selbst die Windmühle, an der er mit einer Art Besessenheit hing, in Brand gesetzt hatte.

Aber jetzt wurde es höchste Zeit, daß er aus dem Haus verschwand. Edward nahm die Autoschlüssel von der Kommode, knipste die Lampe aus und ging die Treppe zur Vorhalle hinunter. Da hörte er das Klopfen an der Eingangstür.

Edward erstarrte mitten in der Bewegung. Sein erster Impuls war, nicht zu öffnen und abzuwarten, bis der unerwünschte Besucher wieder ging. Aber er konnte nicht riskieren, daß die Person vielleicht in der Windmühle nach ihm suchte. Edward bezweifelte zwar, daß von dem Feuer schon etwas zu sehen war, aber niemand durfte auch nur in die Nähe des Gebäudes kommen.

Hastig lief er die restlichen Stufen hinab, durchquerte die Eingangshalle, schob den Vorhang neben der Tür beiseite und spähte hinaus.

Thomas Lange stand auf der Vortreppe.

Edwards Herz zog sich schmerzhaft zusammen, und er fühlte, wie ihm der Schweiß auf der Stirn ausbrach. Was wollte der hier? überlegte er. Er war doch in Boston. Beruhige dich, befahl er sich. Anna hat ihn wohl nach Hause gerufen. Benimm dich ganz normal. Er sucht Anna, und du hast sie seit dem Nachmittag nicht mehr gesehen.

Edward straffte die Schultern, setzte eine gelassene Miene auf und öffnete die Tür.

»Thomas«, sagte er erfreut, »was kann ich für dich tun? Ich wollte eben weggehen.«

»Kann ich auf einen Sprung reinkommen?« fragte Tom. »Ich bin so froh, dich zu Hause anzutreffen.«

Edward warf einen bedeutungsvollen Blick auf seine Armbanduhr, aber Thomas schien es in seiner Erregung nicht zu merken. »Nun«, meinte Edward schließlich widerstrebend, »wenn's nicht zu lange dauert.«

Tom ging an ihm vorbei ins Wohnzimmer.
Edward folgte ihm. »Tom«, sagte er, »ich dachte, du wärst verreist. Als Anna mich heute morgen anrief, erzählte sie mir, daß sie dich zum Flugzeug bringen wollte.«
Bedrückt schüttelte Tom den Kopf. »Ich war in Boston, als ich die Nachricht von Anna erhielt, daß Paul wieder vermißt wird. Also bin ich sofort nach Hause gekommen. Und jetzt kann ich auch Anna nirgends finden.«
»Oh, sie ist bestimmt nicht weit«, antwortete Edward kühl.
»Ich habe versucht, mich ein wenig auszuruhen, aber die Ungewißheit macht mich verrückt. Ich bin gekommen, um zu fragen, ob du oder Iris weiß, was geschehen ist und wo Anna hingegangen ist.«
»Nun, Iris ist für einige Tage verreist. Und ich habe Anna heute nachmittag gesehen und seitdem nicht mehr.«
»Was wollte sie von dir?« fragte Thomas.
»Sie hat nach dem Jungen gesucht«, entgegnete Edward.
»Meine Güte, was für eine schreckliche Zeit ihr durchmacht.«
Thomas sah ihn nachdenklich an.
»Was bedrückt dich?« fragte Edward.
»Als ich vorhin hier anrief, ging niemand ans Telefon.«
»Oh, ich war nicht dauernd im Haus«, erklärte Edward und sah wieder nachdrücklich auf die Uhr.
»Ich halte dich wohl auf«, meinte Thomas. »Ich gehe besser wieder nach Hause.«
»Nein, nein, keineswegs«, widersprach Edward, dem der Gedanke nicht behagte, Tom in der Nähe der Windmühle zu wissen. Er könnte zu früh den Rauch riechen. »Hör mal, ich habe eine Idee. Warum kommst du nicht mit mir? Wir fahren durch die Stadt und suchen Anna.«

»Das kann ich nicht annehmen«, wehrte Tom ab. »Außerdem wüßte ich gar nicht, wo wir nach ihr suchen sollen.«
»Keine Widerrede«, beharrte Edward. »Ich helfe dir gern.«
»Nein. Das geht nicht«, sagte Thomas. »Tracy wird bald anrufen, damit ich sie abhole.«
»Das können wir unterwegs erledigen. Dann fahren wir zum Revier und erkundigen uns, ob es was Neues gibt.«
Thomas zögerte, wirkte plötzlich sehr erschöpft. »Du hast recht«, stimmte er dann zu. »Nur am Telefon zu sitzen und nichts zu tun, macht mich wahnsinnig.«
»Na, siehst du«, sagte Edward und umfaßte Thomas' Ellbogen. »Du kommst mit.«
Thomas ließ sich von Edward zur Eingangstür hinausschieben. Die beiden Männer gingen zur Garage hinüber.
»Es ist mir unangenehm, daß ich deine Pläne gestört habe«, sagte Thomas entschuldigend.
»Ich wollte nur zum Dinner in den Club«, beruhigte Edward ihn. Er warf einen besorgten Blick in Richtung Windmühle. Kein verräterisches Anzeichen von Rauch. »Das kann ich jederzeit, aber einem Freund in der Not zu helfen, kommt nicht jeden Tag vor.«
Die beiden Männer betraten die Garage, und Edward schloß die Beifahrertür auf. Thomas warf ihm einen erstaunten Blick zu, zuckte dann die Schultern und stieg ein. Er ist wie immer kalt wie ein Fisch, dachte Tom, aber er bemüht sich wenigstens, zu helfen.
Freudige Erregung und selbstgefälliger Stolz durchströmten Edward, als er hinter das Lenkrad glitt; er bemühte sich aber um einen dem Ernst der Situation angemessenen Gesichtsausdruck und sah seinen Nachbarn mitfühlend an. Diese Leute sind so einfältig, dachte er, wie Schafe.

Beinahe geräuschlos rollte der Cadillac langsam aus der Garage.

Die vereinzelt aufzüngelnden Flammen erhitzten die Luft in der Windmühle allmählich wie in einem Backofen. Mit einem Wagemut, der aus Verzweiflung geboren war, rollte Anna zurück zur Heizplatte, erstickte dabei einige Brandherde mit ihrem Körper. Mit dem Rücken schob sie sich an der Nähmaschine hoch und tastete mit den Händen nach der Platte. Sie verbrannte sich die Finger an der Heizspirale, aber den Schmerz registrierte sie gar nicht. Sie schob die Fesseln über die glühende Spirale und zerrte mit aller Kraft daran.
»Bitte«, flüsterte sie, als ein brennender Stofflappen die geflochtene Sitzfläche eines Stuhls vor der Werkbank in Brand setzte. »Bitte.«
Ihre Hände lagen auf der Platte, sie zerrte und zog wieder an den Fesseln. Der immer stärker werdende Rauch machte es schwierig, zu atmen. Ihre Augen brannten, sie kniff sie zusammen.
»Mama«, rief Paul vom Speicher herunter. »Hilf mir.« Er würgte und hustete.
Der brennende Besen fiel auf einen Papierhaufen, der sofort zu schwelen begann. Hilflos versuchte Anna die Schnur um ihre Handgelenke zu zerreißen, aber die Spirale kühlte allmählich ab. Sie hatte ihren Zweck erfüllt.
»Mama«, rief der Junge wieder.
Gib nicht auf, ermutigte Anna sich. Er braucht dich. Gib nicht auf! Aber die Szene vor ihren tränenden Augen war wie eine Vision der Hölle. Mühsam rang sie nach Atem.
»Bedeck Nase und Mund«, krächzte sie und hoffte, daß er

sie über das Knistern und Knacken der Flammen hinweg hören konnte. »Versuch, keinen Rauch einzuatmen.« Schweiß und Tränen liefen ihr über die rußverschmierten Wangen.
»Hörst du mich?« schrie sie verzweifelt. »Paul!« Aber keine Antwort kaum aus dem Speicher über ihr.

24.

»Mach dir keine Sorgen«, sagte Edward, »es gibt bestimmt eine ganz plausible Erklärung für Pauls und Annas Verschwinden.«
Thomas saß zusammengesunken neben ihm und schien ihn nicht zu hören. Plötzlich richtete er sich auf. Der Wagen war noch nicht weit vom Haus entfernt. »Halt! Bleib stehen«, rief er aufgeregt. »Dein Telefon läutet. Bleib stehen!«
»Das bildest du dir ein«, entgegnete Edward, trat aber auf die Bremse.
»Es könnte Anna sein«, schrie Thomas jetzt. »Sie hat mich zu Hause nicht erreicht und ruft bei dir an. Du mußt ans Telefon gehen.«
Noch ehe Edward es verhindern konnte, war Tom aus dem Wagen gesprungen und rannte zur Eingangstür. Edward zog die Handbremse und folgte Tom.
Völlig außer Atem lehnte Tom an der Tür und preßte lauschend sein Ohr dagegen. »Es läutet noch«, rief er. »Öffne die Tür.«
Edward warf einen kurzen Blick in Richtung Windmühle. Schwache Rauchfahnen hingen über dem Gebäude. »Mach dich nicht lächerlich«, fuhr er Tom an.

»Vielleicht braucht sie mich. Vielleicht hatte sie einen Unfall. Öffne endlich die Tür, oder ich schlage ein Fenster ein«, befahl er mit eiskalter Stimme.

Feindselig starrten die beiden Männer sich einen Augenblick an. Edward unterdrückte den Impuls, Tom niederzuschlagen. Aber er durfte sich auf keinen Kampf einlassen. Er mußte Tom irgendwie vom Haus wegbringen, aber das würde ihm nicht gelingen, solange das verdammte Telefon läutete. Mit aschfahlem Gesicht gab er schließlich nach und schloß die Tür auf.

Tom drängte sich an ihm vorbei und rannte zum Telefon, riß den Hörer von der Gabel, zögerte und reichte ihn dann Edward, der ihm auf den Fersen gefolgt war. »Hallo.«

»Mr. Stewart«, sagte Tracy. »Entschuldigen Sie, daß ich Sie störe, aber wissen Sie, wo meine Eltern sind? Bei uns zu Hause geht niemand ans Telefon.«

»Einen Moment, bitte«, sagte Edward barsch und wandte sich an Tom. »Es ist für dich.«

Thomas riß ihm den Hörer aus der Hand und schrie hinein: »Ja?« Edward ging bereits wieder zur Haustür. Er hatte keine Zeit mehr zu verlieren. Tom mußte vom Grundstück verschwunden sein, ehe Flammen aus der Windmühle schlugen.

»Das war Tracy«, erklärte Thomas und trat hinter Edward aus dem Haus.

Edward zwang sich zu einem Lächeln. »Ich weiß. Sie wartet darauf, abgeholt zu werden. Wir sollten uns beeilen.«

Wortlos ging Thomas vor Edward her die Auffahrt hinunter. Dann blieb er plötzlich stehen und sagte: »Hör mal, Edward, ich danke dir für dein Angebot, aber ich möchte lieber selbst fahren. Ich hole Tracy ab, und wir beiden suchen dann Anna.«

Edward wollte protestieren, überlegte es sich dann aber anders. Hauptsache, Thomas verließ umgehend sein Grundstück. »Wie du meinst«, antwortete er steif. »Dann fahre ich dich schnell zu deinem Haus hinüber.«
»Ich gehe lieber zu Fuß«, lehnte Tom höflich ab. »Ich möchte dich nicht länger aufhalten.«
»Sei nicht albern. Das liegt doch auf meinem Weg.«
Abwehrend hob Thomas eine Hand. »Nein, fahr ohne mich. Ein Spaziergang wird mir guttun.«
Edwards Gesicht rötete sich, aber er zwang sich zu einem gelassenen Tonfall. »Es ist ein weiter Weg. Komm, steig ein.«
»Wenn ich hinten herum gehe, kann ich abkürzen.«
Edwards Gedanken rasten. Er mußte Tom irgendwie dazu bringen, in den Wagen zu steigen. Er konnte es nicht zulassen, daß Tom durch den Garten hinter dem Haus ging. Er würde die Rauchschwaden über der Windmühle sehen.
»Nein«, beharrte Edward. »Ich fahre dich.«
Thomas schüttelte müde den Kopf. »Versteh doch, ich möchte lieber zu Fuß gehen. Ich habe deine Großzügigkeit schon überstrapaziert.« Dann drehte er sich um und machte einige Schritte in Richtung Garten.
In ohnmächtiger Wut ballte Edward die Fäuste und schrie hinter Thomas her: »Wie kannst du es wagen!«
Thomas verhielt mitten im Schritt und starrte Edward fassungslos an.
»Wie kannst du es wagen, jederzeit und ganz nach Belieben auf meinem Besitz herumzutrampeln und unbefugt meinen Grund zu betreten? Für dich und deine Familie ist dies hier wohl ein öffentlicher Park, wie? Ich verbiete dir, durch meinen Garten zu gehen.«

Sprachlos stand Thomas da und suchte vergeblich nach einer passenden Antwort auf diese unverschämte Beleidigung. Jetzt wußte er endlich, wie Edward wirklich über sie dachte. Er hatte sich nicht in ihm getäuscht, und die nachbarschaftliche Hilfe, die er angeboten hatte, war eine scheinheilige Lüge gewesen.
Zitternd vor Zorn stand Edward vor Thomas und sah ihn mit herrischem, haßerfülltem Blick an.
Auf Edwards hysterischen Ausbruch gab es nur eine Antwort. Betont gelassen sagte Tom: »Tut mir leid, Nachbar. Ich nehme die Abkürzung.«
Mit weit ausgreifenden Schritten verschwand er hinter dem Haus.
Edward folgte ihm. »Bleib sofort stehen!« schrie er. Thomas ließ sich nicht aufhalten, blieb aber nach wenigen Metern wie erstarrt stehen. Er drehte sich um. Edward war direkt hinter ihm. »Aus der Windmühle kommt Rauch«, sagte er erregt. »Es scheint dort zu brennen.«
Edwards Gesicht verzerrte sich, und in seine Augen trat ein irrer Ausdruck. »Ach, Unsinn«, widersprach er. »Verschwinde von meinem Grundstück.«
»Willst du nicht wenigstens nachsehen?« fragte Thomas erstaunt.
Edward wandte sich ab und entgegnete nur ungeduldig: »Nein. Das bildest du dir ein.«
»Nein«, widersprach Tom. »Warum wolltest du verhindern, daß ich es bemerke?«
Da sprang Edward plötzlich vor, packte Tom am Kragen und begann wild auf ihn einzuschlagen. Tom verlor einen Moment das Gleichgewicht, taumelte zurück, holte mit dem rechten Arm weit aus und schlug Edward die Faust an die

Schläfe. Edward stürzte, und noch ehe er wieder auf die Beine kam, war Thomas hinter dem Haus verschwunden. Graue Rauchschwaden hingen über den Baumwipfeln bei der Windmühle. Tom rannte darauf zu.

Das Blut pochte in seinen Ohren, sein Herz raste, während er über die Rasenfläche lief, eine kleine Steinmauer übersprang, unter den Bäumen hindurch, die den Blick auf die Windmühle versperrten, vorwärtskeuchte.

Heller Feuerschein wies ihm dem Weg. Flammen schlugen aus den kleinen Fenstern, und Rauch quoll aus den geborstenen Scheiben. Der Türrahmen war bereits verkohlt. Über das Knistern und Knacken der Flammen hinweg hörte er aus dem Inneren ein schwaches Rufen, das ihm das Blut in den Adern gefrieren ließ. »Anna«, krächzte er außer Atem und rannte zur Tür.

Er verbrannte sich die Finger an dem glühenden Türknauf, riß sich die Jacke vom Leib, umwickelte damit den Griff und stieß die Tür auf.

Hitze und Rauch quollen ihm entgegen, versengten sein Gesicht und seine Kleider. Flammen schlugen aus Papierhaufen und Holz empor, züngelten an den rußgeschwärzten Wänden empor.

»Anna«, schrie er. »Anna!«

Über das Krachen und Knistern des Feuers hinweg hörte er ein Stöhnen. Er bahnte sich einen Weg hindurch, trat mit den Füßen kleinere Brandherde aus. »Anna!« schrie er. »Wo bist du?«

Als sich seine Augen an das qualmende Inferno gewöhnt hatten, entdeckte er ein zusammengekrümmtes Bündel neben der Nähmaschine. Einen Arm vor Nase und Mund gedrückt hastete er darauf zu und fand seine Frau, an

Händen und Füßen gefesselt. Ein Ärmel hatte bereits Feuer gefangen. Sie war ohnmächtig. Nachdem Thomas mit den Händen die Flammen an ihrem Kleid ausgedrückt hatte, hob er sie vorsichtig auf. Rauch drang in seine Lungen, er würgte und hustete. Der Weg zur Tür führte durch ein einziges Flammenmeer. Die Hitze in der Windmühle war unerträglich geworden, zischend und fauchend fraßen sich die Flammen durch Papier und Holz.
Seine Frau fest an die Brust gedrückt, lief Thomas gebückt zur Tür. Ein brennender Balken fiel vom Speicher herab, haarscharf an Annas Beinen vorbei. Feuer versengte seine Kleider und brannte sich in sein Fleisch. Kurz vor der Tür fiel ihm der lodernde Rumpf eines von Edwards Schiffen vor die Füße. Thomas sprang zurück und dann mit einem weiten Satz darüber hinweg. Sie waren draußen. Mit letzter Kraft stolperte er über den Rasen, weg von der Mühle, und legte Anna behutsam ins Gras. Anna stöhnte, rollte sich auf die Seite. Tom rang keuchend nach Luft und beugte sich dann vor, um ihre Fesseln zu lösen.
Anna kam langsam zu sich, öffnete die Augen und blickte in das rauchgeschwärzte Gesicht ihres Mannes.
»Du bist gerettet«, stieß er keuchend hervor.
Anna hob eine Hand, und er preßte sie gegen seine Wange. Mühsam setzte sie sich auf, blickte dann in panischer Angst um sich.
»Paul«, krächzte sie mit heiserer Stimme.
Verständnislos starrte Thomas sie an.
Der benommene Ausdruck in Annas Augen wandelte sich in Entsetzen. »Tom, er ist in der Windmühle«, flüsterte sie kaum hörbar.
Thomas schüttelte den Kopf. »Ich habe ihn nicht gesehen.«

Sie krallte ihre Finger in sein Hemd. »Auf dem Speicher«, keuchte sie.
Wortlos sprang Thomas auf und rannte zur Tür zurück. Anna sah die Flammen aus den Fenstern schlagen, Rauchschwaden quollen aus der Tür.
Sie preßte die Hände vor den Mund, sah, wie ihr Mann eine Sekunde zögerte und dann in das Inferno hineinsprang. Tränen liefen ihr über die rußgeschwärzten Wangen.

Nachdem Thomas ihn niedergeschlagen hatte und davongelaufen war, dauerte es einige Zeit, bis Edward bewußt wurde, daß er ruiniert war. Jetzt gibt es keine Rettung mehr, dachte er dumpf. Er würde alles verlieren. Sein Verstand weigerte sich, die Wahrheit zu akzeptieren. Der perfekte Plan war gescheitert, und er hatte keine Zeit, einen neuen zu ersinnen. Ihm blieb nur die Flucht. Edward lief ins Haus. Was sollte er mitnehmen? Das Geld aus der Kommode. Er stürzte die Treppe hoch, riß die Schublade auf und stopfte die Geldscheine in seine Hosentasche. Sein nächster Gedanke galt seinen Schiffen. Er nahm den Koffer, in den er einige Modelle aus der Windmühle gepackt hatte, und zerrte ihn die Treppe hinunter. In der Eingangshalle umfaßte er mit einem letzten Blick die wertvollen Möbel und Gegenstände, riß sich dann davon los und lief aus dem Haus.
Stolpernd und außer Atem erreichte er den Wagen in der Auffahrt, warf den Koffer auf den Rücksitz und glitt hinters Lenkrad. Zitternd drehte er den Zündschlüssel, warf einen letzten Blick über die Schulter zurück auf die Rauchwolke und raste mit aufheulendem Motor die Auffahrt hinunter. Er hatte keine Zeit mehr zu verlieren.

Wohin sollte er fliehen? Er beschloß, zunächst über den Millgate Parkway in Richtung Norden zu fahren. Weiter konnte er nicht denken.

Der Wagen schoß über das Ende der Auffahrt hinaus, Edward trat auf die Bremse, riß das Lenkrad herum, und mit quietschenden Reifen schlitterte der schwere Wagen in die Kurve. In weitem Bogen schleuderte der Cadillac nach rechts, Edward sah den Streifenwagen auf sich zukommen. In panischem Schrecken wirbelte er das Lenkrad herum, versuchte den Wagen unter Kontrolle und auf die richtige Straßenseite zu bringen. Der Streifenwagen konnte ihm nicht mehr ausweichen, die beiden Autos prallten aufeinander.

Vor Entsetzen wie gelähmt, saß Edward einige Sekunden reglos da. Dann, als er sah, wie die Tür des Polizeiwagens aufgestoßen wurde, warf er den Rückwärtsgang ein und gab Vollgas. Der schwere Wagen schoß zurück, Edward schaltete in den ersten Gang und raste an dem demolierten Streifenwagen vorbei.

Aus den Augenwinkeln sah er den verblüfften Ausdruck auf Buddy Ferraros Gesicht. Nur knapp verfehlte er den Detective, der mit hoch erhobenem Arm halb auf der Straße stand.

»Halt!« schrie ihm der Officer noch nach, aber Edward raste weiter die Straße hinunter. Er hörte einen Schuß. Es war nicht mehr weit. Wenn er erst einmal den Parkway erreicht hatte ...

Angst schnürte ihm die Kehle zu. Dumpf pochte ihm das Herz in der Brust. Du hast alles verloren, dachte er und schluckte schwer.

Plötzlich glaubte er auf der Straße weiter vorn ein Kind

liegen zu sehen. Übelkeit krampfte seinen Magen zusammen, aber sein Fuß blieb auf dem Gaspedal. Er konnte jetzt nicht bremsen. Es war zu spät. War immer zu spät gewesen. Wieder hörte er einen Schuß, und im selben Augenblick zerriß die Vision des Kindes vor seinen Augen. Mit einem Gefühl unendlicher Erleichterung raste er auf das Ende der Straße zu. Plötzlich ging ein Ruck durch den Wagen, der hintere Reifen war geplatzt. Der Cadillac schleuderte von einer Seite zur anderen, und Edward umklammerte hilflos das Lenkrad. Der schwere Wagen ließ sich nicht mehr steuern.

Ich fahre zu schnell, dachte er noch. Er trat auf die Bremse, aber das verstärkte das Schleudern nur, und der Wagen schoß von der Straße.

Eine mächtige Ulme ragte drohend vor ihm auf. Edward sah, wie der goldene Adler auf der Kühlerhaube mit unglaublicher Geschwindigkeit darauf zuflog. Das häßliche Geräusch splitternden Metalls dröhnte in seinen Ohren, als der Adler den Baum rammte und abgerissen wurde. Er polterte über die Kühlerhaube durch die zersplitterte Windschutzscheibe.

Edwards letzter Gedanke, als er den Baum auf sich zukommen sah, war, daß er versuchen wollte, das Meer zu erreichen, mit einer Jacht zu fliehen. Niemand kannte sich mit Schiffen so gut aus wie er. Der Ozean würde ihm gehören. »Mir!« schrie er, als der Aufprall ihn nach vorn schleuderte und die Lenkradsäule seine Brust durchbohrte.

Ich hätte es nicht zulassen dürfen, daß er noch einmal da hineingeht, dachte sie. Ich werde beide verlieren. Ich muß ihm nachgehen.

Anna wollte aufstehen, doch sie schaffte es nicht. Sie konnte nur herumkriechen. Ihr Kopf fühlte sich an, als sei er mit Blei gefüllt. Sie kroch ein Stück und brach dann zusammen. Tom, dachte sie. Paul. Ich muß sie retten.

Wieder zerplatzte ein Fenster der Windmühle, und Anna stöhnte. Ihre Arme zitterten unter ihrem Gewicht. Die beiden waren schon zu lange da drin. Viel zu lange.

Ein Teil ihres Selbst wollte sich in die Flammen stürzen und mit ihrem Mann und Sohn verbrennen. »Tom«, wimmerte sie. Aber dann mußte sie an Tracy denken, und sie wußte, sie würde es nicht tun.

Irgendwo in der Ferne heulten die Sirenen des Feuerwehrautos auf. In ihrer Verzweiflung merkte Anna nicht, daß dieser Laut Hilfe bedeutete.

Plötzlich erschien eine gebückte Gestalt in der Tür der Windmühle, die ein Bündel trug. Anna stieß einen Schrei der Erleichterung aus.

»Tom!« rief sie und kam taumelnd auf die Füße. »Liebling.«

Dann betrachtete sie die Last, die er in den Armen trug. Der Junge bewegte sich nicht, nur sein Kopf pendelte hin und her. Seine Augen waren geschlossen, und sein Mund stand offen. Thomas trug ihn außer Reichweite des Feuers.

Anna hob verzweifelt die Hände und schrie.

Thomas legte seinen Sohn auf den Rasen und sah seine Frau an.

»Nein, Anna«, flüsterte er. »Er lebt. Glaub mir. Er lebt.«

Anna sank auf die Knie, während Thomas sich über Paul beugte und mit Wiederbelebungsversuchen begann. Sie beobachtete wie erstarrt ihren Mann, der mit der Mund-zu-Mund-Beatmung anfing. Nach dem etwa zehnten Versuch

hob und senkte sich die Brust des Jungen rhythmisch. Thomas blickte Anna an.
»Siehst du«, sagte er.
Anna nickte und schloß die Augen. Eine Hand legte sie auf den Arm ihres Sohnes, die andere umfaßte die Hand ihres Mannes.
»Hast du noch genug Kraft?« fragte sie.
Thomas nickte nur und fuhr in seinen Bemühungen fort. Die Sirenen des Feuerwehrautos kamen immer näher.
»Sieh nur, Tom«, sagte Anna, als Paul die Augen öffnete. Beide blickten besorgt auf ihren Sohn und lächelten dann.
»Bist du in Ordnung?« fragte Anna zärtlich.
Der Junge nickte und hustete dann. Thomas nahm seine Hand und wartete, bis der Hustenanfall vorüber war. »Bald wird es ihm wieder gutgehen. Du bist ein richtiger Kämpfer, nicht wahr?«
Paul lächelte mühsam und umschloß mit festem Griff die Hand seines Vaters. Tom sah seine Frau an. »Das hat er von dir.« Dann beugte er sich zu seinem Sohn nieder und flüsterte ihm ins Ohr: »Mach dir keine Sorgen, wir bringen dich bald ins Krankenhaus.«
Paul nickte wieder und schloß abermals die Augen. Tom betrachtete das erschöpfte Gesicht seines Sohnes. »Ich frage mich, was er von mir hat«, sagte er mit einem traurigen Seufzer.
Anna umarmte ihren Mann. »Alles«, sagte sie. »Alles Gute, was in dir ist.«